小学館文庫

現代の小説2021

短篇ベストコレクション

日本文藝家協会・編

小学館

目次

消せない指紋

青柳　碧人

臓器移植界期待の星、自殺か

アップリケ細胞を応用した臓器移植の研究で知られる医学者、片平聡太《かたひらそうた》氏（三〇）が十七日、栃木県那須《なす》郡那須町にある故・洞口雄吾《どうぐちゆうご》医学博士の別荘で死亡しているのを、同僚の研究者が発見した。片平氏は洞口博士が残したアップリケ細胞人工培養真皮シート（ＡＰＡＳシート）で口と鼻を塞ぎ、窒息死した様子。当該ＡＰＡＳシートを扱えるのが片平氏だけだったこと、建物に外部からの侵入が不可能だったことなどから、警察は自殺とみて捜査を進めている。

片平氏は洞口博士の開発したアップリケ細胞の臓器移植への応用の研究で成果をあげ、将来のノーベル賞候補とされていた。関係者によると昨年の洞口博士の事故死以来、うつの傾向があったという。有望な研究者の相次ぐ死に、関係者はショックを隠せない様子だ。

（毎実《まいじつ》新聞　六月十八日・朝刊）

1

天井の照明が、昼間のような光を放っている。

沙織《さおり》はかけ布団を胸の上まで上げ、じっとその光を見ているようだった。俺は彼女の胸元へ手を伸ばす。やわらかい毛の手触りがした。

「珍しい？」

沙織は訊《き》いた。

「まさか。俺は洞口雄吾の息子だぜ。アニマルスキンなんて、臨床試験段階の患者から知っているんだ」

「そうだったわね」

とはいえ、移植されたウサギの皮膚を触るのは初めてだった。俺はそのまま沙織の乳房のほうへ手を移動させる。彼女は無抵抗だった。

それにしても、妙な癖のある女だ。

出会ったのは三週間前、世田谷区桜上水のバーでのことだった。近くにある医学研究所の職員がよく出入りしており、時々、表立っては聞けない研究内容などが盗み聞きできるのだ。もっとも、今では俺の素性を知る研究者も多く、一人で飲んでいたら向こうから話しかけてくる者もいる。

ごまやショウガのアレルギーを研究している今川もその一人だった。二重あごで髪が薄く、ジュゴンを思わせる柔和な顔立ちの四十男だ。二言、三言交わしたかと思うと彼は、「君と会いたがっている人がいるんだ。呼んでもいいかい？」とスマートフォンを取り出し、俺が承諾する前にコールしたのだった。

それで現れたのが、彼女、藤間沙織だ。

都内の私立大学の大学院で生体認証システムの研究をしていると自己紹介した彼女は、俺の著作『わが父・洞口雄吾』の愛読者ということだった。緊張が伝わり、だいぶうぶな印象だった。二十四歳の肌つやはまぶしく、きりりとした印象の目元は俺の好みだった。ハイボールを一杯も飲むとだいぶほぐれてきて、俺の冗談に笑い、また、時折会話の端々に上る知性が、俺の心も開かせた。

帰り際に連絡先を交換し、週に二度ほど会うようになった。先週の土曜の別れ際、沙織は言った。

「今度は、洞口さんの家に行ってもいい？」

その「今度」というのが、今日だった。

デリバリーのイタリアンに舌鼓を打ち、ワインを飲み、シャワーを浴びた後で共に寝室に来たのは自然な流れだった。

「電気をつけたままにしてほしいの」

珍しいことを言う。そのときはその程度にしか感じていなかった。

貸したガウンを沙織が脱いだとき、首から胸の間にあるウサギの皮膚の部分があらわになった。手のひらで隠れるくらいのハート形のその皮膚に俺は手を当てるようにして、沙織をベッドへ誘った。

彼女は俺の手を一度包むように握った。そのあと、なぜか布団をめくって床に落としてから、ベッドに横たわった。俺の中で「珍しい」が「妙」に変わったのはこのときだった。

ことが始まってから、彼女の異様さはより顕著になった。すばやく俺を仰向けにしたかと思うと、俺の体の上に這《は》いつくばるような格好になった。そして、隅々まで顔を動かした。

セミロングの髪が皮膚の上を滑り、その香りにかすかに官能的なものを感じた。だが、その舌や手で与えられる刺激はけして官能的なものではなく、どこかカモフラージュめいていた。実際、沙織のその行動は、「愛撫」というより「観察」といったほうがよかった。俺の体の前面をひとしきり見回したかと思うと、俺をうつぶせにし、背中から臀部《でんぶ》、脚部にかけて同じようなことをした。

彼女の気が済んだとみるや、今度は俺のほうが能動的になった。スタイルは抜群だった。つんと尖《とが》った唇、長いまつ毛の大きな目が静かに閉じられた。彼女は次第に官能的な反応を見せ、呼応するように俺も動き、一時間ばかりのことが終わるころには、妙な前戯のことなどすっかりどうでもよくなっていた。

心地よい疲れで俺が仰向けになると、沙織は床から布団を拾いあげ、自分と俺の上にかけた。じっと天井を見つめる彼女の顔は、上気はしているものの、どこか神妙で、俺とは別のことを考えているようだった。

ウサギの毛の感触を確認してから、俺はさらに左手を乳房のほうへ移動させる。すると沙織は布団の上から俺の手を押さえた。

冷めた目が、俺に向けられる。

やはり、何かがおかしい――。

「沙織――」

言葉を選んでいるそのとき、ベッドの足元にあるドアが開いた。もともと、少し開いたままにしてあったのを押し開けてきたのだろう、かすれた鳴き声が聞こえた。

「……起きたか」

ごまかすように俺はベッドから起き上がり、下着を穿《は》くと、キャサリンを抱き上げた。裸の皮膚に鳥皮のような皺《しわ》が触れる。

「見れば見るほど、不思議な猫だわ」

俺の腕の中のキャサリンを見て、沙織は言った。

キャサリンは、スフィンクスという種の猫だ。かつてカナダで誕生した突然変異の猫をもとに繁殖が繰り返されてきたこの種は、かなり特徴的な見た目をしている。

全身に毛が生えていないのだ。

毛がないぶん、外界から身を守るために普通の猫より皮下脂肪が多く、体じゅうに皺が多い。尖った大きな耳と、シャープな顔立ちもあいまって、初めて見る者には嫌悪感を覚える者も少なくないが、人懐《ひとなつ》こく、抜け毛の心配もないということから、世界中にファンが多い猫でもある。

「よく見たら、可愛いぜ」

「初めて見たときから、そう思えた？」

父親の雄吾がキャサリンを買ってきたのは、母が死んで半年後のことだからもう八年も前になる。「母さんが生前、欲しがっていたんだ」。親父はそう言った。八年前といえば、俺は二十歳だった。あの冬、俺は大きな交通事故を起こし、生死の境をさまよった。退院したら、母はすでに自殺していた。

勝手に死んだ母にも怒りがあったが、ノーベル賞受賞確実と言われている研究者のくせに女々しくも猫なんかを買ってきた父親にもっと腹が立った。見た目のグロテスクさよりもそういう事情から、俺はキャサリンが憎かった。

だが、時が流れれば感情も変わる。親父が死んだ今、家族はキャサリンだけだ。猫と暮らす気ままな生活もいいものだった。今となっては、抜け毛の掃除の必要のないスフィンクスを好いていた母に感謝の念すら抱いている。

「よく見ろよ、可愛いだろ」

初めて見たときからそう思えたかという質問には答えず、俺は、同じようなことをもう一度、沙織に言った。沙織は愛想よくする様子も見せず、ベッドから立ち上がる。バランスの取れた体つき。白い四肢がすらりと伸びている。妙な女だが、俺の気持ちをそそるのは間違いない。

ガウンを身に着け、沙織は振り返って俺の顔を見た。

「リビングに行かない？」

「なんでだ」

「白ワインがもう一本、あったでしょ」

彼女はドアへ向かう。やはり今夜この部屋へ来たのは、何か理由があってのことだろう。キャサリンを床におろしながら俺はそう考えていた。

2

俺が物心ついたときにはすでに、親父は有名人だった。「君のお父さんは、皮膚移植に革命をもたらしたんだよ」。革命という言葉の意味すら知らない小学生の俺に、周りの大人たちは仮面のような作り笑いを浮かべながら言ったものだった。アップリケ細胞——親父の名を一躍有名にしたのは、そんな冗談みたいな名前の細胞だった。

皮膚の移植には大きく分けて、遊離植皮と有茎植皮の二種類がある。やけどや潰瘍の傷を早期に閉じるために比較的薄い表面部分の皮膚を移植するのが前者で、内側まで深く損傷している場合に皮下脂肪や血管組織を含む厚い皮膚を移植するのが後者である。

遊離植皮はさらに移植する皮膚の厚さにより、分層植皮と全層植皮に分けられるが、親父が初めに開発したアップリケ細胞は分層植皮に有効だった。

従来、この手術を行う場合は、日常生活では衣服で隠れて見えない部位（尻や足の裏、腋《わき》の下など）から採取した患者自身の皮膚を使っていた。だが当然、患者自身の皮膚ではまかないきれないほど広い範囲で傷を負うケースもある。そういう場合は、家族やスキンバンクに冷凍保存されている他人の皮膚を使っていた。

　患者自身の皮膚を使う場合は大抵、患部に問題なく生着する。ところが他人の皮膚の場合は一週間から十日のうちに必ず剝《は》がれ落ちてしまう。その間に患者自身から採取した皮膚を、患部を覆うほどの大きさにまで培養するのだった。いわば他人の皮膚の移植は「時間稼ぎ」にすぎないというのが、かつての医療の常識だった。この「時間稼ぎ」は必ずしもうまくいくとは限らなかった。皮膚の培養がうまくいかないケース、他人の皮膚を移植したとたんに激しい拒絶反応が現れるケース、手術前に悪性の細菌が患部に入り込んでしまうケース……様々な問題があった。また、成功した場合でも移植した部位が完全には融合せず、痕が残ってしまうという難点もあった。

　これらの難点を克服したのが、親父が生成することに成功したアップリケ細胞である。皮膚のもととなる線維芽《せんいが》細胞を特殊な方法で活性化させたもので、どんな部位に貼り付けても拒絶反応を示さず、すぐに患部が治癒するという特徴がある。貼り付けられた部位は一か月ほどで完全に同化し、生活しているうちに色まで本人の皮膚と同じになる（「この点、本物のアップリケより優秀だ」という冗談が、当時研究者の間で交わされたらしい）。スキンバンクに保存されている皮膚にアップリケ細胞をあらかじめ配合しておくだけで、あらゆる人間の患部にたちどころに貼り付けられる皮膚になるのだった。

さらに親父はこの細胞を使い、万能の人工皮膚シートの開発に成功した。線維芽細胞を使った人工皮膚シートはもともとあった技術だが、ここにアップリケ細胞を使うことで真皮までの深い損傷でも拒絶反応が出ず、永遠に自分の皮膚として使える人工皮膚シート、APASシートが出来上がったのだ。

親父は人前に出るのが好きなタイプではなかった。だから、医学界のみならずマスコミからも騒がれるようになると、父親（俺にとっての祖父）から受け継いだ那須の別荘の敷地に建てた研究棟にこもった。同じく医学者だった母もその手伝いをしており、「教育は東京の学校がいい」という母の方針のため、俺はほとんど、叔母《お ば》のもとで育てられた。

親父が「アップリケ細胞Ⅱ」を発表したのは、俺が小学校三年生のときだった。この細胞は、異なる哺乳類の動物の皮膚の移植を可能にするものだった。例えばウサギや馬、牛などの皮膚を、人間の皮膚に移植することができるのである。ただし初めのアップリケ細胞による移植とは異なり、移植前の色や毛はそのまま定着してしまう。

APASシートでは不可能だった有茎植皮に有効であるとして親父が開発したアップリケ細胞Ⅱだったが、賞賛よりも拒絶の声のほうが大きかった。いくら失われた皮下組織を補うためとはいえ、馬や牛の皮膚が移植された人間など気持ち悪いと、当時の俺も漠然と思ったものだった。

ところが、このニュースを聞き付けたある人物が、「ドクター・ドウグチに手術をしてほしい」と公の場で発表したのだった。アメリカ・ロック界の大スター、ローリー・デンバーだ。ロサンゼルスの豪邸にライオンやピューマなどを放し飼いにするほどの猛獣好きで知られる彼だが、当時、いちばんのお気に入りだったマーリンという虎が死に、喪に服すために世界ツアーをキャンセルすると発表したばかりだった。

「マーリンの思い出をこの体に刻みたい。俺の体に、マーリンの皮を移植してくれ」

デンバーのその願いを聞き入れようと、親父はすぐにアップリケ細胞IIとともにロサンゼルスへ飛んだ。

二か月後、ロンドンのウェンブリー・アリーナに現れたデンバーの虎柄の上半身に観客は熱狂し、動物の皮を移植したいと申し出る者が続出した。

すぐに世界的な動物愛護団体が反発の意を明らかにしたが、世界中のペットの死を悼む者たちも団体を結成し、世界中を巻き込む論争となった。先進国首脳会議でも議題にあがったが、娘がペットロスで拒食症になってしまった過去を持つドイツのリンデボーゲン首相の強い意向もあり、「ペットの皮膚に限り移植可能」というガイドラインが各国で作られるようになった。

瞬く間に、世界中で動物の皮を体に移植する者が急増していった。アメリカでは、飼っていた猫が死ぬたびに十センチ四方の皮膚を体に移植していき、顔以外のほとんどが色違いの猫の毛に覆われ、「ミセス・パッチワーク」と呼ばれるようになった女性が現れた。「ペットに限り」という条件を初めから無視していたフランスでは国内無敗を誇った競走馬の死後、皮膚移植権を求めるオークションが開かれて問題になった。日本では、わが子にファッション感覚で動物の皮膚移植をさせる親が「アニマルスキンペアレンツ」という呼称を与えられて連日ニュース番組で取り上げられた。俺が中学に上がった頃だったと思う。

この一連の騒ぎの最中でも、親父は静観するばかりだった。もともと医療のために開発したアップリケ細胞IIが意図しない形で世間に普及していることに歯がゆさや悔恨を感じていたようには思えない。かといって驕《おご》ることもなく、毎年入ってくる莫大な特許料の大部分を、研究施設に寄付していた。そして一年の半分ほどは、やはり那須の別荘の研究棟にこもって、母親とともに研究に没頭していた。

そんな間に、アニマルスキンはタトゥーと同じようにファッションの一部となった。俺自身は、動物の皮にあこがれたことなど、一度もないが。

3

沙織が持参した白ワインを冷蔵庫から出すついでに、キャサリン用のかまぼこを出し、エサ皿に入れた。キャサリンはすぐに飛びついた。これを食べている間は、邪魔されることはない。

白ワインは冷えていた。無造作にコルクを抜き、新しいグラスを二つ持って、リビングのほうへ戻る。沙織はガウン姿のまま、雑誌を見ていた。俺の記事が載っているエンタメ系の雑誌だが、開かれているのは広告のページだった。

「チーズでも食べるか」

グラスを置きながら訊《たず》ねると、沙織は黙ったまま首を振った。俺は二人のグラスにワインを注《つ》ぐ。

乾杯をすることもなく、沙織はグラスに口をつけ、「おいしい」と小さくつぶやいた。

ベッドを共にする前とは、明らかに態度が違っていた。

「洞口さん、二十歳の頃事故に遭ったんじゃなかった?」

もう一口ワインを飲んだ後で、沙織は訊いた。あの事故のことは本にも書いたし、桜上水のバーで初めて会った夜に話題にもしていた。

「ああ」

「全身に大やけどを負ったって」

「それは大げさだ。右の腋の下から太ももにかけてだよ」

答えながら俺は、頭の中で糸がつながっていくような感覚になっていた。

「移植の痕はまるで残っていないわね」

「それを調べたかったのか」

ベッドの上での、沙織の妙な動きのことだった。「愛撫」というより「観察」——。俺の皮膚移植の痕を探していたのだ。

「天下のアップリケ細胞だぜ。痕が残るわけがないだろう」

「誰の皮膚を移植したの？」

「もちろんAPASシートだよ。やけどの範囲は広かったが、損傷は深くなかった。もし深かったとしても、ウサギの皮を移植する選択はしなかったろうな」

誘い笑いをしたが、沙織の口元は少しも緩まなかった。据わりの悪さが俺を不快にさせた。ワインを乱暴に飲み干し、音を立ててグラスをテーブルに置いた。

「そろそろ本当のことを言ったらどうなんだ？」

「本当のこと？」

「今日、ここへ来た目的だ。ただ俺に会いたかったというだけじゃなさそうだからな」

ガラス玉のような目で沙織は俺の顔を見ていたが、やがて打ち明けるように言った。

「私、片平聡太を知っているの」

思いもよらなかった名前が出てきて、ぞくりとした。だが平静を装って、俺は質《ただ》す。

「片平さんの元恋人か何かか？」

「いいえ。私は、彼の妹よ」

4

大学は、二年浪人して富山県の医科大学へ進んだ。

医者になりたいという強い気持ちがあったわけではない。父親が洞口雄吾であるというただそれだけの理由だ。周囲の大人も、同級生たちも「お前は父親と同じく医学の道に進むんだろ」という目で俺を見ていた。

だが俺は、もともと勉強が好きでもなく、多くの人を救いたいという崇高な目標があるわけでもない。二年も浪人生活を送った末に入った医科大学だったが、半年で行くのが嫌になり、冬の間は授業に出ず、下宿の部屋でゲームばかりをしていた。

そんな俺の様子を聞きつけた両親が、自分の代理として俺の下宿へ送り込んできたのが、あいつだった。

「いやあ、雪深いところだねえ」

下宿の玄関先で出迎えた瞬間、仲良くなれない作り笑顔だと思った。目の奥から俺に対する軽蔑の念が漂っていた。

「片平聡太だ。お父さんの研究室で下っ端をやっている」

部屋に上がり込んできた片平は、そう自己紹介しながらコートを脱いだ。白いセーターを腕まくりし、俺に見せる。手首からひじにかけて、白い毛の生えた皮膚で覆われていた。

「むかし、うちで飼っていたフェレットだよ。こうやってなでると、今でもそばにいる気がする。洞口先生は天才さ」

「それで、親父の研究室に？」

ああ、と笑いながら片平は腰を下ろし、勝手にこたつに足を潜り込ませた。

「まじめにやるように俺に言えって、親父に言付《ことづ》かってきたんですか」

「いいや」

わざと飄々とした雰囲気を出しながら、片平は言った。

「洞口先生はそんなことは言ってない。医者の道がいやなら、やめて東京に帰ってきていいって。もう一年くらい、自分の生きる道をじっくり考えるのも手だろうって。優しいよね」

意外ではなかった。昔から、放任主義というか、俺のことには大して興味のない親父なのだが、我が息子が医学の道に向いていないことなど、とうに気づいていたのだろう。

「そうじゃないのは千恵子《ちえこ》先生のほうさ」

母のことだった。同じ大学に所属している親父と区別をつけるため、学生たちは下の名前で呼んでいた。

片平はカバンからタブレットを取り出し、俺の前に置いた。動画ファイルのアイコンをタップすると、母親の姿が現れた。

〈竜吾、あなた、いい加減にしなさいよ。あなたの学力でも大丈夫な医科大学にようやく入れたんだから、ここから死に物狂いでやらないでどうするの――〉

親父と違い、母は昔から、俺を「医学博士・洞口雄吾の息子」として育てあげようとしていた。俺の勉強嫌いの理由はそこにあったのかもしれなかった。

〈サボった分の勉強は片平くんに教えてもらいなさい〉

五分ほどの説教のあと、タブレットの中の母は言った。

〈お金は渡してあるから、ごはんは二人で食べたいものを食べていいから〉

それが、締めくくりだ。

「まるで小学生を諭すみたいだね」

苦笑しながら片平はタブレットをしまい、立ち上がって本棚へ足を運んだ。

「さっそく始めようよ、これが教科書かい？」

俺は片平を拒否した。三十分かけて説得し、帰らせた。

「君の人生がどうなろうと俺の知ったことじゃないけどさ」

玄関の戸を閉める前、片平は思い切り馬鹿にしたような目で俺を見て言った。

「洞口先生の名前に泥を塗るようなことはしないでくれよ。俺にまで迷惑がかかるかもしれない」

二度と来るなこの野郎。俺はドアを閉めた。

レンタカーで無茶な走りをし、事故を起こしたのはその翌日のことだった。歩道に乗り上げた車は炎上し、俺は右の腋の下から大腿部にかけて、大やけどを負った。すぐさま、皮膚移植の手術が行われることとなった。ショックで朦朧《もうろう》としていたが、移植する皮膚は迷わずAPASシートを選んだ。手術をしたのは親父と面識のある外科医で、麻酔で眠らされていた俺は知らなかったが、那須から親父が駆け付け、二時間ほど手術を見守って帰ったのだという。

退院するのに、わずか三週間しかかからなかった。色を無視すれば、俺の皮膚はどこを移植したのかわからないほど完璧に元に戻り、子どもの頃から散々聞かされてきた洞口雄吾の功績を認めずにはいられなかった。

退院の日、病院のロビーに親父がいたのには驚いた。

「大学は？」

「いいんだ」

親父はそれだけ答えた。暗い顔だった。

「研究は母さんに任せてきたの？」

そう訊ねる俺に、親父は答えた。

「母さんは死んだよ。自殺したんだ」

俺が事故を起こしたと聞いたのは、東京の自宅マンションにいるときだったという。親父はすぐに病院に行こうと母に告げたが、母は泣き叫んでうずくまった。

私が竜吾を追い込んだから、あの子は無茶な運転をしたのよ——そう言って自分を責めたという。小さい頃から俺に厳しかった母親がそういう反応をしたこと自体が、俺には意外だったが、父によれば彼女は、研究者としての自分の限界に気づき、ノイローゼ気味になっていたというのだった。俺が大学にほとんど行っていないという情報が、彼女の精神をさらに追い込んでいた。

結局父は一人で富山まで来た。手術を最後まで見届けるつもりだったが、そこに母の自殺の報《しら》せが入り、慌てて東京に戻ったのだという。母は自宅の近くの空き地で、黒焦げで見つかった。警察によれば、死んだあと、何らかの時限装置を使って自らの遺体を燃やしたのだろうということだった。

母の死を受け、もともと無気力だった俺は抜け殻のようになった。富山の医科大学はやめ、次の四月に東京の私立大学の理学部に入学した。四年間はそれなりにまじめに授業に出、単位を取った。同級生が大学院に進むのを横目に、親父のところへよく取材に来ていた雑誌記者のコネを使って出版社に入社し、主に理系の記事を書くようになった。

俺が平凡ながらようやく落ち着いた人生を手に入れつつあるこの間、母の死のショックを受けた親父の研究はうまくいっていなかった。対照的に目覚ましく進展したのは、親父の助手となった片平聡太の研究だった。

従来より心臓移植の分野では、豚の心臓が注目されていたことは有名である。人間の心臓とサイズが近く、生理的互換性も比較的高いために移植できるのではないかという期待が持たれてきたのだ。しかし違う生物同士の移植がそう簡単にうまくいくはずもなく、研究が進むにつれ、永久的に人体で動かすようにするのは不可能だというのが定説になっていた。片平は、動物の皮膚を人間に移植させるアップリケ細胞IIの技術を応用し、この臓器移植を成功させる研究を進め、それらしきファクターを百まで絞ったのだった。片平によれば、心臓だけではなく、腎臓、肝臓、肺にも応用できるということだった。

この研究を受けて、片平とともに親父の顔を再び科学雑誌でよく目にするようになった。さらに世間の目を再び親父に向けさせたのが、俺が書いた『わが父・洞口雄吾』だった。少なからず注目されたこの本に後押しされるように、親父は再び研究に身を入れ始めた。

ところが、去年のこと――。

いつものように那須の別荘に向かうため、親父は常磐道を走っていた。突然、追い越し車線を走る大型トラックの後輪が外れ、親父の車を直撃した。アップリケ細胞の開発者として栄光の名をほしいままにしていた医学者、洞口雄吾は、あっさり死んだ。

そして、今年の六月、那須に遺《のこ》された親父の研究棟にて、片平聡太もまた、死を迎えたのだった。

「兄の飼っているフェレットがうらやましくて、私はウサギを買ってもらったの」

沙織は自分の胸のあたりに手を当てて言った。

5

「名字は、藤間というんじゃなかったか？」

「私が高校を卒業するとき、両親は離婚したのよ」

片平はもともと父の名で、母に引き取られることになった自分は母の旧姓の藤間を名乗ることになった、ということだった。

「片平の妹が、俺に何の用なんだ？」

「兄は、自殺なんかしていない」

沙織の目には、静かに、しかし確実に、俺を糾弾する意思が見て取れた。

沙織はスマートフォンを取り出し、操作して俺の前に置いた。メッセージをやり取りするアプリだった。相手の欄には「片平聡太」とあった。

「私は兄を尊敬していた。離婚後もずっと兄とは連絡を取り合って、定期的に会っていた。死ぬ三日前にも連絡を取ったわ。一週間後に食事をしようって」

メッセージの日付と内容はたしかに、彼女の言うとおりだった。研究に対しては堅物だそうだが、普段は軽薄ささえ感じさせるほど明るい人間だった。片平聡太の文面からは、自殺を考えているような人間とは思えない快活さが感じられる。

「自殺する人間が、妹と食事をする約束を取りつけるとは思えない。そう言いたいのか」

「違う？」

「人間というのは突発的に行動するものだ。研究棟に入ったとたん、親父のことを思い出し、一人で絶望に押しつぶされて自殺したということはじゅうぶんありうる。この明るい文面だって、躁鬱《そううつ》の症状かもしれない」

「突発的な自殺にしては、やり方が回りくどくないかしら」

片平は研究棟の書斎で椅子に座り、口元と鼻の穴をAPASシートで覆われた状態で発見された。APASシートは完全に、片平の顔に癒着していた。遺体のそばの床にはメスと、片平の顔から垂れたと思《おぼ》しき血だまりが見つかった。デスクの上には片平が好きだったグレープフルーツジュースがあり、そのジュースと体内から、即効性のある強い睡眠薬が検出されている。

自ら自分の口回りと鼻の頭を傷つけ、睡眠薬を飲んだうえでAPASシートで鼻と口を覆った。アップリケ細胞は傷を感知するとすぐさま治癒させる作用が働く。眠っている間に人工の皮膚で口と鼻を塞ぐ——アップリケ細胞に人生をかけた医学者らしい死ともいえた。「回りくどい」という沙織の指摘は的確であるにせよ。

「あの研究棟に入ることができたのは彼だけだ」

俺は言った。

「それだけじゃない、冷蔵保管庫からあのAPASシートを取り出すことができたのも。だからこそ警察も自殺と判断したんだろう」

俺の言葉など耳に届いていないかのように、沙織はバッグの中からクリアファイルを取り出した。新聞の切り抜きが入っていた。

――『渋谷区の住宅街でサラリーマン死亡。酔っ払い同士の喧嘩か』

「兄の遺品を整理していたら、手帳の中から出てきたわ。なんでこんな記事を取っておいたのか。ずっと医学の道で頑張ってきた兄に、五十代のサラリーマンの知り合いがいるとは思えない。新聞の日付は二年前の九月七日。あなたの『わが父・洞口雄吾』が出版された直後ね。兄の手帳のスケジュールには、九月六日にあなたと会食をする予定が記入されていたわ」

俺は、その切り抜きを見たことがあった。

頭の中には、暗い夜の思い出がよみがえってきていた。

6

出版社に入社して二年目、洞口雄吾の息子の手記を出さないかと提案してきたのは、俺にコネ入社のチャンスをくれた先輩記者だった。本など書けるかどうかわからないという俺に対し、「君の子どもの頃からの思い出を、思いつくままに書いていきゃいいんだ。洞口博士が出てくりゃなおいい、くらいに考えて気楽にさ」と。

いざ書き始めると、意外なほど筆は進んだ。物心ついたときから両親が一年の半分は那須の別荘に滞在していたため、そのときは親戚に育てられたこと。たまに親父に勉強を教わったときには、話が難解すぎてついていけなかったこと。親父はスポーツはからっきしで、キャッチボールをしてもぜんぜんボールが取れなかったこと。一度、競馬場に連れて行ってもらったが、馬の毛並みや皮膚ばかりを気にして、一向に賭けようとしなかったこと……とりとめもなく書いて先輩編集者に見せたら、面白いと言われたので自信がついた。

事故のことと母の自殺のことも、余すところなく正直に書いた。前半の親父のとぼけっぷりがあるためにシリアスさが増し、これもいいと先輩に褒められた。

かくして俺が二十七歳の八月末に上梓された『わが父・洞口雄吾』は、話題作となった。親父自身もそれなりに喜んだようで、俺に祝賀メールを送ってよこした。本当は飲みにでも連れて行ってやりたいが、俺の代わりに片平くんに祝ってもらうことにしたよ。メールにはそう書いてあった。

すぐに片平本人から「おごってあげる」と連絡がきた。断ってもよかったが、気分がよかったのでタダ酒を飲めるだけ飲んでやれという勢いで誘いに乗った。笹塚にある、焼き肉屋に連れていかれた。

「グルメサイトで星が4つ以上ついてる店なんだ。なかなか予約が取れないが、俺は顔が利くからね」

片平はいきなり自慢話から入った。星がついているのはいいが、汚くて小さい店だった。片平はホルモンを焼きながら、ひたすら「これは何という臓器で、どういう働きをして……」とうんちくを垂れ、「俺はいつか必ず、アップリケ細胞Ⅱでもっと臓器移植を身近な存在にしてみせる」と、自分の話に持ち込むのだった。豚の細胞での臓器移植は思うように進んでおらず、もっとたくさんの種類の豚の臓器を調べたいが金が足りないと、俺にわからない専門用語を多用してぼやいていた。

俺への祝賀の言葉は一切なかったが、むしろ俺はそれが気持ちよかった。片平は明らかに俺の本の話題を避けていた。

嫉妬しているのだった。

見下し続けた相手が世間に認められているのを見るのは、片平のような自己顕示欲の強い男にとって最も苦痛だったに違いない。煙まみれになりながらホルモンを一生懸命小難しく説明しようとしている片平を見て、俺は酒が進んだ。

それで調子に乗ってしまったのだ。隣の席のサラリーマン二人組と喧嘩になった。理由など覚えていない。向こうの一人が手を出してきて、俺もやつの胸倉をつかみ、店員が間に入って、それで終わった。

いつの間にか会計を済ませていた片平は俺を店の外へ連れ出し、少しばかり説教をしたかと思うと、「ここで解散だ」と一方的に言って姿を消した。俺は店から少し離れた電柱にもたれ、しばらく酔いを醒《さ》ましていたが、やがて店のほうが騒がしくなった。さっきのサラリーマン二人組が出てきたのだった。とっさに電柱の陰に隠れると、二人は駅とは反対の方向へ向かった。

後になって考えれば本当に不可解だが、相当頭に血が上っていたのだろう。このまま黙って帰れるものかと、二人の後をつけた。

途中で二人は別れた。俺は、さっき手を出してきたほうを追いかけ、周りに人がいないところで、「おい」と声をかけた。やつはふらふらしながら振り返り、すぐに俺のことを認識した。そしてまた、因縁をつけてきた。俺たちはそこでもみ合った。

声をかけたときには気づかなかったが、そこはコンクリートの階段の上だった。俺は男を突き飛ばした。男は転げ落ちた。

階段の下で動かなくなった男を見て、俺はようやく我に返った。周囲に人がいないことを確認し、逃げた。男が死んだのは、翌日の夕刊で知った。

片平に呼び出されたのはそれから二日後のことだった。大学の、小さな応接室のようなところだった。好物なんだという真果堂《しんかどう》のグレープフルーツジュースの瓶を持参し、紙コップに注いで俺にも勧めた。

「売れてるね、竜吾くんの本」

焼き肉屋では一切話題に上らせなかった本の内容を、あちこち褒めた。嫌味なことにこの男の記憶力は抜群で、文章をところどころそらんじてみせては「あそこは最高だったな」「あんな表現は並の才能じゃできない」など、大げさに持ち上げるのだった。

「ところで、こんな記事が出てたね」

十五分ばかりそうしたあとで片平は手帳を開いた。内側のポケットから取り出されたのは、新聞記事の切り抜きだった。俺が見た夕刊記事よりもう少し詳しく、死んだ男の顔写真まで載っていた。

「あの日、俺、君の後をつけていたんだよ」

「えっ？」

「君が心配でさ。あんなに酔ってたんだもん。ところが君は、あのサラリーマンを追いかけていってさ。強かったね、本当に」

「……黙っていてください」

とっさに頭を下げた。すると、くっくっくと片平は笑い出した。

「やっぱり、そうだったんだ」

「えっ？」

「つけていたなんて嘘だよ。正直な男だね」

勝ち誇った顔。かあっと、頭に血が上るのを感じた。はめられた。

「センセーショナルだろうなあ。『わが父・洞口雄吾』の著者が人殺しだなんて」

俺には、返す言葉がなかった。

「先生に迷惑をかけるつもりはないから、俺も口外しないよ。そうだな。口止め料は、君に入る印税の半分ってことにしようよ」

「金を……、取るんですか……」

「こないだも話しただろう？　俺の研究はあらゆる豚の臓器のサンプルが必要だ。養豚業者への心づけもしなきゃ。研究費だけじゃとても足りないんだよ」

ゆっくりした手つきで新聞記事を手帳のポケットに戻しながら、片平は言った。

そしてゆっくりと立ち上がる。

「いいじゃないの売れてるんだから。あの程度の文章力でさ」

ぽんぽんと俺の肩を叩き、彼は部屋を出て行った。片平に対し、嫌悪以上の感情が、俺の中で芽生えていた。

7

「──俺が殺したっていうのか」

余裕の態度を示そうと薄ら笑いを浮かべるが、対峙している沙織の唇はピクリともしない。

「現場の研究棟については、どれくらい知っているんだ」

質問を変えると、彼女はすぐに答えた。

「行ったことのある洞口博士の関係者の人に詳しく聞いたから、だいぶ知っているはず」

「そうか。じゃあ、出入りの方法についても知っているんだな」

「もちろん、私は専門家だから」

挑発的になってしまった俺の言い草を、沙織は軽く受け流した。そういえば彼女は、生体認証システムの研究をしている。俺がそれを思い出すと同時に、彼女は右手の人差し指を立てた。

「出入り口はたったの一つ。指紋認証システムが導入されていて、開くときには専用パッドにあらかじめ登録された指紋を押し当てる必要がある。扉が閉まれば、オートロックで施錠される」

六月十七日、遺体を発見したのは片平と同じく親父の助手を務めていた男で、データの検証のために午後二時に来るように片平に呼ばれていた。車があるにもかかわらず、インターホンを押しても反応がなく、電話をかけても出なかったことを不審に思い、警察に駆け込み、セキュリティシステム会社の担当が呼ばれて扉が開かれたのが午後四時すぎのことだった。

というわけで当然、認証システムを開発した会社の人間ならば施錠を解くことは可能だが、研究棟が造られてからその日まで、当該の会社が施錠を解いた記録はない。つまり、システムに登録されていた指紋でしか扉が開かなかったのは間違いないと警察も認めている。

「そのシステムに登録されていた指紋は誰のものだ？」

「二十三年前に研究棟が建てられた当初は洞口夫妻のものだけだった。ただし三年前から片平聡太のものも登録されている」

「片平さんはそれだけ、親父やおふくろに信頼された助手だったということだ。一方、この俺の指紋は登録されていない」

へっ、と俺は笑った。

「もとより、あんな研究棟に入る理由もないしな。事件後、警察がシステムを作った会社を呼びつけて調べなおしたが、たしかに三人の指紋以外は登録されていなかった」

「ええ。それも確認済みよ。その会社に、知り合いがいるもの」

抜け目のない女だ。

「だったら明らかだろう。事件のあった日、俺は現場の研究棟に入ることはできなかった」

「あなたが扉を開く必要はないでしょう」

沙織は自信満々に言ってのけた。

「来客用のモニター付きインターホンが備え付けてあったはずよ。モニターに映ったあなたの姿を見たら、兄だって中に入れないわけにはいかない。出るとき内側から出入り口を開くには指紋認証はいらず、扉は勝手に閉まってオートロックがかかる」

「なるほど、片平さんが俺を招き入れたというんだな。それで、睡眠薬入りジュースを飲ませ、眠らせたうえで、口回りや鼻を傷つけ、APASシートを被《かぶ》せたと」

「違う？」

「違うな。君は、大事な点を調べ落としている」

俺は愉快な気持ちで続ける。

「研究用のAPASシートは、研究棟内の地下の特殊な冷蔵保管庫の中にあり、一つ一つナンバリングされている。片平さんの息を止めたシートは間違いなくその中の一枚だった。そして、冷蔵保管庫の扉にも指紋認証システムが設置されているんだ。登録された指紋は同じく、俺の親父とおふくろ、それに片平さんの三人のものだけだ」

沙織は何も言わず、俺の顔を見ている。

「決定打になったのは出入り口の扉の件よりもむしろ、この冷蔵庫のほうさ。おふくろは八年前に死に、親父も去年死んだ。今やあの冷蔵庫を開けられるのは片平さんだけだ。そこから出したAPASシートで窒息したんだから、やっぱり自殺以外にありえない」

「眠らせた兄の体を地下まで運んでいって、その手を押し当てて扉を開いたというのは？」

「その可能性を警察が見落としたと思うか？　おふくろが死んで以来、研究室以外はろくに掃除されておらず、地下への階段にはうっすらほこりが積もっていた。片平さんをひきずっていったならそのほこりは少なからず拭われるはず。また、地下への階段は幅が狭く天井も低く、片平さんをおぶっていくのも無理だ」

沙織は口を結んだままうなずいた。可能性を全部否定されたにもかかわらず、ずいぶん余裕に見えた。沙織はおもむろに白ワインのボトルに手を伸ばし、自分のグラスに注ぎ足した。

「あなたも、飲む？」

いつの間にか俺のことを「あなた」と呼んでいる。

「いや、いい」

「そう」

ボトルを置き、グラスを口につけ、沙織はゆっくりと楽しむようなしぐさを見せた。そして、

「全部、知ってたわ」

そう言った。

「そのうえで私は一つ、警察も思いついていない仮説を立てたの」

「はったりを言うな」

「兄の他に出入り口と冷蔵保管庫の扉を開けることができる人がいるとしたら、その人は残り二人のいずれかの指紋を持っていることになるわ」

「二人とも死んでいる」

「去年まで生きていた洞口博士の指紋ではありえないとしたら、それはやっぱり千恵子さんのもの」

「おふくろの？」

「八年前の冬、あなたは富山の国道で交通事故を起こし、右半身に大やけどを負った。一月二十二日の夜のことだわ」

「日付まで調べてきたのか」

「そのとき、皮膚移植を受けた」

「APASシートでな」

「大部分はそうだったでしょう」

「何を言っているんだ、意味がわからない」

「あのとき、洞口博士はすぐに病院に駆けつけ、手術の様子を見たそうね」

沙織はスマートフォンの画面をスワイプする。また新聞記事だ。

――『洞口千恵子氏、自殺　洞口雄吾博士の妻で研究者』

「記事には、千恵子さんの自殺は一月二十三日の昼頃、洞口博士が富山に向けて発《た》ったあとだと書かれている。でも、これは洞口博士の証言をもとにしたものよ。焼死は死亡推定時刻の範囲を狭《せば》めにくい。しかも、皮膚がほとんど残らない」

沙織の「仮説」は、佳境に入っていた。

「千恵子さんの自殺は、洞口博士が富山に行く前、あなたの重体の報せを受けた直後だった。博士はその手のひら部分の皮膚を切り取り、それがわからないように千恵子さんの遺体を燃やした。そして富山に行き、あなたの体に移植した」

「なんのために」

「研究棟と冷蔵保管庫を開くのに必要な指紋を残しておいたほうがいいと思ったか、あるいは単純に、妻の一部を残したいと思ったか」

「馬鹿げている」

「私もそう思った。でも、確かめずにはいられなかった。ただ、手のひらの皮だからって手のひらに移植されたとは限らない。どこか体の別の部位とも考えられる」

それを聞いて、俺は声を上げそうになった。「愛撫」というより「観察」――。

「俺の体に、おふくろの指紋がないか探していたというのか」

「ええ」

「まさか、俺に近づいたのも……」

「ごめんなさい」

肩をすくめ、彼女はようやく笑みを見せた。

「今川さんは何も知らない。あの人が洞口さんの知り合いだと知って、もし会えるチャンスがあったら呼んでくださいって、連絡先を教えておいただけ」

まず、呆《あき》れの感情が浮かび上がってきた。続いて、おかしさが込み上げてきて、声をたてて笑った。怒りはなかった。大した女だという感心のほうが勝っていた。

「おかしい？」

「おかしいだろう。……それで、結果はどうだったんだ。俺の体に、洞口千恵子の指紋はあったか」

ゆっくりと、沙織は首を振る。

「なかった」

「じゃあ、疑いは晴れたかな」

「ほぼね」

「ほぼ？」

「考えてみれば、指紋を隠すのに一番いい場所は、もともと指紋があった部位。竜吾さんの手の皮にそのまま、千恵子さんの手のひらの皮膚が移植されているかもしれない」

「おいおい。俺が事故でやけどをしたのは、右半身の腋の下から太ももまでだ。手は無事だったんだよ」

「それでも移植をしていないとは限らない。手術のついでに、もとあった皮膚をはぎ取り、千恵子さんの指の皮膚を移植した可能性もある」

バッグの中を探り、今度はタブレットのような機械を取り出した。

「うちの研究室が開発した、簡易指紋スキャンよ。那須の研究棟の指紋認証システムに記録されていたデータを入れてある。洞口博士か、千恵子さんか、私の兄か。いずれかの指紋と一致するものがあれば、反応するわ」

「強情な女だな」

俺はそのパッド部分に右手を載せた。ブザーのような電子音がして、画面に〈不一致〉と出た。左手も載せる。同じ結果だった。

「どうだ、これで満足したか」

「いいえ。指紋はまだある」

沙織は立ち上がると、今度は指紋パッドを床に置いた。

「足を載せて」

「手の皮を足の裏に。なかなか奇妙な手術だ」

俺は立ち上がる。寝室からずっと、裸足のままだった。俺はまず左足をパッドに載せた。

——〈不一致〉。

「右足も、おねがい」

「なんだか、あれみたいだな。中学の歴史で習った隠れキリシタンの。踏み絵、だっけ？」

「早く」

冷静を装っているが、焦りがにじみ出ている。俺は、右足を上げ、パッドの上に載せた。

8

あの日——六月十七日、俺が那須の別荘に着いたのは、午前二時十五分のことだった。片平は完全な夜型で、夜中から朝方にかけて一人で黙々と研究をするのが好きだと聞いていた。その情報は正確で、研究棟の窓からは明かりが漏れていた。

駐車場に車を停《と》め、手袋をはめると、助手席に置いてあったものを抱えて研究棟へ向かった。

扉を開閉するためのパッドに母の指紋を押し当て、扉を開いた。玄関スペースを通り抜け、資料室に入ると、出入り口に背を向けてパソコン作業をしていた片平は振り返り、目を瞠《みひら》いた。

「竜吾くん。どうやって入った……」

と言いかけたところで、彼は俺の姿を見てすべてを察したようだった。

「……気持ちの悪いことを」

吐き捨てるように言うと、再びパソコンに向かった。お前が言うな。その言葉は胸にしまった。

「今書いている記事に必要な資料が、この研究棟にあることを思い出したんです。大学のほうに問い合わせたら、片平先生、ちょうど今日こちらにいらしたというので」

「出版業界の人間というのは時間の常識はないのかな」

相変わらず、嫌味なやつだった。

「ここはもともと俺の親父の別荘でしょ。それに、先生、お疲れだと思って、真果堂のグレープフルーツジュース、持ってきましたよ」

保冷バッグをノートパソコンの脇に置くと、彼の態度は少し軟化した。

「ドライアイス入れてもらったんで、ちゃんと冷えてます。一息いれませんか？」

「……コップを持ってくるよ」

「ああ、いいですよ。俺が持ってきます」

「そうか。ところでそれ……」

「邪魔にならないとこに置いてきます」

保冷バッグをもう一度抱え、廊下に出た。ちらりと右方向を見ると、研究室があり、その先に、地下の冷蔵保管庫へ通じる狭い階段が見えた。

湯沸かし室と表現したほうがいいくらいの小さな流しスペースへ足を運ぶ。台の上に置いた保冷バッグの中から皿を取り出し、邪魔にならないように足元に置いた。

棚からコップを二つ取り出し、資料室に水音が聞こえるくらい勢いよく蛇口をひねってコップを洗った。胸ポケットから睡眠薬を取り出す。液体なので、洗った後にコップの底に残った水にしか見えないだろう。

トレイにコップとボトルを載せて再び資料室に入る。片平の前に置き、目の前でジュースを注いでいく。

「どうぞ」

俺が飲むまで口をつけないかと思ってわざわざコップを二つ用意したが、片平は何の疑いもなく半分ほど飲んだ。

「美味《うま》いですか」

「ああ、美味いね。当然だろう」

礼の言い方を知らないやつだ。おかわりを勧めると、片平は二杯飲み、五分後、ノートパソコンの前に突っ伏して寝息を立てはじめた。あまりの即効性に、俺は思わず笑いが漏れた。

片平の体を起こし、椅子にもたれた格好にする。

「片平先生、片平先生」

ビンタといってもいいほど強く頬を叩いてみたが、まるで反応はない。これなら大丈夫だろう。ふいに、思い切りその顔を殴りつけたい衝動にかられた。

ゆすられて以来、俺は正直に、印税の半分を渡し続けた。研究もうまくいっていたらしく、片平は上機嫌で受け取り続けた。だが、親父が死んでから状況が変わった。センセーショナルな事故死が話題となり、『わが父・洞口雄吾』は再び版を重ねた。親父の死に便乗し金を稼ぐ汚い息子、と片平は俺をののしり、もっと金を要求するようになった。殺意はどんな細胞分裂よりも早く俺の中で増殖していった。

なんとか衝動を抑え、俺は計画の続きを遂行することにした。片平の手を使ってマウスを動かし、パソコンをシャットダウンさせる。持参した手鏡に片平の指紋をつけ、机の上に置いた。

研究室からメスを持ってきて、片平の口元に当てる。血が皮膚の上に線を描き、服に垂れ、床に血だまりを作っていく、口の周囲、鼻の脇、鼻梁《びりょう》にもまんべんなく細かい傷をつけると、俺はメスを一度片平に握らせ、床に落とした。片平の両手を後ろ手にし、ポケットから取り出した結束バンドでしっかり締め付ける。両足は椅子の脚に、やはり結束バンドで拘束する。

一度流し台へ戻り、今度は保管庫へ足を運ぶ。再び、指紋認証パッドに母の指紋を押し当て、保管庫の扉を開いた。

まず下段にあるよく冷えた金属皿を取り出した。次いで、上段の縦に綺麗《きれい》に並んでいるAPASシート保管ラックの中から【RJ12】というナンバーのついたものを引き出し、ピンセットで金属皿の上に伸ばす。

別の保管庫の中から接着液を取り出し、再び資料室へ。天井に顔を向けて寝息を立てている片平の、傷だらけになった口と鼻のあたりに接着液をまんべんなく垂らしていく。

金属皿の中のAPASシートを両手で持ち、口と鼻の穴が完全に隠れるように片平の顔に載せた。

がくん、と片平の体が動いた。だが、目は開かない。呼吸を封じられてもなお、目が覚めないほどの睡眠薬のようだ。もちろん体は助かろうとするが、両手両足を拘束されているのでそれもかなわない。

時間にして一分もかからなかっただろう。片平は一度も目を開けることなく、生命活動をやめた。

俺は、睡眠薬の入っていないほうのグラスを取った。

「本当に、簡単な手術だぜ」

グラスの中には、死者の好きだったグレープフルーツジュース。

「洞口雄吾に乾杯、だ」

それを、一気に飲み干した。

9

モスグリーンのチェスターコートを着た沙織は、パンプスに足を入れている。その後ろ姿を見て、スタイルのよさを再度実感した。だが、俺に気がないのはもうわかりきっていた。

「それじゃあ」

「ええ」

彼女は振り返り、それだけ言った。

「もう一度、会いたいと言ったら？」

「冗談だと思うわ」

冬の夜よりも冷たく、沙織は答えた。

かすれた声を上げ、キャサリンが俺の足にまとわりついてくる。私がいるじゃないの、とでも言わんばかりの甘えようだ。

「消したのね」

「ん？」

沙織は俺に背を向けたままだった。

「千恵子さんの指紋。自分でその部分の皮膚を削って、またＡＰＡＳシートを貼り付けた」

思わず、笑いが漏れた。

「どうとでも想像してくれ。そんな痛いこと、しようとは思わないが」

「これだけは言っておくわ」

ドアノブに手をかけ、沙織は口を開く。俺はキャサリンを抱き上げた。

「兄が臓器移植にかける思いは本物だったの。『アップリケ細胞Ⅲ』の完成を心待ちにしていた患者さんはたくさんいた。中には生まれつき臓器の弱い小さな子どももいたの。あなたは、そういう人たちすべての希望を奪った」

「だから、俺は殺してないって言ってるだろ。お前の兄貴は自殺したんだよ、なあ」

キャサリンも小さな声で調子を合わせる。

振り向くことはなく、さよならさえも言わず、彼女はドアを開けて出て行った。

冬の廊下の冷気だけが、残っていた。

たっぷり二分はそこに立っていただろうか。急におかしさが込み上げてきた。

「大した女だったよ、なあ、キャサリン。ほとんど正解だった。だが、消せるわけはないよな、俺がおふくろの指紋を」

俺は腕の中でキャサリンを仰向けにし、人間の赤ん坊でも抱くように揺らした。

キャサリンは嫌がり、身をよじらせる。

「いいじゃないか。お祝いしようぜ」

おどけて、口笛を吹いた。

——そのときだった。

ドアが乱暴に開いた。

今、出て行ったばかりの沙織がいた。その背後には、背の高い男。見たことのある顔だ。

「ご無沙汰しております。栃木県警、那須塩原署の三杉です」

ああそうだ。片平が死んだときにわざわざこの部屋まで来て根掘り葉掘り聞いていった刑事だ。

「洞口先生がキャサリンを買ってきたのは、千恵子さんが亡くなった直後だったわね」

俺が答えずにいると、「失礼」と三杉が太い腕を伸ばしてきた。俺が抵抗する間もなく、キャサリンは三杉の手に奪われた。人懐こいキャサリンは嫌がるどころか、三杉の手の甲を嗅いで、かすれた声で甘えている。

無毛の猫に嫌悪感を抱くタイプの男ではなかった。三杉はつい今まで俺がしていたようにキャサリンを腕の中で仰向けにし、前脚と胴の間の皺を伸ばしている。

「やめろ」

ようやく俺の口からその言葉が出たが、遅かった。

「見てください、藤間さん」

キャサリンの体を、三杉は無遠慮に沙織に見せている。見なくても、俺にはわかっていた。

右前脚と胴体の間の皮膚の皺の下、そこに――。

ミイラ

芦沢　央

その投稿作を手に取ったとき、まず目が行ったのは、〈園田光晴《そのだみつはる》〉という名前の横に書き添えられた〈十四歳〉という年齢だった。

こそばゆいような恥ずかしさを覚えて、口元が緩むのを感じる。

私が初めて自作の詰将棋を専門誌に投稿したのも、十四歳のときだった。そして、当時の私も同じように年齢を書き込んだのだ。

投稿する際に必要なのは、住所、氏名、作品図面、作意手順や狙いなどのコメントであって、生年月日はもちろん年齢という情報はまったく求められていない。

それにもかかわらず、わざわざ書き込んだのは、作品を見た編集部の人間が、まさか十四歳でこれほどの作品を作れるとは、と驚いてくれるだろうという驕《おご》りがあったからだ。

期待の新星として騒がれる自分を想像しながら投函し、定期購読していたため発売後すぐに自宅に届いた発表号を鼻息荒く開き――けれど、そこに私の名前はなかった。

もしかして今月号に間に合わなかったのだろうか、と希望を繋いで次の号を待ち侘びていると、それより早く投稿作が返送されてきた。力強い文字で〈余詰《よづめ》！〉と書かれた付箋を貼りつけられて。

余詰――つまり、作意手順以外の攻手でも詰んでしまう不完全作だということだ。

そもそも、詰将棋とは、将棋から派生して生み出された論理パズルである。将棋は、互いに自分の玉《ぎょく》を囲ったり攻めやすい形を作ったりする序盤、駒がぶつかり合う中盤、相手陣に攻め込んでいって相手の玉を詰ませにかかる終盤に分かれるが、詰将棋はその最終盤に特化し、与えられた条件の中で玉を詰ませることだけを目的に作られている。

将棋との最大の違いは、一人で取り組めることだ。

王手をかけ続ける「攻方」、防御し続ける「玉方」の双方を、一人で演じる形で進めていく。初手は攻方として最短で相手の玉を詰めるように王手をかけたら、二手目では玉方の立場になって、少しでも長く生き延びられるような手を返すのだ。三手目では再び攻方として王手をかけ、四手目では玉方として逃げ……というように、交互にそれぞれの立場での最善手を考えていく。

元々、私が詰将棋をやるようになったのは、多くの人がそうであるように、将棋における終盤力を鍛えるためだった。だが、様々な問題を解き続けていくうちに、むしろ将棋よりも好きになってしまったのだ。

将棋は、のめり込んでいくほどに、とてつもなく大きな壁画を素手で掘り起こしているような途方のなさを突きつけてきた。

その絵がどこまで続いているのかはわからない。表に出てきているのはごく一部だけ――できるのは、明らかになった部分を解釈することしかない。

たとえば、切迫した表情で駆ける男の姿が見つかる。その後ろに化け物が描かれていれば、この男は化け物から逃げているのだと思うだろう。だが、化け物の首に繋がれた縄の先が男の手に握られていたら？　彼の前にもう一人走っている人間がいたら？　彼らの後ろに炎が迫っていたら？　あるいは、彼らの前にゴールテープのようなものがあったら？

断片から解釈される物語は、他の部分が現れるたびに容易に反転し、変容してしまう。全貌が明らかにならない限り、時々で導き出される正解は常に誤りの可能性を孕《はら》んでいる。

勝ち負けという曖昧さが許されないはずの決着は、けれど壁画の解明においては何ら決定打になりえないのだ。

だが、詰将棋には、「正解」が用意されている。

地道に可能性を検討していきさえすれば必ず出口に辿り着けると約束されている、ということは、安心感に満ちているように思われた。

私が、詰将棋を前に連想するのは、美しい意匠が施されたからくり箱だ。

いくつもの鍵と仕掛けがあって、一つ一つ決められた手順の通りに動かしていかなければ開けることができない。何気なく、ぽつりと置かれているような駒にも、必ず意味がある。そして、それは一手一手、最善手を探して進めていく中で鮮やかに浮かび上がってくるのだ。

ああ、このためにこの駒はここに置かれていたのか。あそこであの駒を取らせることは必然だったのか——バラバラに存在していた点と点が繫がって線になる瞬間の快感。

詰将棋とは不思議なものだと、よく思う。

八十一マスの盤上に限られた数の駒を配置するという、言ってしまえば組み合わせのバリエーションでしかないはずなのに、なぜか解いているうちに作り手の顔が見えてくる。

あくまでも解答者を楽しませることを目的にした作品、ひたすら難易度を上げて解答者に勝負を挑んでくるタイプ、さらには、もはや解かれるかどうかは関係なく、一つの芸術作品を作り上げることに情熱を注いだものもある。

作者と解答者は、基本的に顔を合わせることがない。だが、そこにはたしかに、奇妙なコミュニケーションが存在するのだ。

あるいは、問題を解く際に新しい知識を要求されないということも関係しているかもしれない。詰将棋の解き方を知っている人間ならば、理論上はどんな問題でも必ず解ける。この、理論上は、というところがポイントだ。

箱を開けるために必要な道具は揃っているはずなのに、どうしても開けられない。ひらめきが足りないのか、固定観念が邪魔しているのか――作り手の意図を想像し、自らの思考の癖をほどいていって箱を開いた瞬間、解答者は作者がそのからくり箱に内包させていた一つの世界を共有するのだ。

開ける楽しみを味わっていくうちに、やがて自分でも作りたいと思うようになるまでにそう時間はかからなかった。

作れば、誰かに開けてみてもらいたくなる。早速、当時唯一の投稿先だった『詰将棋世界』に応募し――けれど、初めての応募作は不完全作の烙印を押されたのだった。

付箋に書かれていたのは、当時の私が思いつきもしないような手だった。驚かせてやるつもりが、こんなやり方があるなんて、と逆に驚かされる形になったのだ。私は意気消沈しながらも、指摘された余詰を消すための方法を必死で考えて投稿し直し、それが無事に掲載されると完全に舞い上がってますます詰将棋にのめり込むようになった。

その後、高校、大学と進むにつれて詰将棋とは距離ができたものの、私立中学校の数学教師になって十五年ほど経った頃、同僚の趣味が将棋だと知ったのをきっかけに、再び詰将棋を作って投稿するようになった。

そして何の因果か、編集部から声をかけられてこうして投稿作の検討をするようになったところに、過去の自分のような詰将棋作家が現れたというわけだ。さてさて、と私は腕まくりをして図面に向き直った。まずはお手並み拝見といたしましょうか。

図面を見つめた瞬間、何となく嫌な予感がした。

まだ具体的な手を読み始めたわけではないから、本当に感覚的なものでしかない。ただ、何十年もの間詰将棋を解き、作り続けてきた経験が、この駒の並びは厄介だと告げていた。

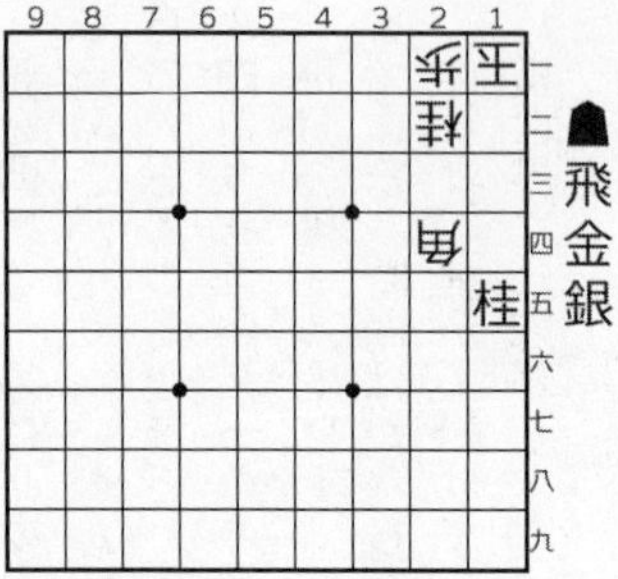

一見して簡単に詰みそうだが、だからこそ余詰を潰《つぶ》すのが難しそうなのだ。

私は、あえて作者の作意手順は見ずに、一つ一つの駒をざっと脳内で動かし始めた。みるみるうちに予想が裏付けられていく。

いきなり▲2三桂不成としてしまうと詰まないが、たとえば▲1二飛や▲1二金からならそれぞれ三通りの詰み方があるし、▲1二銀から始めてもわかりやすくシンプルな五手詰がある。

私は、こめかみを鉛筆の頭で掻いた。

きっと、きちんと詰めるものになったというだけで嬉しくなってしまい、他の可能性を冷静に検討できなかったのだろう。

詰将棋を作り始めの初心者が陥りがちなミスだ。

付箋を一枚剝《は》がして図面の脇に貼り付け、〈余詰〉と書き込んでから、手を止めた。

さて、これはどこまで指摘してあげるべきだろうか。

このくらい単純な詰将棋であれば、余詰をすべて指摘して、それを消すための方法を提案することも難しくはない。だが、そこまでやってしまえば、もはやこの子の作品ではなくなってしまう。

これだけ無防備な作品を投稿してくるところからして、そもそも余詰があれば不完全作になるということ自体を知らない可能性もある。

考えてみれば、私も詰将棋を覚えたての頃は、余詰というのが何なのかいまいちわかっていなかった。

攻方も玉方も常に「最善手」を指さなければならないということは、選べる手は一つずつしかない――スタートからゴールまでが一本道なのだろうと思っていた。

市販されている詰将棋の問題集がそうなっていたからだ。

だが、いざ自分で作ろうとすると、これが意外に難しいことがわかった。迷路においで、正解以外の道の先はすべて行き止まりにしておかなければならないように、詰将棋においては、正解以外の手順はすべて不正解になるようにしておかなければならなかったのだ。

たとえば攻方が指せる王手が二種あったとして、どちらを選んでも同じ速さで詰めるとしたら、それは正解となる道が二本あるということになってしまう。

つまり、この別解が成立しないように工夫を凝らさなければならないということなのだ。

私はチラシの裏に複数の詰め手順を列記してから、脇によけてあった投稿用紙を手前に引き寄せた。さて、作意手順はどれだったのだろう。

〈☗1三飛、☖同角——〉

——1三飛?

予想外の文字に、首を前に突き出す。

考えてもみなかった初手だった。こんなところに飛車を打って同角とされたら、どう考えても後が続かない。

——何だ、これは。

眉根を寄せて作意手順を最後まで見ると、困惑はさらに濃くなった。

〈☗1三飛、☖同角、☗1二銀、☖同玉、☗1一金、☖同玉、☗2三桂不成〉

――何だ、これは。

もう一度、同じ言葉が浮かぶ。

意味がわからなかった。

――これでは、まったく詰んでいない。

☗2三桂不成に対しては☖1二玉で逃げられるし、もう攻方に駒がないから、次に王手をするとしたら☗1一桂成とするしかなく、これは☖同玉とあっさり取られて終わりだ。

文机に鉛筆を転がし、腕を組んだ。

首をひねると、付け根がぽきりと鳴る。

強張った腰を伸ばすために立ち上がり、仏壇の前に進んで座り直した。線香を一本引き出して百円ライターで火をつけ、軽く振って消す。

去年、二年間の闘病の末に他界した妻の遺影は、四年前の娘の結婚式で撮った記念写真を加工したものだった。黒留袖を着て普段より濃い化粧をしていた、まだ健康だった頃の妻の笑顔は、華やかではあるもののどことなくよそよそしい。

その前で、白い煙が宙に螺旋《らせん》を描くようにたなびくのを眺めながら、さて、と自らに問いかけた。

これは、どうしたものだろうか。

こうなると、もはや余詰がどうこうというレベルの話ではない。そもそもこの手順では詰んでいないというところから教えてあげなければならないのだ。

私は再びこめかみを掻き、新しい付箋に〈この作意手順では詰んでいません。☗2三桂不成、☖1二玉、☗1一桂成以下〉と書き込んだ。

それから、先ほど〈余詰〉と書き込んだ付箋に、〈☗1二飛、☖同玉、☗2三金、☖1一玉、☗1二銀、あるいは☗1二金、☖同玉、☗2三銀、☖1一玉、☗1二飛、あるいは☗1二銀、☖同玉、☗2三金、☖1一玉、☗1二飛など〉とわかりやすい詰め手順をいくつか書き加え、次の投稿作を引っ張り出す。

新たな図面に視線を落とす頃には、もう少年の投稿作のことは頭から消え去っていた。


再び少年の投稿作について思い出したのは、それから半月後、『詰将棋世界』の編集長である金城《きんじょう》から電話がかかってきたからだった。

『常坂《つねさか》さんさあ、この園田くんの投稿作、どう思いました？』

金城は、どことなく歯切れの悪い口調でそう切り出してきた。

「どう、とは」

と尋ね返すと、いやさあ、と言い淀む気配が電話先から届く。

『これ、全然ダメでしょう。作意手順は詰んでないし、余詰も一つや二つじゃない』

身も蓋もない切り捨て方に、私は苦笑しながらも、まあ、そうですね、と返した。

「でも、作り始めの初心者ならままあることですよ。まだ十四歳なんだし、少しずつ学んでいけばいいじゃないですか」

『それなんですけど、この子本当に初投稿でしたっけ？』

「え？」

私は目をしばたたかせる。

「そうじゃないですか？　少なくとも私が検討を担当するようになってからは見たことがない名前ですよ」

『そっかあ、じゃあ気のせいかなあ。常坂さんが見たことがないってことは五年以上前になるし、そうしたらこの子は九歳だもんなあ。九歳が投稿してきたら話題にならないわけがないし』

「どうしてですか？」

私は、それまで話しながらも頭の片隅では詰将棋を解き続けていたのだが、ここで一度脳内の駒を動かすのを止めた。

『いや、何かどこかで見たことがある名前な気がするんですよ』

はあ、と私は相槌を打つ。

「園田、何君でしたっけ」

『園田光晴。光に晴れ。そう、この字の並び、やっぱり何か見覚えがあるんだよなあ』

「何ですかねえ」

私は再び脳内で駒を動かし始めた。

「週刊誌時代の取材相手に同姓同名の人がいたとかですかねえ」

金城は『詰将棋世界』の編集長になる前は、長いこと週刊誌でデスクとして働いていたはずだ。大物歌手の薬物使用疑惑をすっぱ抜いたものの誤報で、名誉毀損で訴えられて責任を取って異動になったという話だが、当の金城に悲愴感はなく、僕、実はこっちの方が向いていると思うんですよね、といつもニコニコしている。

実際、四十を過ぎて初めて詰将棋に出合ったという金城は、持ち前の好奇心と集中力を詰将棋に対しても発揮し、瞬く間にルールと常連の名前を覚えた。自ら作りはしないものの、その可否は判断できるようになり、人を使うことにも長《た》けているので、新しいジャンルの仕事だとは思えないほど十全にこなしている。

金城は、まあその可能性が一番ありそうだよなあ、とつぶやいてから、

『その園田少年から反論が届いたんですよ』

と続けた。

「反論？　改変ではなく？」

『そう、反論』

わずかに面白がるような声音で言って、

『〈☗1二飛、☖同玉、☗2三金、☖1一玉では☗1二銀は打てません。☗1二金、☖同玉、☗2三銀、☖1一玉では☗1二飛は打てません。☗1二銀、☖同玉、☗2三金、☖1一玉では☗1二飛は打てません。☗1二金、☖同玉や、☗1二銀、☖同玉の後に飛車で攻めようにも、1三には角の利きが、1四には桂馬の利きがあり、☗1一飛に対しては☖1三玉で逃れです〉』

と読み上げる。

「☗1一飛、☖1三玉で逃れ？」

声が裏返った。

「何ですか、それ」

『ねえ』

金城がニヤニヤした表情が浮かびそうな声で同意する。

『だけど、何か妙に確信に満ちた感じなんですよねえ』

私は、こめかみを指の腹で揉んだ。確信があるも何も、あまりにもわかりやすく間違っている。

言うまでもないが、飛車とは縦と横にどこまでも利きを持つ駒だ。

攻方が1一飛と打ったのに対して、1三玉では、まったく逃れられていない。

1一玉の後に1二銀や1二飛が打てないというのも意味不明だった。

『どうします？』

「いや、どうするも何も……とりあえず指摘してあげるしかないんじゃないですか」

『ただねえ、常坂さんの指摘に対してこういう反論をしてきたわけでしょう。そもそも駒の働きとか、基本のルールを教えてあげる方がいいのかと思って』

「まあ、そうですね」

投稿作への返しとしては甚だ失礼ではあるが、共通のルールを元にやり取りしなければ、すれ違い続けるだけだろう。

『あ、それか、いっそ誌面で作り方講座でも開きますか』

突然、金城の声のトーンが上がった。

『そうだそうだ、前からそういうコーナーがあるといいなと思っていたんですよ。

連載で、まずは基本的なルールから押さえて、「この駒で、最後に馬の開《あ》き王手で決まるような三手詰を作ってみましょう」みたいな感じのお題を出しながら少しずつステップアップしていって、その連載をきちんと追っていけば、いつの間にか詰将棋が作れるようになっているっていう』

「なるほど、いいですね」

たしかに、そういうコーナーがあれば、詰将棋人口も増えそうだ。

『じゃあ常坂さん、お願いできますか』

「え？」

『いやあ、楽しみだなあ』

早くも声を弾ませる金城に、思わず苦笑が漏れる。

「金城さん、上手いですね」

『そうですか？　ありがとうございます』

金城は調子よく言って笑った。そのまま、早速第一回の〆切まで設定すると、楽しみにしています、ともう一度口にしてから電話を切る。

私は受話器を置き、まいったなあ、とひとりごちた。金城には、いつもこの調子で上手いこと乗せられてしまっている。

だが、実のところ、これは楽しみな仕事でもあった。

こういう、詰将棋の世界の入り口まで来てくれた少年のような人に対して、案内板となるようなものを作る。大変ではあるが、やりがいは申し分ない。

私は早速裏が白いチラシの束を手繰り寄せ、〈創作詰将棋入門〉と書き込んだ。それだけで少し心が躍るのを感じながら、思いつくアイデアを片っ端から書きつけていく。

まずは例外的な話は抜きにして、基本的なルールのみを示そう。最も単純な頭金《あたまきん》の図面を出して、これだって一手詰の詰将棋ですよ、とハードルを下げて、先ほど金城が言っていた「こういう条件の詰将棋を作りなさい」というようなお題をいくつか提示する。

そして、連載四回目くらいで、ある程度作り方の基本がわかってきただろう頃に、禁止事項の説明を入れるのだ。不詰、余詰、駒余りなどをそれぞれ項目に分けて解説し、その解決策も例を挙げて紹介する。

とにかくわかりやすく、実用的に。

『詰将棋世界』を購読するような人間ならば、そんなのはわかっているよというような話が多いかもしれないが、詰将棋を解くのは好きだけれど作ったことはないという人も一定数いるはずだ。

そうした人が、これなら自分にもできるかもしれない、ちょっとだけ挑戦してみようかな、と思えるようなとっつきやすさにする。そして、その上で、最後まで読めばマニアにも楽しんでもらえるような構成にできたら最高だ。

頭が心地よい速さで回転していくのを感じながら、唇を舐める。

私が詰将棋を作るとき、何より面白いと思うのは、自分の頭で考えて作っているはずなのに、世界の中に隠されていたものを見つけ出しているような感覚があることだ。

こういう仕掛けがあれば、常識に揺さぶりをかけられるのか。こういう展開にすれば、ルールの孕む矛盾を問題として提起できるのか。

そうした発見は、一生を賭けてもすべてを解明することはできないほど巨大な壁画を、指し将棋とは別の角度から分析していく試みであるような気がする。

一種一種異なる動きを与えられた駒、それらが動くのが八十一のマスであること、歴史の中で固められてきたルール——将棋を構成する要素の本質に迫り、炙り出す。一局ごとの勝敗で区切られることがないからこそ、より無雑にその世界の真理を追求することができる。

——ああ、そうだ。

番外編として特殊なルールが用いられた「変則詰将棋《フェアリー》」についての紹介も入れてもいいかもしれない。

最初や途中で紹介してしまったら混乱するだけだろうが、すべての説明を終えた後に、コラムという形で代表的なものをまとめるのなら問題ないだろう。

「フェアリー詰将棋」には、たとえば、攻方も玉方も協力して玉方を詰まそうとする「協力詰」や、先手の玉が詰まされることが目的で、後手は先手の玉を詰まさないように最善の手を尽くす「自殺詰」など、様々なものがある。

詰将棋はあくまでも決められたルールにおいての最適解を求めていく論理パズルだが、ルール自体が自由に作ってもいいものなのだと提示することは、詰将棋世界の広がりを示すことにもなるだろう。

私自身、新しいルールの作品が登場するたびに、世界が一つ増えるような楽しさを感じてきた。まるで、もう一つの並行世界を映す窓を見せてもらえたかのような。

気づけば、チラシの裏はメモで一杯になっていた。

我ながら張り切りすぎだろうか、と苦笑していると、電話が鳴り始めた。ひたすら殴り書きを続けていたせいで痛む手首を回しながら、もう片方の手で受話器を取る。

「はい、常坂です」

『どうも、たびたびすみません、詰将棋世界の金城です』

「ああ、金城さん」

思わず声が弾んだ。

「ちょうど今、先ほどの企画についていろいろ考えていたところだったんですよ」

『おお、それはそれは早速ありがとうございます。どうです、いけそうですか』

「我ながら面白いアイデアがどんどん出てきていますよ。これは久しぶりに楽しい仕事になりそうです」

『お、いいですねえ！』

金城がお馴染みの高いテンションで合《あい》の手《て》を入れる。

『こりゃ、ますます楽しみになってきましたよ』

「どこまでアイデアを形にできるかわかりませんが、とにかく精一杯頑張ってみます」

私はそう返してから、ふと、向こうからかかってきた電話だったことを思い出した。

「ああ、すみません。いただいたお電話でしたね。何でしたか？」

『別に大した話ではないんですけどね。……いや、大した話かな？』

金城は、どっちだよって感じですよね、と笑ってから、『さっきの園田少年の件です』と続ける。

「ああ、園田少年」

『さっき、どこかで見たことがある名前な気がするって言ってたじゃないですか。で、常坂さんに、週刊誌時代の取材相手に同姓同名の人がいたとかじゃないかって言っていただいて、それでそうかもしれないと思って昔の取材メモを見返してみたら、同姓同名じゃなくて、まさに本人でした』

「取材相手の中にいました？」

『いえ、直接取材はしていません。できなかった、という方が正確ですが』

金城は、妙にもったいぶった言い回しをした。

『実は、この投稿作に書かれている宛先も、ちょっと見覚えがあるものだったんですよ。若草が丘学園』

「学園？　全寮制の学校とかですか？」

『児童自立支援施設です』

施設、という単語に、私がまず連想したのは、養護施設のようなものだった。何らかの事情で親元で育てられない子どもが入る施設なのだろうと。

だが、金城は声のトーンを一段落とした。

『常坂さん、希望の村事件って覚えていませんか？』

「希望の村？」

私は眉根を寄せる。

なぜ、いきなりそんな話が出てきたのかわからなかった。

希望の村事件は、今から四年ほど前に起きて、一時期はテレビでもかなり騒がれた大事件だ。村の唯一の生き残りで、しかも父親殺しの犯人だとされたのは当時十歳の少年で――

そこまで考えた瞬間、息を吞む。

受話器の向こうで、金城が言った。

『未成年なので実名報道はされなかったのですが、あの事件の加害者の名前が、園田光晴だったんです』

金城にファックスで送ってもらったのは、事件についてまとめられた連載記事だった。

希望の村事件が起きたのは、今から四年前の一九九四年七月。バブルの最中でもリゾート開発の目を向けられることさえなかった辺鄙な孤島で起きた、大量死体遺棄及び殺人事件だった。

島にはある宗教団体の施設があり、この団体は正式な宗教法人としての手続きは取られていなかったものの、通称として「希望の村」と呼ばれていた。

「希望の村」は完全自給自足を謳っており、施設内部にはテレビもラジオもなく、外界との繋がりを持っているのは教祖と幹部の一部のみだった。

教団の構成員は、教祖も含めて十一人。彼らは外部に対して勧誘を行うことはせず、日々田や畑を耕し、近海で魚を獲って暮らすという、前時代的で、ある意味牧歌的な生活をしていたらしい。

基本的にその小さな共同体内ですべてが完結しており、物心がつく前に村に連れてこられて育った子どもは、そもそも外にも世界があることすら知らなかった。

事態が発覚したのは、教祖と幹部が亡くなったことで外界との窓口がなくなったからだ。

連絡がつかなくなったことを不審に思った役所の人間たちが様子を見るために教団を訪れたところ、応答がなく、施設の外にまで異臭が漏れていた。

異常に気づいた役所の人間たちは恐る恐る中に入り、そこで惨状を目にすることになった。

死後かなりの時間が経っているものと見られる死体が施設内のそこここに放置されており、さらにある一室には、腹を大きく裂かれて絶命した血まみれの死体があったのだ。

その傍らには、頭から血を浴びたらしい少年がうずくまっていて、役所の人間たちは気圧《けお》されながらも何とかこの少年を保護した。

少年は錯乱しており、包丁を手に襲いかかってくる場面もあったが、衰弱していたこともあって未遂で取り押さえることができたという。

「希望の村」で生き残っていたのは、この少年だけだった。

少年の両親は住民票を異動させずに移住してきていたため、少年は役所の人間たちにも存在を認知されていなかった。

施設にあった計十体もの遺体を司法解剖に回した結果、教祖も含めた九つの死体は感染症による病死後に腹を裂かれて防腐処理を施されたものと見られたが、死後間もない一体の死体は、生前に危害を加えられていたことがわかった。死因は出血性ショック死。少年に事情を聞くと、少年はあっさり「自分がやった」と供述した。

殺されたのは、少年の父親だった。

だが、動機について少年は「死なせたくなかったから」と口にしたという。

概要をまとめた連載第一回に続き、第二回では「希望の村」の教義について解説されていた。

〈「希望の村」においては、ある宗教的儀式をすることで死者を「永遠の生」を持つ存在にすることができると考えられていたようだ。

「悪いものを取り除けばいい」

「動けなくなるだけで、何も変わらない。先生を通じて、これからもいつでも話ができる」

どちらも、村の唯一の生き残りである少年の言葉である。

捜査関係者の話によれば、「治療」だとされていた宗教的儀式は、エンバーミング（死体の防腐処理）のことだったと見られている。

「先生」と呼ばれていた教祖は、死者の声を代弁できる――いわゆる「イタコ」のような能力を有していると自称しており、それがエンバーミングとかけ合わされることで「永遠の生」という概念を生み出していたというのだ。

要するに、「希望の村」の教義とは、「肉体をミイラ化し、精神は教祖を通じて現世と繫がり続けることで永遠の生を生きる」というものだったと考えられる〉

さらに、第三回以降では事件前に脱退していた数少ない元信者の証言が紹介され、捜査関係者の談として、この島で流行り始めた感染症が、死体を埋葬せずに日常空間に置き続けていたために蔓延したものである可能性についても触れられていた。

不十分な防腐処理を施されただけの死体に、生前と変わらずに語りかけ、触れ、そして自らも感染して倒れていった教徒たち――中でも不憫なのは、そうした奇怪な教義を持つ宗教団体の中で育ったために、その異常さに気づくだけの一般常識さえ持ち合わせずにいた少年だった。

少年は大人たちから信じ込まされた「常識」を少しも疑うことなく信じ、だからこそ、「永遠の生」を実現するための要である教祖の死によって動揺する父親の隣で、途方に暮れた。

教祖が亡くなったのは、最後から二番目——つまり、少年が父親を殺したとき、教祖を含めた他の大人は誰もいなかったのだ。

〈少年の「死なせたくなかったから」という供述について、事件の五年前に村を出た元信者の女性（47歳）は、『病に倒れた父親を助けようと、見よう見まねで儀式を行ったのではないでしょうか』と推測する。

少年は、父親を死なせたくなかった。

だが、既に教祖も他の大人も病死してしまっている中、頼れる大人がいなかった。

何とかしてお父さんを助けたい、先生がいつも言っていたように「悪いもの」を取り除けばいいはずだ——そう信じてよく儀式に使われていた刃物を父親の腹部に突き立てた少年。

役所の人間が施設内に踏み込んだ際、少年は、錯乱してこの刃物を振り回した。

「やめて！　みんなを殺さないで！」

鎮静剤を打たれて意識を失うまで、まるで悪夢にうなされているように繰り返していたという少年は、今も父親の死を受け止められず、「お父さんとお母さんに会いたい」と口にしているという〉

私は、最終回の最終行まで目を通したところで、心拍数が上がっていることを自覚した。

——これは。

たしかに、当時もニュースで概要を聞いたことはあった。大変な事件だと思ったし、痛ましいとも感じた。これほど詳しい内容は初めて知ったが、事件の流れについては新しく知る情報は特になかった。

——だけど、まさかこの少年が。

どう捉えればいいのかわからなかった。

もちろん、過去にどんな経験をしてきた人なのかということは、作品とは関係がない。そのことで作品への見方を変えるのは間違っているとも思う。

だが、それでも衝撃を受けずにはいられなかった。

私にとってこの事件は、あまりにも遠い世界の、今後も一生関わる日は来ないだろう出来事のはずだった。悲惨で、痛ましく、けれど不可解なことは不可解なままで終わるのだろう出来事。

その、自分とは決して繋がるはずのない線が、いつの間にか繋がっていたということ。

いや、実のところ、詰将棋という作品を介した繋がりは、繋がりと呼んでいいのか怪しいところではあるのだろう。

彼は、一つの作品を『詰将棋世界』に投稿し、私はそれを検討者として手に取り、その瑕疵《かし》を指摘した。私の指摘に対して彼が寄越した反論を、私はやはり編集部経由で受け取った。

彼には私個人とやり取りをしている認識はないだろうし、私も、氏名を除けば、当時報じられていた以上の情報を知ったわけではない。

なのに、それでも、もう私はあの事件を「遠い知らない島で起きた大変なこと」とは思えないのだという気がした。今後、どこかで事件について耳にするたびに、思い出すのは当時観たニュースでも、今読んだばかりの記事でもなく、あの詰将棋なのだろう、と。

金城に電話をかけ、記事を読み終えた旨を伝えると、金城もまた、『気の毒な話ですよね』と声を沈ませた。

『だって、この少年は誤った知識を植え付けられていただけで、悪意はなかったわけじゃないですか。なのに、結果を見れば殺人でしかない、しかも殺してしまった相手は父親だっていうんですから』

小さくため息をつき、実は、と続ける。

『この事件についてのノンフィクションを書こうと独自に取材を続けているライターが知り合いにいるんですけど、そういえば、彼と飲みに行ったときに、この少年が父親からもらった自作の詰将棋を解いていたって話を聞いたことがあったんですよ』

「詰将棋を?」

『村には他に娯楽らしい娯楽がなかったみたいですからね。夢中になって取り組んでいたそうです。何か、そう考えると、こうやってこの子がまだ詰将棋を続けているのも切ない話ですよねえ』

少年は、父親に教わったことを覚えていた。

そして、村の生き残りとして一人保護された後、再び詰将棋に取り組むようになった。自分が殺してしまった父親に教わった詰将棋を——

私は挨拶を交わして電話を切ると、コーヒーカップに口をつけ、既に中身を飲み干していたことに気づいて机に戻した。

仕方なく水のグラスをあおるが、口の中のべたつきは消えない。

〈絶望の村〉〈地獄のような殺害現場〉〈狂気の動機〉などの文字が躍る記事をまとめて伏せた。

〈創作詰将棋入門〉と書き込んだチラシの束も脇によけ、園田少年の投稿作のコピーを紙の山の中から引っ張り出して見つめる。

せめて、という思いが浮かんでいた。

せめて自分は、この子にきちんと詰将棋を教えてあげよう。

誤った知識ゆえに父親を殺してしまい、その事実を何とか少しずつ飲み込みながら父親との思い出の詰将棋を作ろうとしているのだろう少年に対して、自分がすべきことはそれであるはずだ。

私は、少年の作意手順を改めて見下ろした。

〈☗1三飛、☖同角、☗1二銀、☖同玉、☗1一金、☖同玉、☗2三桂不成〉

玉に対して王手をかけるのに飛車を使っているところ、それを同角と取らせているところからして、飛車と角の動きはわかっていると思われる。

さらに、2三桂不成、という表記から、成駒の概念も理解しているようだ。

問題は、1一金、同玉と玉を端に戻した後、桂馬を不成で跳ねて詰みだとしてしまっているところだ。

これでは、どう考えても玉は1二のマスに逃げてしまうし、そもそもそれで詰みになるのなら初手で2三桂不成で跳ねても同じだ。

私は次に、少年から届いたという反論を紙に書き出した。

〈☗1二飛、☖同玉、☗2三金、☖1一玉では☗1二銀は打てない〉

〈☗1二金、☖同玉、☗2三銀、☖1一玉では☗1二飛は打てない〉

〈☗1二銀、☖同玉、☗2三金、☖1一玉では☗1二飛は打てない〉

〈☗1一飛に対しては☖1三玉で逃れ〉

なぜ、少年は1二のマスに飛車や銀が打てないのだと考えたのだろうか。そして、1一飛の後に、1三玉で逃れられると考えたのだろうか。

――一体、どこをどういうふうに勘違いをすれば、そういうことになるのか。

私は将棋盤の上に積み重なっていた紙をどけ、盤上に駒を並べ始めた。ここに飛車、ここに角、ここに銀――一つ一つ、少年の言葉を確かめながら、駒を動かしていく。

1二には打てない、1三玉で逃れ――そうつぶやきながら、何度か繰り返したときだった。

ふと、違和感のような感覚が指先に走る。

この詰将棋は間違っている。だが、この間違いには、何らかの法則性があるのではないか？

私は、もう一度駒を動かした。

☗1三飛、☖同角、☗1二銀、☖同玉、☗1一金、☖同玉——ハッと小さく息を呑む。

——どの場合も、ポイントになっているのは1二のマスだ。

少年の作意手順において、本来ならば玉が1二のマスに逃げられるところを、少年は逃げられないと考えている。

〈☗1二銀は打てない〉

〈☗1二飛は打てない〉

というのも、1二のマスに駒が打てないということで共通している。

そして、

〈☗1一飛に対しては☖1三玉で逃れ〉

という言葉。

1一飛に対し、1三玉で逃れられる場合があるとしたら、それは1二のマスに他の駒があるときだ。

——つまり、この少年の詰将棋では、1二のマスに何かあることになっている？

しかし、1二のマスが完全に使えないということではないのだ。どの場合も、1

二のマスには一度は攻方の駒が打たれているし、その後その駒を取るために、もう一度玉方の駒も立ち入っているのだから。

――一度は打てるし、その駒を取ることはできるけれど、その後は使うことができないし、その場所には何らかの駒があると見なされる？

いや、もしかしたら、それは１二のマスに限った話ではないのかもしれない。この詰将棋において駒を取り、さらにそこから動いたという現象が起きているのが１二のマスのみだということであって――

私は頭をがしがしと掻いた。何となく、惜しいところまで来ているという感覚はある。だが、これ以上は上手く推理が進まない。

私は電話を手に取り、再び金城にかけた。辿り着いた推論までを伝えたところで、金城が『ほほお』と感嘆の声を上げる。

『つまり、これは最初に説明されなかっただけで、何らかの特殊なルールを加えたフェアリー詰将棋だったんじゃないかってことですね？』

「そうなんですよ」

私は話がすぐに通じたことに安堵して身を乗り出した。

「その特殊ルールが何なのかはまだわからないけど、明らかにこの作意手順や反論には共通した法則性があるんです」

『いやあ、やっぱり常坂さんはすごいなあ』

　金城はしみじみとした声でつぶやく。

『問題の側から逆算してルールを推測することもできるんですねえ』

「推測と言っても途中までですが」

『それでもすごいですよ。僕なんか、ただの間違いだとしか思わなかったですもん』

　何となく褒められ続けていることに面映ゆさを感じて、私は、いえ、と口にした。

「私も、今回改めて連絡をもらうまで、この投稿作のことはただの間違いだと思って忘れていたんですよ。ただ、この少年が父親にもらった詰将棋を解いていたっていう話を聞いたら、何というか、少しでも自分にできることはやりたい気持ちになって……」

　なるほど、と金城は相槌を打った。

『たしかに、せっかく詰将棋に興味を持ってくれているんであれば、詰将棋雑誌を出している身としては力になりたいところではありますよね』

「そうなんです。もし父親に教わったルールを本来のルールだと思い込んでいるんだとしたら、他の普通の詰将棋作品を解く際にも支障が出ているはずでしょう。早めに訂正してあげた方がいいんじゃないかと思うんですよ」

そして、この作品を何の説明も加えずに送ってきたということは、そもそもこれが特殊なルールに基づいた作品だという自覚がない可能性が高い。

「この記事には、まだ父親の死を受け止めきれていないと書かれていますけど、さすがに四年も経てば事実を認識せざるを得ないでしょう。自分が父親を助けようとしてした行為そのものが父親の命を奪ってしまったのだと知って、それでも父親との思い出の詰将棋に取り組んでいるんなら、せめて……」

『あ、それなんですけど』

ふいに、そこで遮《さえぎ》られた。

『すみません、あの記事をお送りしておいて何なんですけど、実はあの、病に倒れた父親を助けようと、見よう見まねで儀式を行ったんじゃないかっていう元信者の推測は、どうも間違いだったらしいんですよ』

「間違い？」

『いや、間違いっていうか、話の根本がずれているというか……ほら、さっき、少年が島で父親からもらった詰将棋を解いていたっていう話を教えてくれたライターの話をしたじゃないですか。彼が言うには、少年の「死なせたくなかったから」という言葉は、父親のことではなく、母親のことだったらしいんです』

「母親の？」

私はあまりに意味がわからず、オウム返しに訊《き》いた。金城は、はい、と肯定する。

『何でも、「お父さんがお母さんを殺そうとしていたから、止めようとして刺した」と』

ますます意味がわからなくなった。

少年が父親を刺したとき、母親はとっくに病死していたはずだ。

『時系列としては、母親が死んだ後、教祖が死に、最後に父親が死んだという流れなんですけど』

金城も不可解そうに口にする。

「じゃあ、どう考えてもおかしいじゃないですか」

『そうなんですよねえ。まあ、いろいろあって混乱していたということかもしれませんが』

私は、拳を口元に押し当てる。

いろいろあって混乱していた――たしかに、そう考えるのが妥当ではあるのだろう。

少年は、保護されたときにも「みんなを殺さないで」と叫んでいたという。殺さないでも何も、他の村人たちは全員死後かなりの時間が経っており、自らが刺した父親も既に完全に息絶えていたというのに。

だが、と考えたところで、何かが引っかかるのを感じた。話し続けている金城の声が遠くなっていく。

この先に何かある、という気がしていた。

それは、詰将棋を解く際に抱く直感に近い。何となく、この駒がここに置かれていることが気になる、理屈というよりも感覚が、ここが正解に繋がる道だと告げている、というような。

私は、一度金城に謝ってから電話を切った。無音に戻った空間の中で、さらに深く、思考に潜り始める。

死なせたくなかったから、お父さんがお母さんを殺そうとしていたから、止めようとして刺した——少年の言葉を頭の中で何度もなぞった。

ここだ、と思う。ここに自分は引っかかっている。けれど、一体何に引っかかっているのか——

宙をさまよう視線が仏壇をかすめ、一拍遅れてその中の妻の遺影に焦点が合った。

——ああ、そうだ。

靄《もや》が晴れたように、疑問の核が浮かび上がる。

そもそも、自分は、「希望の村」の教義においては、死という概念自体が存在しないような感覚を持っていたのだ。

「肉体をミイラ化し、精神は教祖を通じて現世と繋がり続けることで永遠の生を生きる」のだと本当に信じているのならば、一般社会における「死」——心臓が止まって肉体が生命活動を止めること——は無意味な通過点に過ぎないはずなのだから。

そこには境目などないのに、なぜ、一般社会の常識を知らずに村の教義だけを教え込まれたはずの少年が「死なせる」「殺す」という表現を使えたのか——

「……別の境目があった？」

口から、つぶやきが漏れた。

その、自らの声に押される形で、さらに思考が進む。

そうだ、死者が埋葬されず、当たり前のように日常空間の中にいて話しかけられているという共同体で生まれ育った少年にとって、「心臓が止まり、呼吸をしなくなり、動かなくなる」ということは、「死」ではなかった。

むしろ、この教義において境目があるとすれば——

「——埋葬」

私は、小さく息を呑む。

死体が形を失い、日常空間の中から消えること。

脳裏に、記事を読みながら思い描いていたシーンが浮かんだ。

父親に繰り返し呼びかけながら、必死に父親の腹を引き裂いていた少年——その光景が、異なるものに塗り替えられていく。

父親が病に倒れたとき、既に共同体には、父親と少年の二人しか残されていなかった。

教祖までもが亡くなり、それ以前に死んでいながらも教祖によって「永遠の生」を授けられていたはずの教徒たちは、ただのミイラになった。

——そのとき、父親はそれまでと変わらない信仰心を持ち続けていられたのだろうか？

もはや、誰の声も聞こえない。死者と意思を疎通させることなどできない。みんなが死に、そして自分もまた、死のうとしている。このままでは、息子も死ぬしかなくなってしまう。

父親は、少年とは違って、元々は一般社会で生まれ育った人間だった。

一般社会の死の概念に抵抗し、「希望の村」の教義にすがりついたものの、すべてが無に帰そうとしている中で、気づいてしまったのではないだろうか。

「永遠の生」なんて、嘘だ。

人は、生命活動を止めれば、やはり死ぬのだ、と。

目をそらし続けてきたけれど、どう考えても死体の中には腐敗し始めている者もいる。これが病気を蔓延させた原因で、こんな宗教を信じ続けていたりしたせいで、妻を死なせることになってしまった——そして、自分が間違っていたのだと考えた父親は、少年にこう切り出したのではないか。

『お母さんを、埋葬しよう』

信仰から覚めた父親にとって、それは当然の案だったはずだ。

妻や村人たちを荼毘に付して、その冥福を祈る。衛生状態を良くし、せめて息子だけでも助けられるようにする。

だが、父親の言葉は、少年の耳にはまったく別の意味に聞こえたのだ。

——お父さんがお母さんを殺そうとしている、と。

私は、机上で伏せていた記事を裏返し、目を落とす。

〈役所の人間が施設内に踏み込んだ際、少年は、錯乱してこの刃物を振り回した。

「やめて！　みんなを殺さないで！」〉

——これもまた、そうだったのではないか。

少年は、錯乱していたわけではなかった。これは、少年にとっては、言葉通りの意味だったのだ。

役所の人間は、施設内の惨状を見て、すぐに劣悪な衛生環境であると感じたはずだ。死体が埋葬されずに日常空間の中に放置されているこんな状況では、疫病が発生しないわけがない、と。

死体のそばから動こうとしない少年に対して、衛生面から説得しようともしただろう。

とにかくここを離れよう、大丈夫、お父さんも他のみんなも後から運んでもらうから。つらいかもしれないけれど、このままだとお父さんもかわいそうだよ。きちんと埋葬してあげよう。

少年は慌てた。せっかくお父さんを止めたのに、今度はこの人たちがみんなを殺そうとしている。

少年は、止めなければならないと考えた。

そして、少年にとって、刃物を刺して動きを止めることは「殺す」ことではなかったのだ。少年の中での「死」はその先にあったのだから。

だから、少年は躊躇《ためら》うことなく、父親に包丁を刺し、役所の人間にも襲いかかった――

見開いた目の中心に、少年の投稿作が映った。

特殊ルールが反映されているようだと感じた、明らかに普通の詰将棋のルールとは異なる現象が起きていた、１二のマス。

１二のマスには、何かがあることになっているようだった。だが、このマスが初めから使えないわけではなく、ここには一度攻方の駒が打たれている。さらにその駒を取るために、もう一度玉方の駒も立ち入っていた。

一度は打てるし、その駒を取ることはできるけれど、駒同士がぶつかり合った後は使うことができなくなる。そこには何らかの駒があると見なされる——

「……ミイラ」

そうつぶやいた途端、盤上で景色ががらりと塗り替えられた。先ほど、週刊誌を読みながら思い描いていた光景が、まったく異なるものに変化していったのと同じように。

この詰将棋においては、取られた駒は相手の持ち駒にもならず、盤上から取り除かれもせず、その場でとどまっていた。——まるで、ミイラのように。

駒は、相手に倒されると〈ミイラ〉になる。

〈ミイラ〉は、相手を攻撃することも動くこともできないけれど、討ち破れたマスで留まっているから他の駒はその上を通れない。

そして、肉体がその場にあり続けることで他の駒の利きも遮っている。

そう考えると、少年の作意手順にも、反論にも説明がつく。すべてのことに辻褄《つじつま》が合うのだ。

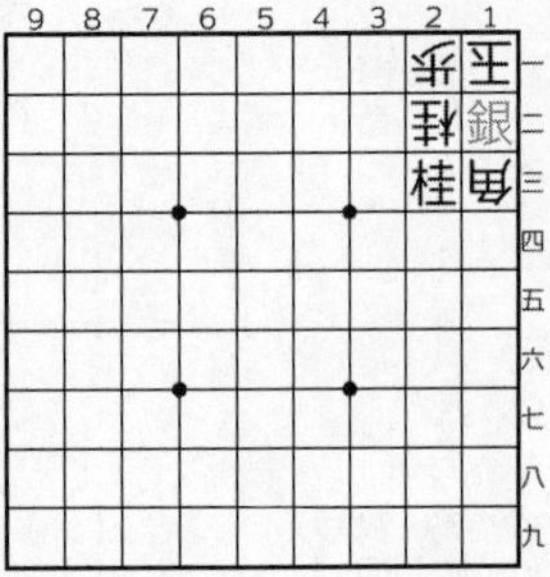

▲なし

頭の中で、駒がパラパラと動いていく。

〈▲1三飛、△同角、▲1二銀、△同玉、▲1一金、△同玉、▲2三桂不成〉

少年の作意手順の通りに。

最後、桂馬に王手をかけられた玉は、どこにも逃げることができない。隣と斜め前は自分の駒に塞がれ、前は、〈ミイラ〉となった銀に行く手を阻まれているからだ。

私は、仏壇の中の妻へ振り向いた。

私の記憶にある最期の姿とはかけ離れた、よそよそしく、作り物めいてさえ感じられる健やかな笑顔。

――この世界では、生と死が分断されている。

死は遠ざけられ、美しく装われ、存在しないものかのように扱われている。

顔を前に戻すと、少年の詰将棋の詰め上がり図が再び眼前に現れた。

そういえば、とふいに思う。

将棋においても、死の臭いはどこか希薄だ。

盤上のあちこちで戦いが起き、次々に駒が討ち取られていくものの、彼らは持ち

駒として ゲームの中で生き続ける。

玉は必ず最後には討ち取られて死ぬことを運命づけられているが、実際に玉が取られる瞬間はない。それよりも一手前、王手を外す手がない時点で「詰み」としてゲームが閉じられるからだ。

その、これまで何の疑問を抱くこともなく受け入れていた基本中の基本のルールが、奇妙なものとして浮かび上がってくる。

——ああ、そうだ。

少年の詰将棋は、将棋の持つそんな本来的な性質を炙り出すものなのだ。

このフェアリー詰将棋において、死は、手が進むほどに盤上に刻みつけられていく。死後も肉体が残り、周囲に影響を及ぼすという法則によって、その存在感を増していく。

そして、そうした死と共存する世界の中で、それでも唯一、ただ一人だけ死ぬことを許されない玉の孤独。

私は顔を前に戻し、机の上に転がっていたコードレス電話の子機を手に取った。

金城にかけ直して、突然切ってしまったことを詫び、少年について考えたことを口にする。

そもそも、少年にとっての「死の概念」自体が、一般常識とは大きくずれていたのではないかということ、そして、彼が共同体での禁忌を避けるために取った行動こそが、この世界においては禁忌であったという、やるせない皮肉を。

『それは……』

金城は声を詰まらせた。

『そんなこと……いや、でも』

さらに私が、少年の詰将棋に適用されていると思われる特殊ルールを説明すると、嘆息混じりに唸る。

金城は、数秒の間を置いてから、確認してみます、と言って、電話を切った。

私は、子機を今度は充電器に戻し、もう一度少年の投稿作を見つめる。

少年は、父親との思い出をなぞるために、再び詰将棋に取り組むことにしたのだろう、と思っていた。

だけど、そこで詰将棋を選んだ理由は、それだけではなかったのではないか。

──詰将棋には、「正解」が用意されている。

地道に可能性を検討していきさえすれば、必ず出口に辿り着けると約束されている。

私は、少年からの反論を受け取ったときに考えたことを思い出していた。

そして、共通のルールを元にやり取りしなければ、すれ違い続ける、と考えたことを。

少年は、これまで過ごしてきた世界から突然切り離され、まったく異なるルールに満ちた世界に、たった一人で放り込まれた。

根本からすれ違い、それゆえに犯した罪を問われ、自分なりに正直に話しても誰からも理解してもらえず、おまえが信じてきたことはすべて間違いだったのだと諭された。

おそらく、周りの大人たちも頭ごなしに少年を責めることはしなかっただろう。なぜなら、少年自身が悪いわけではなく、少年が信じ込まされてきたルールが悪かったせいなのだから。

誰もが、図らずも父親を殺してしまった少年を哀れに思い、今後この世界で生きていく少年のためを思って、この世界のルールを教え込もうとしたはずだ。

だが、そうして、物心ついた頃からずっと信じてきたものを周囲のすべての人間から否定された少年の目に、この世界はどんなものに映ったのか。

——何が正解なのかが、まったくわからない世界。

それはきっと、死生観に関わる話に限らなかっただろう。

たとえば、ある食べ物を美味しいと思う。たとえば、ある物語を悲しいと感じる。

たとえば、ある景色に美しさを見出す。

そうした、あらゆる認識について、これは本当に正しい感覚なのだろうかと迷わずにいられなかったのではないか。

そんなあまりにも寄る辺ない中で、少年は、こちらの世界にも「詰将棋」があることを知った。

これならば、自分にもわかる。これならば、自分でも「正解」に辿り着くことができる――感覚や感情に左右されず、純粋に論理だけを積み上げていけば必ず共通した答えを導き出せる詰将棋が、少年にとってある種の救いだったのだとしたら。

少年に残された、この世界と通じることができる唯一の方法――けれど、この詰将棋もまた、父親によってルールを変えられたものだった。

数日して、金城から連絡が来た。

『常坂さんの推理の通りだそうです』

金城らしからぬ低いトーンで言われた言葉に、私は強く目をつむる。

『「だから、どれだけ考えても解けなかったんですね」と、手紙にはあります』

私は、顔を手で覆った。

やはり、少年は、『詰将棋世界』に載っている問題も解こうとしていたのだ。

何日もかけて作品図面をにらみ、一つ一つの手を考えながら進め、それでも出口に到達することはできなかった。

あの「フェアリールール」で考え続けている限り、本来の詰将棋のルールを元に作られた問題は解けないのだから。

「金城さん」

私は、手を下ろして口を開いた。

「私からも手紙を書いたので、これを園田くんに転送してもらえますか」

この数日の間に書き上げた手紙を、そっと見下ろす。

余計なことは書くつもりはなかった。そうでなくとも、事件について踏み込んだことを書けば、少年の元まで届けられなくなってしまうだろう。

だから、ただ、詰将棋だけを送る。

少年が信じてきたフェアリールールに基づいて、私が新しく作った詰将棋だけを。

いいんだよ、と伝えたかった。君のフェアリールールは、決して間違いじゃない。この世界の一般的なルールとはたしかに違うけれど、これはこれで、あっていいんだ。

詰将棋はルール自体を自由に作ってもいいもので、そして、他者と世界を共有するものなのだから、と。

家族写真《ファミリー・ポートレイト》

宇佐美まこと

窓の下の坂道に、セキレイが一羽下りてきた。背中は黒く、腹は白いすっきりした姿で、ツンツンと尾を上下に動かしている。坂の下に川が流れているので、そこからやって来たのだろう。

要一《よういち》は、デスクの上からカメラを取り上げた。セキレイを狙ってみたが、敏捷《びんしょう》な小鳥はさっと飛び立ち、矢のように視界から消えた。坂の下から男性が一人上ってきた。それに驚いたのだろう。男性の顔に焦点を合わせてみる。コートの首元の、グレーに赤の線が一本入ったマフラーがしゃれている。

後ろから来た黄色のミニバンが、男性を追い抜いていった。冬の入り口の暖かな昼下がりだ。

坂道のどん詰まりにあるこの家を、要一は気に入っていた。コンクリート打ちっぱなしの二階家で、生活空間である二階の部屋からの眺めはなかなかのものだ。東京のど真ん中にしては静かだし、住宅が建て込んでいないので風通しもいい。カメラマンの要一は、一階を仕事場として使っていた。フォトスタジオも兼ねた事務所だった。

この窓から、仕事の関係者がやって来るのをよく眺めたものだった。

プロのカメラマンとして四十数年仕事をしてきた要一だが、この秋にすっぱりと引退した。七十一歳という年齢が、仕事を退《ひ》くのにふさわしいかどうかはわからない。カメラマンとしてある程度の評価も得たし、やり切ったという気持ちはあった。年齢のせいで、質の悪い仕事をすることにならないうちに、自分でピリオドを打ちたかったのだ。

それを知ったグラビア誌が、今までの作品を集めた写真展を品川《しながわ》のギャラリーで開いてくれた。『中川要一《なかがわ》の軌跡』と仰々《ぎょうぎょう》しく銘打った写真展も終わり、やっと落ち着いた。カメラだけを相手に生きてきて、とうとう結婚することもなかった要一は、これからの人生をこの坂の上の家で穏やかに過ごそうと決めていた。

ハイバックチェアに背をもたせかけ、使い込んだ35ミリ一眼レフの「ニコンF3」を手でくるみ込んだ。馴染んだ形が手のひらに心地よい。カメラ環境もフィルムからデジタルに変わり、ミラーレス機も登場して一眼レフの時代も終焉《しゅうえん》を迎えるなどと言われている今、仕事をやめる潮時だったと思う。

写真展には、このニコンで撮った写真も数多く出品した。要一が撮影する人物写真には定評があった。それもスタジオでモデルを撮るのではなく、生活する人々の普段の顔を撮ることを得手《えて》としていた。自分から外に出かけていき、自然光の中の人物を相手にシャッターを切った。彼の写真は、被写体の内面を映し出すと言われていた。

サケ漁で網を引く漁師を撮った『漁《すなど》る人』。歓楽街の二十四時間営業の保育所の子供たちを撮った『夜の子ら』。サーカス小屋の片隅で一服する老ピエロを撮った『憩い』。どれも高く評価され、グラビア誌の巻頭を飾ったものだ。

チャイムが鳴った。要一はニコンを置いて立ち上がった。階下の事務所は閉めている。訪問者は外階段を上がってきてチャイムを押す。

開いたドアの向こうに、中年の男性が立っていた。首に巻いたグレーのマフラーをすっと抜き取った。赤い線が一本。さっき坂を上ってきた男性だ。

「中川要一さんですか？」

おずおずと尋ねられ、「はい」と答えた。

「私は、水野拓馬《みずのたくま》といいます」

初めて聞く名だ。うかつにドアを開けてしまったことを悔いた。何もかもが一段落した今は、しばらくゆっくりしたかった。知りもしない人物との煩《わずら》わしい会話で、貴重な時間を無駄にしたくなかった。だがなぜか、開いたドアを押さえたまま、要一は水野と名乗る男と対峙《たいじ》していた。

「あの――突然お伺いしてすみません」

相手の控えめで迷いのある態度にも、邪険にできない何かを感じた。しかし部屋の中に招じ入れる決心もつかないまま、要一は立ち尽くしていた。

「写真展に伺いました」

「それは——どうも」

「あの『家族写真《ファミリー・ポートレイト》』という作品ですけど——」

写真展の入り口に掲げられた『家族写真』というタイトルの作品は、要一にとっては記念すべきものだった。彼のカメラマン人生を変えた一枚と言っていい。あれで有名な写真家の名を冠した写真の賞を受賞した。その後、意欲的に数々の作品を発表していき、注目され、話題になった。引退するまで仕事の依頼が途切れることなく続いて、フリーランスのカメラマンとしての地位を確立できた。

「私は、あの中に写っている一人です」

「え？」

要一はあの作品の構図を思い浮かべた。満開の桜の下、赤ん坊を抱いた若い母親が振り返ろうとしている。後ろから来た父親が、声を掛けた一瞬をとらえたものだ。親子三人にピントを合わせているが、少し離れたところに、両親らしき初老の夫婦が立っている。寄り添って若い夫婦を眺める姿は穏やかだ。何よりいいのは、赤ん坊の表情だ。父親を認めてぱっと輝かせた瞳や、まるまるとした小さな手を母親の肩越しに父親に伸ばした仕草が、全身で喜びを表しているようだ。

五人の家族の上に降り注ぐ桜の花びらが、躍動感と彩りを添えている。幸福な家族の何気ない日常の一瞬の輝きを切り取ったものと評価された。もう二十四年も前のことなのに、シャッターを切った時のことを、ありありと思い出すことができる。

「では、君は――？」

「あの時、赤ん坊を抱いた女性に声を掛けていたのが、私です」

「赤ん坊を抱いた女性？」

水野の顔をじっくり観察した。忘れられない写真に写った家族の顔は、何度も見返したせいで目に焼き付いている。確かに目の前の男を若くすれば、父親の顔に重なり合う。しかし自分の妻なのに、なぜこんな妙な言い方をするのだろう。意味がわからず、要一は首を傾《かし》げた。

「あなたはあの写真に『家族写真』というタイトルを付けてくださいましたが、実際はそうではありませんでした」

水野はそこで一呼吸置いた。また迷いの表情が浮かび上がる。それから意を決したように先を続けた。

「あの時、私と彼女は初めて会ったのです。血がつながっていたのは、女性と赤ん坊だけです。年配の女性は彼女の姑にあたる人でしたが、その縁も切れる寸前でした」

「それは――」

言葉が続かない。だが水野は、さらに奇妙なことを口にした。

「でもあの後、私たちは本物の家族になりました。あの写真がきっかけで」

要一はドアを大きく開けて、水野を部屋に招き入れた。

引退した自分のところに、今、この男が訪ねてきたことに、大いなる意味があるような気がした。どうしても聞かねばならないと思った。彼に転機をくれた作品でもあり、決して忘れられない一枚である『家族写真』の物語を。

水野はコートを脱いで、勧められた椅子に腰かけると、おもむろに話し始めた。

私はあの当時、二十八歳でした。人生は完全に行き詰まっていました。急死した父親から引き継いだ印刷工場を潰《つぶ》してしまい、工場も家屋敷も手放して清算しましたが、まだ少なくない負債が残っていました。

とにかく金が欲しかった。そんな時、詐欺集団に誘われました。犯罪だとはもちろんわかっていましたが、選択の余地はなかった。目の前にぶら下げられた報酬が、喉から手が出るほど欲しかったのです。

私が誘われて一員になった詐欺集団のやり口は、今と比べるとのんびりしたものでした。そんなに巧妙でもない。どうしてこんな安直な話に引っ掛かるのか、不思議でしょうがなかった。グループのリーダー格の男は、三十代半ばの若い男でした。

彼がすべての筋書きを考えるのです。

まだバブルの余韻がいくらか残っている時代だったので、うまい儲け話を持ち掛けて、金を巻き上げるのがひとつのパターンでした。ずさんな話なのに、バブル時代にちょっとでもいい目を見た人は、そういううまい話が転がっていることに違和感を覚えないのです。だから事業主や主婦をターゲットにすることが多かったです。そちらの方はある程度の知識がいるし、相手も金儲けがしたくてギラギラした人が多いので、新参者の私には手に余りました。何度かへまをやって、私が使い物にならないのがわかったリーダーは、ある老人を引っ掛ける詐欺へ振り分けました。

「これが最後のチャンスだからな。ボケた爺さんも騙せないなら、もうお前はお払い箱だ」

そう言い渡されていました。まだ一度も報酬を受け取るところまでいっていない私は焦りました。

単純な詐欺でした。今の「オレオレ詐欺」と似たようなやり口でした。違うのは、たいして下調べもしない手当たり次第の方法だったということでした。独居老人を狙って電話をかける。アンケートだとか市場調査だとかという名目で探りを入れる。個人情報の扱いに気を配るなどという意識の低い時代でしたから、案外話に乗ってくれるものだと聞きました。聞いたというのは、そういう役目も私には振ってくれなかったからです。口下手な私は、電話の相手から上手に情報を聞き出すということすらできませんでした。

私に与えられたのは、一番簡単で、だが一番危険な役目でした。すなわち今でいう「受け子」の役です。あの頃は直接老人宅へ行ったり、待ち合わせをして金を受け取るということが一般的でした。年配者で携帯電話を持っている人は少なかったですから、ATMまで誘導して金を振り込ませるという手口は使えませんでした。

私が初めて受け子として行った先は、木村惣一《きむらそういち》という七十代の老人のところでした。電話で接触した者からは、かなり認知症が進んでいるようだと伝えられていました。電話の相手を自分の息子と信じて疑わないのだと。不用意に息子の名前もしゃべってしまい、金の無心をすると、二つ返事で金を用意してくれたそうです。

その金を受け取りに行くのが私の役目でした。息子の名前は木村郁也《ふみや》で、彼の使いで来たと言えばいいとレクチャーされていました。

庭付きのこざっぱりした一軒家でした。奥から出てきた木村さんは、私の顔を見るなり、こう言ったんです。

「おお、郁也か。よく来たな。さあ、上がれ上がれ」

息子さんの知人だと名乗って、金を受け取ってくるはずだった私は固まってしまいました。こんな展開になるとは夢にも思っていなかったからです。玄関土間で立ち尽くす私を、木村さんは無理やり家に上げました。すっかり混乱してしまった私は、言われる通りに応じました。

　小さな家でした。奥の茶の間に連れていかれ、卓袱台《ちゃぶだい》の前に座らされました。その間も木村さんは上機嫌で私に話しかけていました。茶を淹《い》れてくれ、郁也という息子の好物だという菓子を出してくれました。

　私は話を合わせながら、冷や汗をかいていました。どうにかして約束の金を受け取って、リーダーのところへ持っていき、報酬をもらいたかった。そのことばかりを考えていました。木村さんは、私のことを本当の息子だと信じているようでした。そのことがわかると、少しは落ち着いてきました。

　この老人は相当認知症が進んでいるようだと思いました。初めて会った私を、年恰好が同じだからというだけで、自分の息子だと思い込んでいるのですから。木村さんは饒舌でした。適当に相槌を打ちながら、彼の話を頭の中で整理しました。木村さんは妻を亡くして一人暮らしだということ。郁也という息子は、関西で働いているらしいが、あまり家に寄り付かないこと。木村さんは近所づきあいもなく、孤独な生活をしていること。

「お前が帰ってきてくれて嬉しいよ。こっちに転勤になったのか」

　そう問われて「うん」と答えました。

木村さんは「そうか」と嬉しそうに頷《うなず》きました。どこに住んでいるかという問いには、言葉を濁しました。会社の寮がまだ空かないので、同僚の家に住まわせてもらっているのだと言いました。それでも木村さんは不審に思うふうではなく、「うん、うん」と笑っていました。

その後、小一時間ほど話し込みました。木村さんは、郁也君が小さかった頃の思い出話や奥さんが亡くなった状況などを話してくれました。どうやら郁也君とは完全に音信不通になっているようだと私は気がつきました。自分の母親が死んだというのに、彼は戻って来ていないのです。茶の間には、小さな仏壇がありました。仏壇の前でおざなりに手を合わすと、木村さんは、涙を流して喜びました。

心が痛みました。それでも木村さんが差し出したお金は受け取りました。リーダーからは、郁也が集金した会社の金を落としてしまい、弁償させられるのだと伝えてあると聞いていました。封筒の中には五十万円が入っていました。

それをリーダーにそっくり渡し、報酬として五万円をもらいました。

「どうだ。まだ引き出せそうか」

裸の五万円をポケットに押し込みながら、私は答えました。

「いや、もう無理ですね。あの爺さん、かなりしっかりしていますから」

「そうか」

リーダーは残念そうに言いました。そんなふうに答えたのは、木村さんを庇《かば》うつもりでも何でもありません。私のことを息子だと思い込んでいる木村さんにさらに取り入るためです。あの人は認知症で、お金の勘定もできないのだ。あんなに喜んでいるのだから、息子のためなら、いくらでも出してくれるだろう。詐欺グループには内緒で、すべてを自分の懐に入れることができる。そんな狡猾な計算をしたのです。

知らない老人から金を巻き上げることに罪悪感はありませんでした。

私は何度も木村さんを訪ねました。行くたびに、寂しい老人は歓待してくれました。私は適当にでっち上げた話を、木村さんに語りました。関西で転職したこと。スポーツ用品のメーカーで営業の仕事をしていて、今度、東京本社に転勤になったこと。仕事は面白いし、やりがいがあること。有名なアスリートにイベントで会う機会があったこと。

「そうか。お前はスポーツが得意だったからなあ」

木村さんは疑うことなく、相槌を打っていました。帰る時には、小遣いをくれました。もはや、心は痛みませんでした。当然のようにそれを受け取りました。

木村さんは私が訪ねていくのを、心待ちにしていました。連絡を入れると、弾んだ声を出し、寿司を取ってくれたり、高級な酒を飲ませてくれたりしました。そのうちに、もっとまとまった金額を彼から引き出すにはどうしたらいいかと考えるようになりました。

どうせ認知症を患《わずら》っているのだ。これからはどんどん症状が重くなるだけだから、嘘がばれるはずがない。私はだんだん大胆になりました。

結婚したい人がいるんだ、と言いました。木村さんは、跳び上がらんばかりに喜びました。ネットで検索した適当な女性の写真をプリントアウトして見せました。

「きれいな人じゃないか。育ちもよさそうだ」木村さんは目を細めました。「早く結婚して孫を抱かせてくれよ」とも言いました。

「いや、まだ無理だ。結婚資金もないし」

「いくらいるんだ。少しならお父さんが出してやろう」

その時、百万円をもらいました。銀行の封筒に入ったお札を受け取った時は、さすがに後ろめたい気がしました。その日は、お祝いだと言って、外で食事をしました。連れていってくれたのは、まあまあ値の張る中華料理店でした。老酒《ラオチュー》で乾杯しました。

「おめでとう」と言われ、じんわりしたものが込み上げてきました。不思議な感覚でした。私自身も家族とは疎遠になっていたのです。父が遺《のこ》した工場を潰したと言って姉夫婦にひどく責められました。母は姉夫婦に引き取られ、以来行き来がなくなっていました。

もうこんなふうに家族と食卓を囲むことはないだろうと思っていたのです。目の前に座っているのは自分が騙している人で、認知症を患う老人なのに、本当の父親のような気がしました。

しかしそれも一瞬のことです。まだまだ金を持っているらしい木村さんから、今度はどんな口実で引き出そうかと考えました。

次に彼女が重い病気になったと嘘をつきました。紹介したかったのに、その矢先だったと。木村さんは悲痛な表情を浮かべました。結婚前にそんな病魔に襲われて、彼女のご両親はどれほど辛《つら》い思いをしていることかと言いました。そんなこと、私は考えてもいなかった。木村さんは認知症になっても心の豊かな人でした。

彼女の入院費用として、また百万円をもらいました。

二か月の間にさらに二百三十万円。高額な医療を受けさせないと、命にかかわると訴えました。木村さんは疑うことなく、すんなりとお金を下ろしてきてくれました。その頃には、私の感覚も麻痺してしまっていました。有難いとも思いませんでした。つましい暮らしをしているのに、かなり貯め込んでいるんだな、とそんなことだけを浅ましく考えました。

例の詐欺集団は警察に摘発されてリーダー格の男は逮捕されました。メンバーは散り散りになりました。組織の下っ端で、最近は接触していない私のところに捜査の手が伸びるとは思えませんでしたが、慎重にならざるを得ませんでした。どちらにしても、そろそろ潮時だと感じていました。

「会社を辞めて、自分でスポーツ用品の店を出したいんだ」木村さんにそう言いました。

「そうしたら、彼女と一緒に切り盛りできる。結婚して二人でやっていきたい」と。

「そうか。郁也も一家の大黒柱になるんだな。その上に店の主《あるじ》か」

木村さんは、顔をほころばせました。それまでに彼から手に入れた金で、だいぶ借金が減っていました。もうひと押しして、借金をチャラにして、ここからおさらばしようと思いました。私は厚顔にも、独立資金を木村さんにせびりました。木村さんは二つ返事で五百万円を銀行から下ろしてきてくれました。

木村さんが銀行から帰ってくるのを、私は彼の自宅で待っていました。もうここへ来ることはないんだと思うと、寂しい気もしました。私が来なくなったら、木村さんはどうするだろうとちょっとだけ考えましたが、すぐにそんな考えを追い払いました。ここで感傷的になるぐらいだったら、私はこんな惨《むご》いことはしなかった。心を殺しているからこそ、できたことでした。私はもう人間ではありませんでした。

銀行から帰ってきた木村さんは、分厚い封筒を私に差し出しました。そして言いました。

「君が来なくなると寂しいよ」

受け取ろうと出した手が止まりました。聞き間違えたかと目を見張りました。

「これで私の貯金は全部なくなった。君にとっては利用価値のない人間になった」

静かな口調で木村さんは言いました。私は返す言葉がありませんでした。ただ体を硬直させていました。木村さんのところに初めて来た時のように。

木村さんはわかっていたのです。私が息子ではないことを。彼は認知症でも何でもなかった。私が詐欺師だと知っていたのです。それを承知の上で、金を渡してくれていたのです。

「なぜ……？」それだけ言うのがやっとでした。

「息子の郁也は十五年前に死んだんだ。高校の卒業式の日、校舎の屋上から飛び降りて」

絶句しました。

「年を取ってからやっと出来た一人息子だった。辛かったよ。原因はいじめだとか、失恋だとか、将来を悲観してだとかいろいろ憶測されたがね。結局わからなかった。理由を探すことに、私も妻も疲れ果てた。郁也はもういない。それがすべてだと諦めた」

木村さんは淡々と語りました。仏壇には位牌が二つ並んでいたことを、その時になって思い出しました。

「妻も三年前に心筋梗塞で亡くなった。以来、私は孤独な暮らしを続けてきた。何日も人と話すことがないような寂しい生活だった」

だからね、と木村さんは言いました。「だから、この四か月ほどは楽しかった。郁也が生き返ってきたような気がした。息子が結婚して、孫が生まれて――。そんな想像をさせてくれた」

ありがとう、と木村さんは言いました。私はその場に突っ伏して許しを乞いました。

「いただいたお金はきっと返しますから」そう言いました。

「いいんだ。金はもう必要ないからね。君の役に立ったならそれでいい」

私は号泣しました。どうしてこんなに情けないことをしたのだろう。金なんか働いたら手に入る。なのに、こんな善良な人を騙して手っ取り早くケリをつけようとしたなんて。

「もういいから」

私が落ち着くと、木村さんは言いました。そしてうなだれた私をつくづく見てぽつりと呟《つぶや》きました。

「ああ、君が本当の息子だったらなあ」

また泣けてきました。

木村さんと私は、連れだって家を出ました。どこへ行くという当てもなく、二人並んで歩きました。春でした。桜が満開でした。そのことに初めて気がつきました。季節の移ろいにも気持ちがついていっていませんでした。

桜並木の下を、木村さんと歩きました。もう言葉を交わすことはありませんでした。私のジャケットの内ポケットには、五百万円が入った封筒が納まっていました。返そうとする私を、木村さんは押しとどめたのです。どうしても持って行けと言ってききません。

この人は、無一文になってどうするのだろう。息子に先立たれ、長年連れ添った妻にも死なれ、たった一人で生きていくことに意味を見出さなくなったのではないか。お金に執着しなくなったのは、すなわち生きることを諦めたからではないのか。このまま別れてしまうと、この人は命を絶つのではないか。自分がしてきたことを棚に上げて、私は震えました。

だが、そういうことを言い出せず、ただ延々と続く桜並木の下を歩いていました。

その時でした。前を歩いていた二人連れの一人が、何かを落としたのです。見れば、若い女性は赤ん坊を抱いていて、むずかる子をあやした途端、バッグから手帳のようなものを落としてしまったようでした。若いお母さんは落とし物に気づかず、歩き去ろうとしていました。私たちはじきに手帳のところまで歩み寄りました。手帳は道に落ちたまま、風にめくられて開きました。母子手帳でした。中に住所が書いてありました。何気なくそれを読み、以前私が住んでいたところ（印刷工場があった場所）の近くだなあ、とぼんやり考えました。

かがんでそれを拾い上げ、前を行く女性に声を掛けました。女性が足を止めました。驚いたことに、それまでむずかって泣いていた赤ん坊が、私を見て笑いました。お母さんの肩を乗り越えるようにして、私に手を伸ばしてくるのです。ああ、あの輝くような笑顔。あんなに無垢《むく》で真っすぐな笑みが自分に向けられているとは信じられませんでした。小粒の真珠のような前歯が二本生えているのすら、奇跡に思えた。さっきまで老人を騙して金を巻き上げようとしていた歪《ゆが》んだ性根の私に。

ちっぽけな赤ん坊に神々《こうごう》しさすら感じました。

お母さんは驚いて振り向きかけていました。我が子が何に反応したのか、見ようとして身を反らせるようにしました。彼女に付き添っていた年配の女性と木村さんは、偶然並んで立つようになりました。二人とも、あまりにあどけない赤ん坊の仕草に釣られて柔らかな表情を浮かべていたように思います。

あなたがシャッターを押したのは、まさにその瞬間でした。

もちろん、その時は四人ともそのことに気づきませんでした。私は拾った母子手帳を彼女に返しました。

「ありがとうございます」

微笑《ほほえ》んだお母さんは、赤ん坊とそっくりでした。

私たちは、その場で別れました。彼女は連れの女性と、私は木村さんと、別々にと、別々に歩いていきました。しかしあの奇跡の瞬間、何かが変わっていたのです。木村さんの周辺に漂っていた諦めや寂しさ、陰鬱さは、すっかり影を潜めていました。どう言ったらいいか。この世も案外捨てたもんじゃないな、というような明るく前向きな力が生まれたように感じました。桜並木が途切れると、木村さんは、私に向かって手を挙げました。

「じゃあ、また遊びに来てくれよ」

それだけ言って、背を向けてすたすたと去っていったのです。

本当に私はそれから何度も木村さんを訪ねました。五百万円は、借金の返済に当てさせてもらいました。報告すると、木村さんは「それでいいんだ」と言いました。

こんなことを私が言うのは間違っていると承知していますが、それからは本当の親子のように交流しました。

二か月ほど経った時、あなたの写真が大きな賞を取りました。私たち五人の束《つか》の間《ま》の接触を、あなたは『家族写真』というタイトルで発表したのでした。木村さんは、面白がったり喜んだり大騒ぎでした。ますます生きる気概に溢《あふ》れてきました。私はふとあの女性二人はこのことを知っているだろうかと思いました。知らないでいるのなら、教えてあげたいと思いました。母子手帳を拾った時、偶然目にした住所は憶《おぼ》えていました。お母さんの名前が阿川早織《あがわさおり》ということも。

私は、『家族写真』が載ったグラビア誌を持って、その住所を訪ねて行きました。以前住んでいた町内ですから、すぐに探し当てることができました。古い一軒家でした。呼び鈴に応えて出てきたのは、まさにあの時の若いお母さんでした。私はグラビア誌を広げて早織さんに見せました。彼女は食い入るようにそれを見ていました。

「家族写真――」

ぽつりとそれだけ呟きました。何かが彼女を突き動かしているという気がしました。彼女は家の奥に向かって「お義母《かあ》さん」と呼びました。早織さんは手早く、夫が亡くなったので、お姑さんの家に住まわせてもらっているのだと説明しました。

奥から出てきたお姑さんは、女の赤ん坊を抱いていました。不思議なことに、その子はまた私を見て満面の笑みを浮かべたのです。

「この子はすごく人見知りをするのに、おかしいわねえ」

お姑さんは、目を丸くしました。

それから私は家に上げてもらい、話をしました。赤ん坊の名前は陽葵《ひまり》ちゃん、お姑さんの名前は美知恵《みちえ》さんというのだと知りました。早織さんは近々、実家のある新潟に引っ越すことにしていると言いました。夫の籍から離れて人生をやり直すつもりだと。私の目の前に座っている二人は、数日後には別れてしまう運命だったのでした。

しかし早織さんは、意を決したように美知恵さんに言いました。

「お義母さん、私、やっぱり新潟に帰るのはやめます。ここで暮らします。お義母さんのそばで陽葵を育てます」

美知恵さんは、首を縦に振りませんでした。どうしても自分の近くにいてはいけないと譲らないのです。早織さんは泣き出しました。私が二人の間に入ってとりなすというおかしなことになりました。

「これ」

早織さんは、しゃくり上げながら『家族写真』を美知恵さんに突きつけました。

「これを見てください。私たちは家族でしょう？　どうしてお義母さんのそばにいてはいけないの？」

戸惑いの表情を浮かべた美知恵さんが、私を見ました。お姑さんの視線を追って、早織さんも私の方を振り返りました。陽葵ちゃんがハイハイをして来て、私の膝に両手を置きました。そしてまたあの輝くような笑顔を向けたのです。

あなたは「縁」というものを信じますか？　あの『家族写真』が私たちを結びつけたのです。私はその一年後、早織さんと入籍しました。陽葵ちゃんの父親になったのです。

付き合っている間に、早織さんから彼女たちの事情を聞きました。早織さんのご主人だった隆雄《たかお》さんはリストラに遭い、職を失いました。再就職がうまくいかず、酒浸りになったそうです。早織さんが働きに出ようとした矢先、妊娠していることがわかりました。だいぶ前に夫と死別していた美知恵さんが何度もやって来て、息子を諭《さと》しましたが、隆雄さんは荒れる一方でした。収入がないのでマンションを引き払い、安アパートに移りました。

隆雄さんは、子供を堕胎するように命じました。こんな状態では子供なんか育てられないというのです。早織さんがどうしても産みたいと言うと、妻に暴力を振るうようになったそうです。殴る蹴る、髪をつかんで引きずる、首を絞める。それは凄絶《せいぜつ》なものだったといいます。彼は人生の敗北者となった自分を直視できなかった。悲観し、絶望し、アルコールに救いを求めたのでした。屈折した思いが、子供の父親になることへの恐怖へつながりました。

このままでは、子供はお腹の中で死んでしまうのではないか。早織さんも美知恵さんもすっかり疲弊し、精神をすり減らしてしまいました。

しかし、そんな生活にも呆気《あっけ》なく終わりがきました。隆雄さんが、酔ってアパートの外階段を踏み外して転落したのです。首の骨を折り、それが原因で亡くなってしまいました。皮肉なことに、それで陽葵ちゃんは無事にこの世に生を受けることができたのです。

早織さんは、お姑さんに助けてもらいながら、夫と暮らした地で子育てをしたいという希望を持っていましたが、美知恵さんがそれを拒否しました。陽葵ちゃんと別れるのは辛いけれど、私のそばにいてはいけない。もう隆雄のことも忘れなさいとその一点張りでした。私はあなたたちのそばにいる資格はないのだとも言いました。

実家のご両親にも戻って来るようにと何度も催促されました。

決心のつかない早織さんは陽葵ちゃんを連れ、お姑さんと有名な桜並木を見に行きました。彼女たちも途方に暮れていたのです。そこで私と木村さんに偶然出会い、出会いの瞬間をあなたがカメラに収めました。

これが二十四年前、『家族写真』が起こした縁の物語です。

ああ、もう一つありました。私たちが結婚した後、木村さんと美知恵さんも一緒に暮らし始めたのです。あの木村さんの小ぢんまりした家で。正式に籍は入れませんでしたが、八年前に木村さんが亡くなるまで、とても仲よく生活していました。私たち夫婦と木村さんと美知恵さんは、実の親子のように親しく行き来しました。「君が本当の息子だったらなあ」と言った木村さんの望みも叶いました。本当の家族になったというのは、そういうことだったのです。

水野拓馬の長い長い話が終わった。いつの間にか肩に力が入っていた。要一はハイバックチェアにぐったりともたれかかった。

「あの写真がなければ、私たちは結びつくことはありませんでした。あなたが引退されると知って、どうしてもこの話を聞いて欲しくて、厚かましくお訪ねした次第です」

「そんなことをあの写真が引き起こしていたなんて」要一はゆっくりと首を振った。

「まったく想像もつかなかったな」

一つ大きく息を吐いた。

「陽葵はすくすくと育ちました。私を本当の父親だと思って。でも十六歳の時に事実を告げました。それでもあの子は少しも変わりません。私に向けてくれる笑顔は、初めて会った時のままです」

陽葵の下には妹が一人生まれ、姉妹はとても仲がいいのだと水野は言った。

「そのう——美知恵さんはお元気なんだろうか」

「ええ」水野は声を弾ませた。「元気に一人暮らしをしています。私たちと同じマンションの別の部屋で。今年、八十三歳になりましたが、まだ足腰もしっかりしています」

「そうか」

「中川さん」水野は居住まいを正した。「実はもう一つ目的があって、ここへ来ました」

「何だろう」

「陽葵が結婚するんです。来年の春に」

「それは——おめでとう」水野はぐっと体を乗り出した。

「結婚式に来てもらえませんか？　私たちを引き合わせた写真を撮ったあなたに出席してもらいたいんです。妻とも相談してお願いに上がったんです」

「ありがとう」

要一は微笑んだ。水野の顔にぱっと笑みが広がる。

「だが――遠慮しておくよ」

浮かんだ笑みは、急速に萎《しぼ》んでいった。

「悪く思わないでくれ。カメラマンは、レンズのこちら側にいるべきだと思うんだ。それが何と言うか、僕の信念でね」

「わかります」気を取り直して、水野は言った。「厚かましいお願いをしてすみませんでした」水野は立ち上がって頭を下げた。

「お嬢さんのお幸せを祈っているよ。レンズのこっち側からね」

水野は礼を言い、突然訪問した非礼を詫びて部屋を出ていった。水野が坂を下って行くのを、要一は見送った。

彼が語った物語をもう一度自分の中で反芻《はんすう》した。まさかあの五人にそんな事情があったとは思わなかった。『家族写真』に写った美知恵の顔を思い浮かべた。あの人が幸せになったと聞いただけでもよかった。

二十四年前、要一は、写真週刊誌の専属カメラマンをしていた。事件や事故の現場を撮影したり、芸能人のスキャンダル写真を盗撮したりする仕事だ。気が滅入るような現場だったが、それでも食べていくためには仕方がないと自分に言い聞かせてカメラを向けていた。

その当時、売れに売れていたあるロックバンドのリーダーが、NHKの大河ドラマで主役を張るような女優と交際しているらしいという情報を得た。彼らが密会するマンションを探り当てた編集部から、スクープ写真をものにするように命じられた要一は、マンションの向かいにあるビルの一室を借りて張り込んでいた。

彼らも用心していたのだろう。なかなか現れなかった。要一がカメラを据え付けたビルの部屋は三階にあり、道を隔てたマンションの玄関ロビーがよく見渡せる場所だった。彼は寝袋を持ち込み、二十四時間態勢で粘ったが、これと思いいショットは撮れなかった。

望遠レンズを取り付けたカメラを、四六時中覗き込んでいるうちに、要一は別のことに気がついた。マンションの隣に古びたアパートがあった。二階の一番手前の部屋に若い夫婦が住んでいた。妻の方は妊娠しているようだった。

初めはたいして気にしていなかった。その夫婦に気が向き始めたのは、働きに行く様子もなく家にいる夫が、妻に暴力を振るっている様子が見受けられたせいだ。夫は常に酔っぱらっていて、不機嫌だった。がなり立てる声が要一のいる部屋にまで届いた。

昼間はアパートの住人は出払っているのか、人の気配がない。時に窓が開けられていて、夫が妻を口汚く罵《のの》った挙句、突きとばしたり足蹴《あしげ》にしたりする様子が見て取れた。逃げ出した妻を、階段口のところで捕まえて、部屋まで引きずっていくこともあった。

少しだけ膨らんだ腹をした妻は、されるがままだった。赤ん坊だけは守りたいのだろう。常にお腹を庇っていた。要一は気が気ではなかった。こんなことが続けば、子供の命が危ない。誰の目にも触れず行われている弱者への暴力に憤《いきどお》りも感じた。警察に通報すべきだとも思った。時に夫の理不尽な行為をカメラに収めることもあったから、それを見せれば彼は妻への傷害罪で逮捕されるだろうと思った。

だが――できなかった。

そんなことをして、ここが事件の現場として報道されれば、芸能人のカップルは警戒してこのマンションに近寄らなくなるだろう。そうなったら、今までの努力が水の泡だ。

彼が迷っているうちに、暴力はどんどんエスカレートしていった。夫の行為に耐えていた妻の泣き叫ぶ声が聞こえるようになった。外階段を下りる妻の顔に醜い痣《あざ》ができていた。望遠レンズを通して、要一はそれを見た。だが、行動に移せなかった。そこに介入してきた人物がいた。それは夫の母親のようだった。「隆雄」と呼び捨てにする声がかすかに届いてきた。彼女は息子を叱り、酒を取り上げて、妻への暴力をやめるようこんこんと言い聞かせているようだった。

だが息子は、よっぽど性根の腐った男と見えて、母親の忠告にも聞く耳を持たなかった。それどころか、さらにいきり立つのだった。酒を浴びるように飲み、妻だけでなく、度々訪れるようになった母親にも食ってかかった。そんな様子を見ていると、要一も気が塞《ふさ》いだ。もはや芸能人カップルどころではなかった。この一家の行く末が気になって仕方がなかった。母親は一計を案じ、妻をどこかに逃がしたようだった。

ほっとしたのも束の間、数日後妻は夫に連れ戻された。要一は暗澹《あんたん》たる気持ちになった。ああいう輩《やから》は、常に自分の力を誇示できる相手をそばに置いて存分にいたぶりたいのだろう。それは取りも直さず、男の弱さを露呈することにもなるのだが。すぐに母親がやって来た。彼女は有無を言わさぬ態度で、妻を外に追い出して、自分の息子と対峙した。わずかな間にも殴られたのか、妻はまた痣をこしらえていた。夫が母親を押しのけて階段の上に出てきた。汚れたシャツにだらしなく上着を羽織り、裸足《はだし》にサンダルをつっかけていた。何かを喚《わめ》きながら妻に襲いかかる。妊娠しているせいでバランスを崩した女性は、男につかみかかられ、押されて階段を数段踏み外した。

要一の口から思わず「あっ!」という小さな叫びが出た。

なんとか手すりにすがって持ちこたえた妻は、顔をくしゃくしゃにして泣きながら階段を下りた。追いすがろうとする男を、母親が羽交い絞めにし、下から見上げる女性に「早く行きなさい」と叫んだ。

しかし妻は動かない。彼女は、どうしようもないこの男を捨て去ることができないのだ。ひどい目に遭っても、やがて戻ってきてしまうのだから。それに母親も気づいているのだろう。鬼のような形相《ぎょうそう》で邪険に追い払う仕草をする姑の気迫に押されたように、若い妻は、とうとう小走りでそこを立ち去った。

そういういきさつを、要一は望遠レンズ越しに見ていた。男は力まかせに母親の体を払いのけた。血走った目と、涎《よだれ》が垂れた顎がすぐそこにあるように見えた。母親は反動で階段の上で尻もちをついた。

「待ちなさい！　隆雄！」

それだけははっきりと聞いた。男は逃げた妻を追いかけるつもりなのだ。ガバッと起き上がった母親は、驚くべき行動に出た。自分の息子の背中を思い切り押したのだ。男の足からサンダルが脱げて飛んだ。一拍遅れて体が空中に飛び出した。勢いよく押されたせいで、階段を転がることもなく、一気に地面まで落下した。酒浸りで病み衰えたような薄い体は、いやというほど地面のコンクリートに叩きつけられた。

要一は、カメラを覗いたまま、微動だにできなかった。望遠レンズが、おかしなふうに首の曲がった息子の体をとらえた。見開いた冷たい目が、じっと見つめる要一に向けられていた。

そろそろと階段を下りてきた母親は、しばらく息子のそばに立ち尽くしていた。彼女は自分の手で、息子のねじれた人生にケリをつけたのだ。そして新しい命を守った。究極の選択をした母親は、それでも悲しい目をして我が子を見下ろしていた。

エアポケットのように人通りの絶えた道路を、要一は望遠レンズでなぞった。そして戦慄した。去ったはずの妻が、隣のマンションの植え込みの陰に立っていた。彼女は、姑のしたことをすべて目撃していたのだ。滂沱《ぼうだ》の涙が、妻の頰を流れていた。それを拭うことなく、妊婦はじっと隠れていた。

要一は、息子を手にかけた母親と、それを見てしまった妻の顔を交互に眺めた。姑の顔に表れた悲しみ、悔い、嗟嘆《さたん》、消沈。妻の顔に現れた悲傷、痛哭《つうこく》、諦め、そして赦《ゆる》し。

人間の顔は、これほどまでに感情を映し出すものなのか。

すっと持ち上がった母親の視線に、射抜かれた気がして要一は震えた。

その時、アパート一階の奥の部屋のドアが開き、作業着姿の中年の男が飛び出してきた。不穏な音に驚いたのだろう。彼は状況を見て、さらに慌てふためいた。

「大変だ！」

大声が響いてきた。こと切れた息子のそばに立つ母親が、あまりに冷静でいることに、男は違和感を覚えたらしい。

「あんた――」階段の下のやり取りは、要一の耳にもよく届いた。「あんた、いったい……」

その時、植え込みの陰に隠れて立っていた妻が足早に近づいてきた。もう泣いていなかった。

「この人は、足を滑らせて落ちたんです。いつでも酔っぱらっていたから。前から危ないと思っていたの」

毅然《きぜん》とそう言い放った。姑がはっとして息子の妻を見返した。

「いいえ……」否定しようとした姑を、妻は遮《さえぎ》った。

「私、そこで見ていたから間違いない」

それから夫の傍《かたわ》らに腰を落とした。手を差し伸べて、開いたままになっている両の目をそっと閉じてやった。

「もういいわね。もう楽になったね」

要一はゆっくりとファインダーから目を外した。シャッターに置いた指が強張《こわば》っている。自分には、今シャッターを押す資格はない。そう思った。今まで何を写してきたのか。その思いが、彼の身の内を焦がし、焼き尽くそうとしていた。

そして機材を撤収し始めた。大きなものが自分の中で動き始めたのを感じていた。

今までの仕事はまやかしだった。長年カメラマンをしてきたのに、何も写し取ってこなかった。ビルを後にする時に、近づいて来る救急車やパトカーのサイレンを聞いた。

その日、要一は所属していた写真雑誌のカメラマンを辞めた。

それから人間を写すことに没頭した。ただ表情を撮るだけではない。背後にある人生、刻み込まれた年輪、語られることのない物語、シャッターを切る瞬間に発せられる感情の揺らぎを切り取ることに心を砕いた。収入は激減し、切り崩していた蓄えも底を突きかけた時、またあの二人を見つけたのだ。

一年以上が経っていた。桜並木の下を歩く人々に歩道橋の上からカメラを向けていた時だった。突然、見憶えのある二人を望遠レンズがとらえた。忘れるはずがない。あの二人の顔は瞼《まぶた》の裏に焼きついていた。まるまると太った赤ん坊を抱いた妻は、姑と一緒にいた。そのことに驚くと同時に安堵した。

彼は、目撃した事件のことは通報しなかった。できなかった。やむにやまれぬ思いで、あんな惨いことを我が子に為した母親を誰が責められるだろう。少なくとも傍観者だった自分がそれをするわけにはいかないと思った。母親のせつない犯罪は闇に葬られた。息子の妻が、すべてを呑み込んだ上で企図したことだ。だが母親は、我が子を殺してしまったという自責の念に苛《さいな》まれ続けているだろう。

血のつながらない二人の間に、あれから起こった物語はどんなものだったのだろう。それを考えながら、要一はシャッターを押し続けた。それまでの一年、肝に銘じていたことは、被写体である人物の物語には決して介入しないこと。ただ写し取ることだけに徹すること。透徹した目で見ると、彼らの内面が自ずと彼に向かって開かれるのだった。

間断なく降る薄桃色の花びらの中、若い母親に声をかける者があった。赤ん坊がぱっと顔を輝かせ、嬉しそうに手を伸ばした。その瞬間も要一はカメラに収めた。もう一人、年配の男性が姑のそばに立っていた。

家に帰って画像を現像し、つくづくと見入った。物語が立ち上がってきた。姑には夫があったのだ。そのことに思いが至らなかった。夫のためにも、彼女は自首しなかったのかもしれない。そして、赤ん坊を抱いた母親に声をかけている男性。きっと新しい伴侶と出会ったのだと思った。

悲しい運命に翻弄された嫁と姑だった。誰にも言えない秘密が結びつけた二人だったが、今は穏やかに寄り添って生きているのだ。その後の幸せな生活を如実に物語る写真に見えた。

赤ん坊を中心にした若い夫婦と年取った両親。五人すべての表情に深みがあり、見る者の心に何か大事なものを投げかけてくる。それが真っすぐに伝わったのか、

『家族写真』というタイトルで発表した作品は、大きな賞を受賞した。中川要一の名前は一気に知られるようになった。人物写真を撮らせたら、これほど巧みな写真家はいないとまで言われた。

あの写真は、要一の人生を大きく変えてくれた。ところが、その先にまだ物語は続いていたわけだ。水野の話を聞いて、それがわかった。『家族写真』に写った人々は、あの当時、家族ではなかったという驚きの事実。水野と木村との間にも、想像を絶する物語があった。一人一人の表情に深みと重みがあるのは、そういうわけだった。

そしてあの『家族写真』に導かれるように、彼らは本当の家族になった。

阿川美知恵——今は名前を知ったあの姑が、あの後幸せに暮らしていたことを知っただけでもよかった。あの時の赤ん坊が、結婚するという事実も、要一を温かな気分にさせた。まったくの赤の他人を結びつけたのは、『家族写真』ではなくて、あの子かもしれないな。そう要一は考えた。

陽葵という名前の通りの明るい子が、周囲をすっかり照らし出したのだ。

だから——やはり自分はレンズのこっち側にいるべきなのだ。人々の物語に介入することなく。あのアパートの階段で起こった真実を、水野は知らない。早織と美知恵の間で共有され、今も彼女らの心に鋭い棘《とげ》となって突き刺さっているであろう出来事をどうこうする権利は自分にはない。そこは、決して足を踏み入れてはならない領域なのだ。

要一は、デスクの上のニコンを持ち上げた。レンズが秋の光を受けてきらりと光った。

ジモン

佐川 恭一

えちえちのノースリーブを着た津村さんのイメージが私の心を始終捕らえていた。もう忘れられそうもなかった。秋になってもまだ、私は津村さんの脇を見ていた。もうそこに生脇がないことはわかっている。それでもやはり、私は津村さんのカーディガンに覆われた脇を見て、そこに生脇を幻視しているのである。

彼女は会社の隣の係で働いている二十四歳で、私よりも六年後輩だった。私は三十一歳だった。京都の大学に入るために一浪したのだ。そしてそのまま京都の会社に就職し、経理事務を担当している。私は会社から簿記の資格を取るように言われて以来三級のテキストをよく鞄に入れているが、ほとんど開いたことがない。私はとにかく小説が好きで、簿記なんかやる暇があるなら小説を読んだ方がいいと思っていた。経理の部署にもたまたま配属されただけで、すぐにどこかに異動してしまうだろうと考えていたのだ。しかし私は気付けば八年も経理をやっていて、しかもまだ簿記の三級すら取っていないという、とんでもない無能社員になり果ててしまった。

津村さんは当初私に愛想よく接してくれていたが、徐々に仕事に慣れて半年で簿記三級を取得してしまうと、翌年にはあっさり二級も取得してしまった。念のため言っておくと日商簿記である。彼女はその頃から私をひどく避けるようになり、かつては食堂で出会うと一緒にご飯を食べていたのが、わざと遠いテーブルまで逃げていくようになった。どういうことなのか他の同僚に探りを入れてもらったところ、どうやら「視線がキモイ」らしいのである。私は確かに彼女を毎日見つめているかもしれない。いや、見つめている。私は彼女の放つ光のオーラに蛾のように惹きつけられ、生脇あるいはその幻視だけでなく、その時どきの化粧の具合や服装の季節ごとの変遷をも楽しんだ。彼女の華やかさに目慣れてくると、逆に地味な装いをしてきた時や気を抜いている時の彼女の方に魅力を見出すようになった。目にしてもディファインを入れ忘れた普段よりも小さな黒目だとか、少し寝坊したことが窺《うかが》われるよく梳《と》かされていない髪だとか、汗で剝がれ落ちかけたファンデーションの粉だとか、そういう綻《ほころ》びを見つけると、たまらないほど大きな幸福を感じるのである。

時どき私はそんな彼女への恋慕の情を抑えきれず、会社のトイレに飛び込んで用を済ましてしまうこともあった。彼女の写真をあからさまに撮ることはできないが、私のスマートフォンには忘年会や歓送迎会で撮った集合写真が収められており、その一部として写っている彼女を拡大してトイレの脇、トイレット・ペーパーの台の上に立てかけておく。そしてそれを横目で見ながら事を行うのだ。私はその一連の動作を繰り返しながら、彼女が私に素っ気ない態度を取るのは私と恋仲にあることを周囲に悟られないようにするためなのだ、と強く自己暗示をかける。それが成功すると私の頭は熱に浮かされたようになって、もう股間は一分と保《も》たないのである。

私は、できることなら気詰まりな一人暮らしから脱却して、軽やかに世界と調和している津村さんのような素敵な恋人を持ち、精神と肉体の双方を深いところで通い合わせてみたかった。しかしそれは過分な要求というものであろう。私はこのわずかなトイレタイムがあるだけでも、苦しいばかりの会社生活に澄明な光が射すのを感じるのだ。

もうおわかりかとは思うが、私はまるでもてなかった。私は二十代の間自分がもてないという結論を下すことを先延ばしにし続けていたが、もはやそれは認めざるを得ない事実として私の鼻先に厳しく突きつけられた。こういう状態にあって、私は自分の気持ちを慰めるのに小説を一番の友とした。次点が酒である。友達はろくにいなかった。同級生たちももうほとんどが結婚してしまって子育てに夢中になっている。今どき家庭を放り出して飲み歩くような男はなかなか見かけない。私は部屋でビールやストロング系の麻薬を呷《あお》りながら同級生たちのＳＮＳを眺め、彼らが熱中する「家庭生活」とやらに貧しい想像を巡らせることしかできないのだ。

＊

ある朝、私は普段着ているのよりも一回り高価なスーツを身につけて、烏丸通沿いにあるホテルへと向かった。職場の後輩の結婚式である。後輩はまだ二十六歳だったが、結婚に迷いはないと言った。

「僕、早く結婚して子供が欲しいんです。何て言うか極論、人生に意味なんてないじゃないですか。もう六十か六十五までこの大したこともない会社で働いて、その後死ぬのを待つだけっていうか。とにかく無駄な時間がずっと垂れ流しになっていくって感じしません？　でも子供がいたら、その時間で少なくとも子供が成長してるって思えるんで。まあそういう感じですね」

私はその意見に全く賛同できなかった。理由は様々あるが、まず彼は目の前の妻よりも未来の子供の方を重視しており、子供ができなかった場合というのを想定していない。それは展開によっては妻を苦しめる呪いのような思想になりかねないのではないか？　しかし、私には人の思想に口を挟む資格もなければ義理もない。きっと後輩の妻になる女性も、私が「僕は君を愛している。子供なんかできてもできなくてもいい。君と一緒にいられればそれだけで僕は満足なんだ」と真剣に訴えたとしても、ノータイムで冷徹な後輩の方を選ぶであろう。後輩はもてる。非常にもてる。何と言うか、女性の扱いが非常に雑で、惚れさせて何度か致してしまえば後は連絡を取らない、というひどいルーティンを繰り返している男なのだ。しかしそういうのが堪《たま》らないという女性が多数いるようで、彼は婚約してからもその遊びをやめる気配はない。

「いや、やっぱ生きてる時間のうち、まだ一番意味を感じられるのがセックスの時間なんですよね。とりあえず気持ちいいじゃないですか。気持ちいいことはいいことじゃないですか。だから、女引っかけてやってる時、今僕は間違いなくいいことしてるんだって思えるんです。相手も気持ちいいわけだから、意味のある時間を二人分作り出してる訳ですよ。別にその後捨てられたって、女はその気持ちいい時間を間違いなく過ごせたんですから、僕を恨むっていうのはお門違いですよね」

私はあまり祝福する気持ちの起きないその後輩に余興を頼まれ、課の同僚たちと一緒に何をするか考えた。そして、その半ば義務によって集まった、平時には考えられないメンバーたちと一緒に昼から酒を飲んだ。それは普段孤独に飲んでいる時よりも数倍楽しかった。余興の出し物の話し合いがいつまでも、何度でも続いて欲しいと思った。しかしそれはほとんど私のひと言によって、たった一日で終わってしまった。

「寺門《てらかど》ジモンで行こう」

＊

私はかつて『最強の男は誰だ！壮絶筋肉バトル‼スポーツマンNo.1決定戦』という番組の、特に芸能人の参加する『芸能人サバイバルバトル』が好きでよく見ていた。大体小学生から中学生ぐらいの時期だったと思う。その頃は俳優ケイン・コスギと元体操選手池谷直樹の肉体的全盛期であり、私は二人のしのぎを削る争いをいつも固唾《かたず》を呑んで見守っていた。私は小学校四年生の時に野球部に入ったのだが、自分の身体能力が周囲の同級生たちより著しく低いということを思い知らされ落ち込んでいた。私の握ったバットが試合で球を捉えることはなかった。練習で捉えることも稀だった。他の部員が下手投げでゆっくり投げてくれた球も、私は豪快に空振りして尻餅をついた。「いやお前、冗談やんな？」とみんなが言った。勿論《もちろん》冗談ではないのである。「ほな、ノックしてみ？」と言われた時、私は左手で球をポンと放り上げ、すぐさま両手でバットを握り、球に向けて振り抜いた。バットは空を切り、球は私の足元に力なく転がって停止した。それとともに周囲の時間も停止した。まるで時間停止モノのAVのようだった。当時私はまだAVという神の恩寵の存在を知らなかったから、これは今の私が思っているだけなのだが。以降、私は野球部でいじめられ、その効果が波及して教室でもいじめられるようになった。今でも恥ずかしく思い出すのだが、四年生の冬に野球部員たちに教室で身体《からだ》を小突き回され、泣いてしまったことがある。担任教師が野球部員たちを叱り付け、一人ずつ私に謝罪させ頭を下げさせたのだが、あの瞬間の情けなさを思い出してみると今でも顔から火を噴かんばかりである。クラスの女子たちは私を哀れみと軽蔑の入り混じった目で見つめていた。その後の休み時間、私はそれを挽回すべく普段にはないほどの快活さを演出して、自分でも付き合える陰気な者たちの先頭に立って廊下を走り回った。それは勿論クラスの女子を意識してのことだ。その時、私は女子たちの反応をチラリと窺ったのだが、そこには私が涙を流していた時以上の哀れみと軽蔑が滲《にじ》み出ていた。私は明らかに挽回に失敗したことを感じながら、すでに後に引くことはできず、陰気な者らのリーダー格を演じ続けた。陰気な者らにしたところで、私が急に張り切り出した理由をわかっていて、仕方なしに付き合ってくれているのだった。私はすぐに野球部をやめてしまった。

そういう虚弱児の私が『芸能人サバイバルバトル』のスターたちに心を奪われたのは、ほとんど当然の成り行きだろう。ケイン・コスギの持つ類まれな主人公性とほぼ全競技に及ぶ抜群の安定感、池谷直樹の放つ危険なヒールの香りと得意分野に特化する野性、あるいは照英の常軌を逸した暑苦しさ——そういった男たちの色とりどりの魅力に惹かれた私は、あの頃その系統の番組を見逃したことが一度もなかった。

そして、そのほとんど化け物じみたマッスルパワーを持つ男らのひしめく中にやや場違いにも見える男が一人混じり、「クイックマッスル」と呼ばれる腕立て伏せの競技で白熱の好勝負を演じていた。

寺門ジモンである。

お笑いトリオ・ダチョウ倶楽部の一員である寺門ジモンはなぜか常人離れした身体トレーニングを日々重ねており、こと腕立て伏せにおいては毎回ケイン・コスギや池谷直樹を脅かし、時には倒してしまうことさえあった。ケイン・コスギや池谷直樹は私にとってまったく手の届かない超人だったが、ダチョウ倶楽部の愉快なイメージも手伝って、寺門ジモンにはどこか親しみやすさを感じていた。クイックマッスルが始まると、私はいつも寺門ジモンを応援していた。頑張れ、ジモン、頼む、頑張ってくれ……！　それは私のいじめっ子に対する代理戦争だった。私は寺門ジモンの中に、超人たち＝いじめっ子に立ち向かう自分自身の姿を投影していたのだ。あの頃、私にとって寺門ジモンはヒーローだった。

＊

新婦側の上司が感動的なスピーチの最後に披露した歌が音程の問題で何かわからなかった（後に長渕剛の『乾杯』だと明かされた）というアクシデントはあったが、

披露宴は基本的につつがなく進行し、私たちの余興が始まった。と言っても現場で何かやるタイプのものではなくて、すでに納品したＤＶＤの上映である。私たちは新郎とこれまで関わりのあった職場内の人間に祝福メッセージをもらいながら、その横で一人ずつ寺門ジモンのお面をかぶってランニング・シャツ姿で筋トレをする、という動画を撮影したのだ。観客の反応は上々だった。増殖したジモンが腹筋、背筋、腕立て伏せ、ダンベルカールなどのトレーニングを行う隣で、それを——無論敢えてということであるが——無視して祝福の言葉を語る社員らの図は、我ながらシュールで笑えるものだった。しかし問題は私の箇所である。私はみんなと全く同じように寺門ジモンのお面をかぶり、公園で高い鉄棒にぶら下がり懸垂を行ったのだが、そのシーンでは何故《なぜ》かクスリとも笑いが起きなかったのである。何故だ……何故だ？　一体みんなと何が違うというのだ？　強いて言えば私は極度に痩せていて、ランニング・シャツがメンバー中もっとも似合っていなかったのだが、それは逆に解りやすい笑いのポイントになるだろうと思っていた。全員が等しくお面をかぶっているのだから、私がとても笑えないほど緊張した表情だったとか、あるいは苦悶の表情だったとか、そういう理由でもありえないのである。私は周囲を見渡した。いや、と言うよりは、同じテーブルを囲んでいた津村さんを見た。津村さんだけでも笑ってくれていたら、私はそれで救われると思ったのだ。

津村さんは口を真一文字に固く結び、汚い蠅（はえ）でも見るかのような侮蔑のまなざしをスクリーンに鋭く突き刺していた。

余興が終わると、私を含む動画企画者の全員が持参していたジモンのお面をかぶって立ち上がり、「本日は誠におめでとうございます。ヤー！」と叫んだ。大きな拍手が湧き起こり、私たちは一礼して着席した。余興は概《おおむ》ね成功したと言えるだろう。その全体を計画したのも私だったから、それは私の脚本の成功だとも言えた。

しかし、私が演者として参加したあの部分のあの沈黙――それは妙に私の気になった。その披露宴には公式の二次会がなかったので、終了後各々のグループで飲みに行く形式に落ち着いたが、私はひどく憂鬱になってその会を辞した。

＊

時刻は十六時を少し回ったところだった。辺りはまだ明るく、まっすぐ帰る気分にもなれない。そうしててくてくと三条通を東へ歩き、河原町通をあてもなく南へ折れるとすぐ、六曜社という趣味の良さそうな喫茶店があった。私はそこで酔い覚ましに熱いコーヒーの一杯でも飲んで帰ろうと思った。店の扉を開けると老人が煙草を吸いながら静かに本を読んでいる他には一人も客がなく、非常に落ち着いた雰囲気がその時の気分に合った。しかしその静寂は私が座ってわずか十分で破られた。続々と大学生グループが来店し、一気に満席に近い状態になってしまったのである。私の隣の区画に座った大学生の集団は男三、女二で、ブランデー入りのコーヒーにするか普通のコーヒーにするかで大盛り上がりの後、全員が普通のコーヒーにしていた。決まり切ったことについての議論を、まるで決まっていないかのように楽しむこと。それは集団の結束力を高める技法の一つなのだろう。

話を聞いているうちに、彼らはすでにどこかで酒を飲んだ後なのだということがわかった。確かによく見れば、男も女も赤ら顔で、妙に身体を密着させていた。男が一人だけ余っているのが心配だったが、表情を見ると完全に酔っていて、周囲の話にも屈託なく笑っている。彼らは最初のうち大学で出された課題などをテーマとして話していたが、すぐにも下品な話題に移った。一座のヒロイン的存在であることの明らかな黒髪ストレートの女が、「正直、一人でするのって、どんくらいのペースでします？」と言い出したのだ。この雰囲気の喫茶店にまさか「性」が持ち込まれることはあるまい、とすっかりよそ見していた私の股間は真剣になった。

「俺は月イチくらいかな」

ある男がそう言った。私が「嘘つけ！」と思うのと同時に他の男らが「嘘つけ！」と叫んだ。しかし黒髪の女はそのまま受け止めて、

「えー、そんなーん。うち我慢できません」

と言ったのだ。私は耳を疑った。

「え、ほなどんくらいすんの？」

「うち、ほっといたら毎日やっちゃうかも」

「えらいお盛んやなあ！」

「でもそれやとあかんから、ストロー噛んで我慢するんです」

「ストロー？」

「はい。グッと噛みしめて波をやり過ごすんですよ」

一座は笑い声と共に最高潮の盛り上がりを見せた。私は辛《つら》くなった。私にも大学時代はあった。しかしこんな青春の甘い夢のような時代ではなかった。私はあの頃、告白した女に「え、ムリ」と振られ、すっかり自暴自棄になっていた。同じもてない男同士で集まってビールを飲み続け、欧米から輸入された恋愛の存在を呪い、平安時代式の夜這《よば》いの復活を願った。だが、そいつらもすでに結婚している。過去の時間の価値を現在の状況から測ろうとすることは野暮だが、結局結婚してしまうことになる、つまりは唯一無二のパートナーとして女から認められることになる男たちと過ごしたあの無数の慰めの夜を、私は完全に無駄だったと断定する。大学生たちはもはや誰が何を言っているのかわからないほどコミュニケーションを高速回転させ始め、一座からはつねに誰かの大きな笑い声が響いた。もうこれ以上は耐え切れないと思った。しかし、まだ店に入ってからさほど時間が経っておらず、今店を出ることは敗北を意味するのではないかと思った。私は悩んだ。鞄の中からジモンが私を見ていた。ジモンは結婚していない。信頼できる。

「どうでしょう？」

おそるおそる私が訊《き》くと、ジモンは笑顔で「ナイスネイチャー！」と答えてくれた。これは概ね「素晴らしい」という意味である。

私はコーヒーを飲み干すと、迷いなく席を立った。

＊

店を出て河原町通をさらに南進すると、左手に京都ＢＡＬという商業施設が現れる。その地下には書店の丸善京都本店がある。かつて梶井基次郎《かじいもとじろう》が『檸檬《れもん》』に描いたという丸善は三条麩屋町の店舗で、その後河原町通蛸薬師に移転されたが、私がまだ大学生をやっていた二〇〇五年に閉店してしまった。京都ＢＡＬの丸善は二〇一五年、建物の改装とともに新たにオープンした店舗である。もう二〇一九年も暮れるというのに、私はこの丸善にまだ一度も入ったことがなかった。何というか、建物や入り口周りの雰囲気があまりにも洗練されていて、私のような者を対象にした施設ではないと感じられていたのだ。その界隈で本を買うという時、私は大抵ジュンク堂書店の京都店を利用していた。こちらは私のような者にも非常に親しみやすい雰囲気で、海外文学から専門書まで品揃えも文句なし。すぐ隣にフラリと立ち寄れる大衆居酒屋があるのも高ポイントだった。しかし今日の披露宴と六曜社における二連敗を思うと、私は一つくらい勝利を得ておきたいという気持ちになった。京都BALの丸善京都本店に入る、それは私の一つの殻を打ち破るささやかな前進と言えよう。

中に入るとすぐにお洒落なカフェや気品あふれる紅茶専門店が私を出迎え、奥にはオーガニックな化粧品店やアーティスティックな服屋がいくつか見えた。私はファッショナブルな店員たちの視線を避けるように俯《うつむ》きながら歩みを速めた。地下の丸善に向かってエスカレーターを下りると、そこには襟付きの白いシャツを着て丸善オリジナルの肩掛け鞄を掛けたマネキンの胴体があり、その左手にはいかにも本物らしい彩色の施された檸檬のレプリカが握られている。その手前には品質の良さそうなジャカード織のブックカバー、左には榛《はん》の木製の万年筆箱やレターシェルフ。そして右に目を向けると「丸善創業150周年」と書かれたボードや檸檬柄の布製ブックカバー、「檸檬万年筆」、「檸檬ペンケース」といった檸檬グッズがずらりと並んでいた。

私は梶井基次郎の小説を読んだことがなかったが、『檸檬』の大方の筋だけは知っていた。それほど長い一篇でもなかったはずだ。しかしその作品がこうして後世に残り、多くの人々に読み継がれ、一つの書店の象徴のようになるのは、もし作家が生きていたならさぞかし良い気持ちがするだろうと思った。そのための条件とは一体何なのか？　九十九パーセント、あるいはそれ以上の作家の作品が時代に消費され藻屑《もくず》となって消えていくのに対し、こうしていつまでも残り続ける作品には何らかの共通点があるのだろうか？　私はこれまでに読んだいわゆる「名作」を思い出してみて、そこには人間の精神が克明に描かれていたとか、筆者が命を削りながらたどり着いた真実が惜しげもなく記されていたとか、全人類全時代に通底する強度の高い普遍性を備えていたとか、あるいは特殊性を突き詰めた先にしか見えない世界を表現していたとか、様々な説明も付けられるように思った。しかしそれらはやはり後付けで、消えていったそれぞれの時代の作家やその志望者たちにしても、きっと塵《ごみ》のような作品ばかり書いたわけではないだろう。まず時代に掬《すく》い上げてもらえるかどうかという点に多分に運が絡み、次にそれが大衆にアピールして継続的に売れるかという運があって、最後に「名作」の殿堂入り審査があるというわけだ。

そう考えると、この丸善の中に並び立てられた大量の書物の作者は、時代の徒花《あだばな》と消えるにせよ永く語り継がれていくにせよ、まず恐ろしい強運の持ち主であるに違いなく、私のような非力な無名者をあざ笑っているように感じられてきた。夏目漱石、樋口一葉、与謝野晶子、志賀直哉、谷崎潤一郎、芥川龍之介、川端康成、太宰治、三島由紀夫——そうした往年の文豪たちが蘇《よみがえ》り、今この丸善の中を、文学談義に華を咲かせながら闊歩している。私はそんな錯覚に見舞われた。文豪たちは私の存在など気にも留めず、ガンガンと肩をぶつけ足を踏みにじってくる。特に三島由紀夫はその鍛え上げた肉体を誇示するように歩き、すれ違いざまに私を強く弾《はじ》き飛ばした。しかし懸命に怒りを表して睨《にら》みつける私に誰一人気付く者はなく、喧嘩とじゃれ合いのあわいのような議論を闊達に交わしながら、自分の本を手に取ってまじまじと眺めてみたり、「新進気鋭」の作家を口汚く腐したりしているのである。

私はこのまま三敗目を喫するわけにはいかなかった。どうにかしてこの丸善という文化的空間、文豪たちのホーム・グラウンドに風穴を開けなければならなかった。

「あ、せやせや！」

その時私は鞄の中のジモンを思い出した。ジモンの筋肉は本物の筋肉だ。石原慎太郎は三島由紀夫を敬愛しつつも、その筋肉については運動音痴が無理やりつけたに過ぎない役立たずの偽物だと一笑に付しているが、ジモンの筋肉は本物で、かつ役に立つ。なにしろ、あの「クイックマッスル」でケイン・コスギや池谷直樹とやり合う筋肉なのだから。加えてサバイバルにも非常に造詣が深く、常に山での戦闘を想定してもいるという達人だ。その手にかかれば、あの大御所面をして歩く文弱の連中など一網打尽だろう。そこで私は、丸善に足を踏み入れて最初に出迎えてくれた、手に檸檬を持った胴体のみのマネキンに着目した。あの長めに伸びた首の部分に、一度このジモンを装着してみたら。「せや」

弱り果てていた私に軽やかな昂奮が湧き起こった。私はどう考えても自分には似つかわしくない高級万年筆を物色するふりをしながら、周囲から人の気配が失《う》せるのを待ち、鞄から静かにジモンを取り出した。それからお面のゴム紐を素早くマネキンの首に引っ掛けて、顔の位置を調整した。私はジモンを細かく上昇させて右向きに捻《ひね》ってみたり、下降させて左向きに捻ってみたりした。お茶目で男気に溢《あふ》れたジモンが、そのたびに異なる趣を見せた。

微調整を繰り返して、やっとそれはでき上がった。首にお面を引っ掛ける形にせざるを得なかったため、それは胸に半分顔面が埋もれた奇怪で幻想的な立像となった。これは当初のイメージとは異なったが、私には嬉しい誤算だった。そのジモンの自然つまりネイチャーに愛された無垢の表情は、大量の書物と空想の文豪たちの醸し出す文化の香りをすっかり包み込んでしまい、まるですべてがジモンの掌《てのひら》で優しく転がされているかのようだった。私はしばらくそれを眺めていた。すると強い陶酔の感覚が訪れた。やがて私はジモンとなり、ジモンとしての生を生き始めた。役者を目指し、お笑いに転身し、身体をたくましく鍛え上げ、上質な肉を食べ歩き、険しい山に頻繁に籠《こも》った。私はこれまでのジモンの生のすべてを体験し、ついにはジモンそのものとなった。そしてジモンである私は、この丸善の全体を力強く抱きしめた。大量の書物を、新進気鋭の現代作家を、すでに鬼籍に入った文豪たちを抱きしめた。自分に対しても他者に対しても長らく芽生えることのなかった愛の感覚が蘇る。そうだ、丸善にこのジモンがいる限り、あらゆる文化は私の愛する子供のようなものだ！

こうした想像を十分に味わい楽しんだ後、私はジモンを回収しようとしてはたと手を止めた。なんと、そこはすでに街の中だったのである。私はすたすたと河原町を下っていた。

あれ？　ジモンは？

鞄の中を探ってみてもそこにジモンはない。というか、引き出物の入った紙袋もなくなっていた。しかしもう取りに戻る気にはなれなかった。あのもてる後輩からの引き出物に行動を支配されることは屈辱だ。いや、でもジモンはやばいか。あんなものを勝手に放置されたら、丸善が困ってしまうに違いない。しかし、もし店員たちがしばらくあれに気付かないで、やがて客たちの間でジモンがあらゆる文化の父として象徴化されたらどんなにおもしろいだろう。そうなれば店の方も易々とジモンを外してしまうわけにはいかないぞ……

私は思わず笑みを漏らしながらそのまま歩き続けた。そして四条通に突き当たろうかという時、後ろから肩をツンツンとつつかれた。

何かと思い振り返ると、そこにはなんとパーティドレス姿の津村さんが立っており、「あっちつまんなくて抜けてきちゃいました。よければ二人で飲み直しませんか？」と天使のように微笑《ほほえ》みかけてきた――

わけはなく、実際には頭の両サイドにだけ残った髪をスヌーピーの耳のようにもさりと育てた、妙にすえた臭《にお》いのする男が立っていて、憤怒の表情で何かを手渡してきた。

ジモンだった。

「あんたこんなしょうもないイタズラしとったらあかんで。親泣くで！」

そう言ってから男は自分の腕時計を見て「ウオッ」と声を上げ、もうその先には風俗店しかない細い路地へと猛スピードで駆け込んでいった。

私のもとに帰ってきたジモンは持ちやすいよう鼻のあたりで二つに折られていて、奇体に歪《ゆが》んだ顔が妙に笑いを誘った。もう今日は何をやっても駄目だと思った。私は自分の敗北に付き合わせてしまったジモンを労《いた》わりつつ鞄に仕舞い込み、大挙するカップルと観光客の流れに逆らいながら、今日のために下ろした革靴のむなしい輝きと共に祇園四条駅へと歩いていった。

ミス・ホンビノスの憂鬱

清水　裕貴

夜になると水門がゆっくり閉じて、僕は心細くなった。海の向こうに親しい何かがあるわけでもないのだが、別れも言えずに恋人と引き離されたような気分になる。多分前世で別れた恋人なんかが、海の泡になって漂っているんじゃないかなと言うと、橋爪《はしづめ》さんに「前世の恋人水死なの？」と言われた。

河口を真っ直ぐ横切る水門は、小さな漁港と川沿いの街を高潮から守るために不規則に開閉する。傍《かたわ》らに建つコンクリートの建物の中に水門を操る装置が入っているらしく、時折、ガラス窓の向こうで管理人の影がゆらりと動いているのが見える。どんな業務なのか想像がつかないが、窓際にタオルやTシャツが干してあって、泊まりの勤務もあるようだ。ちょっと謎だよねと言うと、橋爪さんは「向こうもこっちを謎だと思ってるんじゃない？」と言った。

僕は水門のすぐそばに係留している船でバーを営んでいる。船室を改造してお酒の棚とカウンターを作り、入り口にネオンサインも掲げているのだが、知らない人には変わった趣味のボートにしか見えないらしい。

漁船が集まる船溜りから少し離れたところにぽつんと浮かんでいて、隣で誰も使わない錆びた桟橋がキイ、キイと音を立てている。遠い空へ、高く伸びるように響く音は水鳥の声と似ている。静かな夜は船室にいても桟橋の鳴き声が聞こえてくるので、橋爪さんはたびたび「撤去しないのかな」と言うけれど、無くなったらきっと寂しいだろう。「あれは閑古鳥の鳴き声だよ」と言うと、橋爪さんはふん、と小さく笑う。

橋爪さんは街のみんなが寝静まった頃にやってくるので、彼女が飲む時は他の客がほとんどいない。彼女は湾の向こうにぼんやりと霞む大きな街で働いていて、平日は大抵終電帰りで忙しそうだ。大きな街には種々雑多な生き物を繋ぐ数多《あまた》の仕事があるのだろう。夏になるとビル群の上空に黒い雲が渦巻いて、灰色の絹糸を大量に垂らしたようなゲリラ豪雨が見える。ちょっとわくわくする光景だが、街を通過した水は日々海に流れ出し、この港にゴミが漂着する。

橋爪さんが思い出したようにふらりとやってくるのは必ず金曜の夜で、一時間ほど飲んだ後、てくてく歩いて近所のマンションに帰る。彼女が子供の頃から住んでいる部屋は、この船のすぐ近くの埋立地にある。全室オーシャンビューのマンションは、僕が小さい頃に湾岸ににょきにょき生えた。当時はロサンゼルスが引っ越してきたのかと思ったが、今は程よくくたびれて、漁港の風景に馴染んでいる。橋爪さんは「潮の匂いが染み付いて、もうとれない」と不満を言うが、僕は今の雰囲気のほうが好きだ。

風に吹かれて姿を変える砂浜のように、新しい街はさらさらと内陸の方に移動している。港から数分歩くと駅前の繁華街に出るが、年季の入った風俗店や宿屋が次々と消え、空き地に小綺麗な集合住宅やファッションビルが建ち、新しい住人が増え続けている。ほとんどが東京に働きに出る人たちで、異国の人の姿も増え、街の姿はすっかり変わった。

僕が子供の頃は猥雑なピンクやゴールドが目立っていたが、今は清潔な白やアップルグリーンだ。道端で貝やアオサを売る行商は消え、キャバレーやストリップ劇場はコンビニになった。路上で、打ち上げられた魚のようになっている人も見かけない。

昔は猥雑な街が怖いなと思っていたけれど、綺麗になったらそれはそれで物足りない。そんなことを言うと、橋爪さんは「駅ビルの外壁がいまいち決まってないよね」と言った。そういう話ではないのだが、まあいい。

「どうぞ」

僕は細長いグラスに金色のスパークリング・ワインを注いで橋爪さんに出した。

橋爪さんはグラスの底から次々に立ち昇る小さな泡を見つめて「会社がなくなるっぽい」と言った。

「え、大変だね」

「でも半分くらいは大手に吸収されるみたい」

「スポンジみたいだね」

「私も吸い込まれるらしい」

橋爪さんは他人事のように言って、スパークリング・ワインを飲み干した。

「そうなんだ。でもまあ、橋爪さんならどこに行ってもうまくやっていけそうだよね」

二杯目を注ぎながらそう言うと、橋爪さんは目を細めて「ダイビングやったことある？」と言った。

「ないなあ」

僕は散々この街の海岸で海を見つめてきたけれど、泳ぐような海ではないので、中に入ったことはなかった。

「大学生の時に、ゼミで沖縄に行って、一日ダイビング体験したんだ」

「いいねえ」

「でも、ほんの二、三メートル潜っただけでひどい頭痛に襲われて、酸素ボンベでの呼吸も苦しくて、いっそ口から器具を外して外の空気を吸い込みたいと思ったけど、足から頭まですっぽり水の中に居ることを思い出して、なんで自分はこんなことをしているのか恐ろしくなった」

「あら……」

「でもね、同級生たちは優雅にフィンを揺らめかせてどんどん海の奥に進んでいくわけ。私一人だけ見えない何かに阻まれているみたいに進めなくてね。結局すぐに一人で浮上して、海面で鼻水をたらしながら何度も息を吸い込んだ。でも、慣れ親しんでいる筈の大気すら私に必要なものを与えてくれないような感じがしたの。それで、珊瑚礁も熱帯魚も見ないまま終わった」

橋爪さんはぽそぽそと語り、スパークリング・ワインを舐めた。

「なんか意外。橋爪さん運動神経いいのにね」

橋爪さんは小学校の六年生の時に同じクラスだったが、いつもてきぱきとしていて、勉強でも運動でもなんでもさらりとこなしていた印象がある。運動会や水泳大会では、栗色の髪の毛を揺らして颯爽と先頭に立ち、仲間たちを率いていた。僕は体育を積極的に見学して、全てを遠巻きに眺めていた身だったが、橋爪さんの活躍を見るのは好きだった。彼女は明るく華やかな熱帯魚のようだった。

しかし、彼女は人魚生活をリタイアした人のように「海の中では全然やっていけなかった……」と悲しげに語った。

「まあ、向き不向きはあるっていうよね」

「そう。絶望的にだめだった。それ以来、環境が変わる時は、ダイビングの夢を見て、苦しくなって目が醒める」

「橋爪さんって、どこに行ってもさらっと逞しく生きてるんだと思ってた」

「全然そんなことない」

「そうかあ……」

「どうせ環境が変わるなら、いっそやめて別の仕事しようかと思ってる」

大きなスポンジに吸収されることは橋爪さんにとってだいぶ疲れることらしい。橋爪さんは広告会社で日々コツコツと、幾百、幾千もの項目を作って街ゆく人々を分解して、そこにどんな人がいるのか分析する仕事をしているらしい。複雑でとりとめがなくて、何を考えているのか分からないような人々も、年齢や性別などその人を構成する要素で分解していけば単純化できる。そしてバラバラに分解されたパーツの中には、多くの人が共通して持つ要素というものがあり、それを探すのが仕事だそうだ。個人ではなく要素に話しかけることによって、一つの言葉で幾億の人に訴えかけることができるらしい。

言われてみると当たり前で、簡単な事のような気がするのだが、なんとなく腑に落ちなくて首を傾《かし》げると、橋爪さんは「ハマグリじゃなくて二枚貝に話しかける感じを心がける」と説明した。ますますよく分からなかった。

橋爪さんは二杯目のスパークリング・ワインをくい、と飲み干した。

「……でもその前に、部屋の掃除でもしようかなと思って。カーペットがだいぶ古いから買い換えようかな。すごく磯臭いの」

「いっそ壁紙貼り変えてみたら？　空気変わるよね」

そう言うと、橋爪さんは首を横に振った。

「おばあちゃんがいるから、埃《ほこり》が出る作業は無理」

「おばあさん、まだ西海岸にいる？」

「多分ね。でも最近あまり喋らなくなったからよく分からない」

橋爪さんはアメリカ人のお祖父さんを持つクオーターで、生まれはアメリカだった。小学校低学年の頃に両親と共に日本にやってきたが、最近お祖母さんが一人になったので呼び寄せたらしい。しかし窓からのぞく風景が椰子の木をぽつぽつ生やした海辺なので、お祖母さんは日本にいるということをすぐ忘れてしまうそうだ。ほんの少し外に出れば昔ながらの漁港や中途半端に古いショッピングモールが見えるはずだが、なかなか立ち上がれなくなってしまったらしい。

しんみりした空気の中、船室のドアがばたんと開いて、常連客のリー君が「んばわー」とこなれた挨拶をしながら顔をのぞかせた。太い眉と、アイラインで縁取りしたような大きな目が暗闇の中でくっきり浮かび上がっている。白目と黒目のコントラストが鮮やかな目がぱちぱちと瞬きしながら「空いてる？」と聞いた。

「すごく空いてるよ。今日は一人なんだね」

そう言うと、リー君はへへ、と照れたように笑った。多分デート帰りなのだろう。

リー君は近所の語学学校に通っているベトナム人の男の子で、よく女の子を連れて夜の漁港を散歩している。横浜の港みたいに開けた雰囲気じゃないし、カフェも綺麗なイルミネーションもないのだが、故郷を思い出させる空気があるらしい。僕はベトナムに行ったことはないのでよく分からないが、留学生たちはなぜだか暗い漁港を好み、水門の上の橋に座って深夜に釣り糸を垂らしていたりする。ここ数年で見かけるようになった新しい光景だ。同じ街で暮らしていても、彼らは少し違う時間を生きているような気がする。

リー君は日替わりの手書きメニューを熟読して「栗きんとんってなに?」と聞いた。栗を煮て、マッシュしたさつまいもと合わせた甘いお菓子だ、と答えると、それと甘めのホワイトラムを注文した。

リー君と橋爪さんが鉢合わせたのは一、二回だが、彼は女の子の顔は忘れないので、栗きんとんをつまみながら親しげに「元気?」と聞いた。橋爪さんが「元気ではない」と言うと、リー君は「それはよくない」と大げさに目を見開いた。

「ハッピーになるお知らせあげる」

リー君が怪しげなことを言って、カウンターの上にチラシをぽんと置くと、橋爪さんは怪訝そうな顔で横目で見た。

A4サイズの紙いっぱいに東京湾の海が印刷してあって、それを背景にホンビノス貝の切り抜きと、「ミス・ホンビノス募集」の赤い筆文字が踊るようにレイアウトされている。

そういえば僕も漁協のおじさんから貰って、店の中に貼ってくれと言われていたが、バーの雰囲気に合わないから見えないところに引っ込めていた。そのまま忘れてキッチンの片隅に転がって、ゴミの包み紙に変化しようとしていたところだったが、水に濡れてやや波打ったチラシをぺりっと持ち上げる。気づけば募集締め切りが明日に迫っている。

「リー君、これの関係者なの？」

「ううん、散歩してたらもらった。女の子に配ってる」

「偉い。でも条件的にはリー君も出られるよ」

「えー」

ミス・ホンビノスは、ホンビノス貝の大漁を祝うお祭りで開催されるミスコン企画だ。ホンビノス貝は北米からの船に乗ってやってきた外来種で、ここ数年で海岸に定着した新しい品種である。

外来種は在来種の生存を脅かし、生態系を破壊する可能性があるものだが、この港は埋立地の建設でとっくに環境が壊されていたので、美味しい貝が住み着いたらこれ幸いと漁業の対象にされた。

ホンビノス貝は和名では本美之主と記され、古い分類ではビーナス属だ。漁協の人々は美しい女神の名を持つ貝にちなんで、美女を募ることにしたのだと思われる。

しかし漁港もホンビノス貝も知名度が低いので応募のハードルは極限まで下げ、この街に在住、在勤、通学する人であれば年齢も国籍も問わないとしている。チラシには性別も敢えて書いておらず、性別も問わなくていいかもしれない、と漁協のおじさんは言っていた。そうなると最終的にはおじさんでもいいということになりますね、と言うとおじさんは「最悪そうなる可能性もなくはない」と言っていた。

「全然人集まらないらしいよ。橋爪さん出てあげれば」

そう言うと、橋爪さんは目を半開きにして「いまどきミスコン……」と冷たい声で言った。

「まあまあ。結構やってる自治体はあるよ。女の子が名産品の果物とか持って笑ってるポスター、道の駅とかで見るでしょ。イベントで立ってたりとかさ。そういうのって、なんとなく、楽しいんじゃないの」

僕が薄っぺらい知識を披露すると、橋爪さんは冷笑した。リー君が「はしづめさんでなよー」と弾けるような笑顔で言ったが、橋爪さんは無視した。

非常に先行きの不安な企画だが、予算はちゃんとあるらしい。僕はポスターの下の方に小さく書かれた賞金額を指差した。

「賞金出るし、ポスター撮影とかイベント協力するとギャラも出るらしいよ。仕事やめるつもりなら、つなぎのバイトにいいんじゃない？」

そう言うと、橋爪さんは「バイト感覚でいいものなの？」と首を傾げた。

「バイトほどしっかりしなくていいんじゃないかな。お祭りだし」

僕が適当なことを言うと、橋爪さんは「いや、だめでしょ」と真面目に言って、

「せめてもう少し若くて可愛い子に声かければ」と付け加えた。すると、リー君がすかさず「はしづめさんはかわいいよ！」と言ったが、リー君は誰にでもそういうことを言いそうなので、橋爪さんはまたもや流した。

「橋爪さん、運動会の鼓笛隊の指揮やってたじゃん。ミニスカート穿いて長い帽子かぶって皆の前で足踏みしてさ。あれできる人ならできるよ」

「小学生だったからだよ……」

橋爪さんはそう呟いて、会話を拒否するようにお通しのドライフルーツをむにむにと噛んだ。

僕はこの企画自体になんの思い入れもなかったが、話しているうちに、橋爪さんがミス・ホンビノスにぴったりな気がしてきた。脳裏にぼんやりと、ミス・ホンビノスのたすきをかけて、銀色に輝く海を背景に微笑む橋爪さんの姿が浮かぶ。とてもいい感じだ。

僕はふと、遠い昔の砂浜の風景を思い出した。

「橋爪さん、貝好きだよね。ミスになったら漁協の人にホンビノスいっぱい貰えるんじゃない？」

「別に貝そんなにいらないけど……」

「昔、よく海浜公園で貝拾ってなかった？」

僕がそう言うと、橋爪さんは眉間に皺《しわ》を寄せた。

「……見てたの？」

「僕も海を見ていたんだよ」

海浜公園は港よりさらに海に突き出た埋立地の突端にあり、人の住む街からはやや遠い。週末になれば賑わうが、平日の放課後に子供たちが遊び場にするには不便な場所で、いつも静かだった。

僕は子供の頃は毎日のように海浜公園に行って海を眺めていた。特に何をするわけでもないのだが、視界の真ん中で消失する青のラインを見ているだけで楽しかったのだ。

そうやってぼうっとしていると、時々橋爪さんが視界に現れた。彼女はいつも一人で、ゆっくりした動きで、砂の上と浅瀬を行き来しながら貝殻を拾っていた。その少し寂しげな様子が意外で、一緒に貝殻を拾いたいとちらりと思ったけれど、なかなか話しかけられなかった。

そんな思い出を語ると、橋爪さんはどこか気まずそうな顔をした。

「……暇な時はたまに散歩くらいしたけど、特別好きなわけじゃないよ」

彼女は素っ気なく言って、すうっと立ち上がって帰ってしまった。ピンクベージュのトレンチコートの裾が、ひらりと夜の闇に消えた。

朝になると水門が開き、漁船が何艘かエンジン音を響かせて飛び出していった。僕はデッキに立って、菫色《すみれいろ》の空を映した水面を見下ろした。波はほとんどなく、僕の影がくっきりと映り込んでいる。

「何してるの」

冷たい空気に声が響いて、振り向くと橋爪さんが立っていた。数時間前に別れたばかりだが、夜の橋爪さんと朝の橋爪さんは少し違う人間に見える。顔はさっぱりして、長い栗色の髪がところどころいびつに膨らんでいる。

「あれ？　どうしたの」

そう聞くと、橋爪さんは「昨日お金置いていくの忘れた」と言った。

橋爪さんは真面目な人である。毎週来るし、家も知っているのだからつけておいてもいいのだが、僕がたまにお代を取り忘れると、すぐに届けにやってくる。

橋爪さんは軽やかに船に足をかけて、デッキに上ってきた。そして僕にお金を手渡すと、右手にぶら下げた駅前のパン屋の袋を持ち上げてみせた。「あ、そこおいしいよね」と言うと、橋爪さんは「あげる」と言って差し出した。律儀な橋爪さんは、こういう時手土産も必ず持参する。

「コーヒーでも飲む？」

そう聞くと彼女が頷いたので、僕は船室に戻って湯を沸かし、コーヒー屋の客からもらったドリップバッグを出した。橋爪さんが持ってきたのは豪快にも真っ白な食パン一斤だったので、もっちりしたそれを分厚く切って皿に乗せて、これもまた誰かからもらったジャムを掘り起こして添えた。

コーヒーとパンを持っていくと、橋爪さんは「ありがとう」と言ってコーヒーを一口飲み、「魚見てたの？」と聞いた。

「いや、自分の影を見てた」

そう言うと、橋爪さんはやや呆れた調子で「神話にそういう人出てくるよね」と言った。自分の姿に見とれていたわけではないが、少し近いものはあるかもしれない。水面の影を見ていると、親しい誰かと一緒にいるみたいで寂しさが薄れる。

僕は今、特に寂しいと思うような出来事はないはずだが、明け方は心がざわざわと不安になる。多分、朝の水蒸気の中に、夜に流れ出た色々な人の感情が小さな粒子となって含まれているのだ。そんなことを橋爪さんに言ってみたら、彼女は「明け方の空気って不思議に濃いよね」と、珍しくふんわりしたことを言った。

「朝は部屋が重苦しい。おばあちゃんの寝息が空気に溜まってるんだと思う……」

「寝息……？」

「寝てると、呼吸が深くなるでしょ。おばあちゃんは、起きている時間より寝てる時の方が雄弁なの。何も言葉を口にしなくても、良い気分だとか、足が痛いとか、すごい密度で伝わってくる。今日は多分、あまり夢見がよくなかったんだろうね。すごくつらそうで、苦しそうな空気だった。呼吸自体は正常だよ。でも、寝息の中に含まれてる何かが、私にとって重苦しいんだよね」

「空気の中に、夢が漏れ出してるってこと？」

「夢というか、気分かな、おばあちゃんの。まあ、そう感じるのも、私の気分なんだろうけど」

　橋爪さんはぽつぽつと言って、パンを口に含んだ。そして一口、二口食べたあと、ぽつりと「ホンビノスがどうして新しい名物になったか知ってる？」と聞いた。

「ホンビノス……？　船に乗ってやってきたんでしょ？」

「そう、船に乗ってやってきた。でも、大体の生き物はこんなとこに流れ着いたって死んじゃうんだよ」

「まあ、汚いもんね」

「プランクトンが多すぎて酸素が足りないんだよ。夏は水の循環が悪くなってたくさんの生き物の屍体が降り積もって、海底はヘドロが広がってる。そこにゲリラ豪雨が降ると塩分濃度が低くなって、アサリやハマグリはみんな口を半開きにして死んでしまう。でも、ホンビノス貝は過酷な環境でも生き延びるんだ。酸素の薄い暗い海で、ひたすら沈黙しながら大きくなるの。周りが死んじゃうから、結果的にホンビノスしか生き残らなくて、名物なの」

橋爪さんはホンビノスの逞しい貝生について語った後、コーヒーを飲み干して、またパンを口に含んだ。食パンの細かな穴の一つ一つが青みがかった影を抱え、橋爪さんの口元で収縮する。ぼんやりした朝が、急に解像度を上げて僕の前に広がった。橋爪さんが、なんだかこの世のものではないように思えてくる。

「一寸先も見えない濁った海で、じっと耐えてるの」

彼女は重々しい声でそう言うと、「ごちそうさま」と言って船から軽やかに降りた。

橋爪さんの語り口は静かだったが、まるでホンビノスの使いとなって舞い降りたかのような真剣な雰囲気だった。

水門の上で日向ぼっこをしていると、漁協のおじさんが通りかかって、ミス・ホンビノスのチラシを揺らしながら「締め切り延びたからよろしく」と言ってきた。結局一人もつかまらなかったらしい。「誰かいない?」と言われると、やはり橋爪さんの顔が思い浮かぶ。

いるといえばいるけど、だめな気配は濃厚で、しかしどうも気がかりだ。そんなことをつらつら語ると、漁協のおじさんは自分から話しかけてきたくせに僕と話すのが面倒になったらしく、「まあ、無理のない範囲で」と言って去っていった。

次の金曜日はなかなか橋爪さんが現れなくて、時計をちらちら見ながら待っていると、零時少し前に船室の扉が開いた。しかし入ってきたのは初めてのお客さんで、ドアの隙間からおそるおそる白い顔をのぞかせ、か細い高い声で「空いてますか?」と聞いてきた。空いてますよと答えると、薄紅色のニットワンピースを着た小柄な女の人が入ってきた。

ハムスターのようなつぶらな黒目がちの目と、困ったような八の字眉に見覚えがあるような気がしていると、女の人はふわりと笑って「久しぶり」と明るい声で言った。

「あ……ええと、原田《はらだ》さん」

僕は遠い記憶の中からぼんやりとしたピンク色の影を探し当て、名前もどうにか思い出すと、原田さんはにっこり笑った。

原田さんは小学校の時の同級生で、橋爪さんと仲の良かった女の子だ。彼女はいつも薄紅色のふわふわした服を着ていた。しかし服の色以外に特に思い出すことはなく、原田さんも同じような感じなのだろう。僕たちはさして語り合う過去もなく「ふふふ……」と機嫌の良さそうな笑いを残して再会の儀式を終えた。

「お店の噂は聞いててね、来てみたいと思ってたんだ。でも深夜しかやってないって聞いてさ」

「いや、もっと早い時間からやってるよ」

僕の店の存在は街の人々の間に浸透しているとは言えないが、なんとなく怪しい場所、という印象は広がっているらしい。僕がメニューを渡すと、原田さんは熟読してホットミルクとジンジャークッキーを注文した。寝る前のおやつのようである。

原田さんに深夜のおやつを出していると、また船室のドアが開いて、橋爪さんが無言でぬっと顔を出した。彼女は先客がいるのに気づいて若干警戒した様子だったが、女の人だと分かるとほっとした顔で船室に入ってきた。

「橋爪さんこんばんは」

僕がそう言うと、原田さんが「えっ」と大きな声を出して振り返った。そして橋爪さんの顔をまじまじと見ると、「橋爪だー」とさらに大きな声で叫んだ。突然大きくなったリアクションに面食らったが、そういえばふわふわしたウサギのような見た目なのに意外とうるさい人だった、ということを思い出す。

原田さんは自分の隣の丸椅子をぱんぱんと叩いて、「久しぶり！」と言って橋爪さんを横に座らせた。

しかし橋爪さんは覚えていないのか、おずおずと腰掛け、曖昧な微笑を浮かべて小さく会釈をしただけだった。

「もしかして忘れたの？　原田さきだよ」

「……うん……久しぶり」

「全然思い出してなくない？」

原田さんはそう言って口を尖《とが》らせたが、次の瞬間にはあははと笑った。

「まあでもしょうがないか。中学行ってからはずっと会ってないもんね。六年生の時に一緒のクラスで、毎日一緒に帰ってたでしょ。水門の上で運動会のダンスの練習したじゃない？　あれ、体育の課題だったかな……。まあ、とにかくダンスよ」

原田さんは一生懸命思い出のシーンを語ったが、橋爪さんは無反応だった。

橋爪さんは中学から都内の私立に行ってしまったので、小学校の同級生とはほとんど交流が切れていたらしい。僕のことも最初は覚えておらず、この店はたまたまインターネットで見つけてやってきてくれた。覚えていたとしても、僕とは大して関わりがなかったから、僕に会うために来たりはしなかっただろう。

しかし原田さんと橋爪さんはいつも一緒につるむ強そうな女子たちの一群にいたはずだ。さすがに何か思い出しても良さそうなものだが、橋爪さんは何も語る気がないらしい。

原田さんは「忘れちゃったのねえー」と言って悲愴な顔つきになったが、一秒後にはけろりと笑った。表情の変化が激しく、目がチカチカするようだ。

よくよく思い返すと、原田さんや橋爪さんが率いていた快活な女子の一群は、みんなこのくらい元気だったような気がする。深夜にまったり橋爪さんと飲んでいるうちに、子供の頃のテンションをすっかり忘れていたが、原田さんを見ていると、今の橋爪さんは随分大人しくなったんだなあと思う。

「まあいいや。ところで橋爪、ミスコン出ない？」

原田さんはそう言って、鞄からごそごそとミス・ホンビノスのチラシを出した。

「原田さん、これ関係してる人なの？」

そう聞くと、原田さんはにっこり笑って「漁協の広報やってるのー」と言った。

「応募者ゼロでさ。最悪私が出るかと思ったけど、橋爪の方が断然いいわ。橋爪ってまだこの辺住んでるの？　とっくに東京か海外に行ってるかと思ってた。ミスコン、もし出てくれるなら私が手続きしとくから応募書類はいらないよ」

原田さんは橋爪さんの無表情を一切気にすることなく捲《まく》し立て「ホンビノスといえば橋爪だもんね、ぴったりだよ」と言った。

「ホンビノスといえば橋爪さんなの……？」

僕がそう聞くと、原田さんは首を傾げた。

「だって、この街でホンビノスを発見したのって、橋爪じゃなかった？　なんか市長に表彰されて、地域新聞にちょこっと載ってなかったっけ。うちの母が冷蔵庫に切り抜き貼ってたと思う」

「知らなかった……。すごいね」

そう言って橋爪さんの方を見ると、橋爪さんはハンドバッグをぱかっと開いて、中をごそごそとあさっていた。まさか記事を出してくれるのかと思ったら、彼女が取り出したのは財布だった。

「……あれ？」

「ごちそうさま」

橋爪さんは何も飲んでいないのにお金をカウンターに置き、そそくさと席を立った。

この店は三歩歩けばすぐ出口である。僕が声をかける間も無く彼女の体は外に出て、暗がりにトレンチコートの裾がひらめいたかと思うと、船室のドアがばたんと閉まった。

船内は一瞬静まりかえり、原田さんがおずおずと「え、私追い出しちゃった？」と言った。僕は橋爪さんが置いていった千円札をキッチンの小物入れにしまいつつ、「いや、大丈夫……だと思う」と答えた。

「眠くなったんじゃないかな」

「急に？」

「橋爪さん少しマイペースだから」

そう言うと、原田さんは怪訝そうな顔をした。

「橋爪、なんかめちゃくちゃ暗くなったね。昔はもっと明るくて勢いがある奴だったのに。いかにも黒船って感じでさ」

「黒船……」

「日本語ぺらぺらだったし完全に日本の生活してたけど、やっぱりちょっと違う感じあったよね。見た目も色素薄くて、目立ってたし、憧れてたんだよね。ぱあっと明るくてさ」

今の橋爪さんには、確かにそんな明るさはない。小学生の頃に比べればかなり大人しくなっている。しかし、なかなか小学生の元気さを保ったまま大人になる人はいないだろう。

「もともと静けさも持ち合わせている人だったよ。海岸をのんびり散歩したりしてさ」

「橋爪ってそんな情緒のある人だっけ」

「誰にでもそういう部分はあるじゃない」

僕がそう言うと、原田さんは途端に神妙な顔になって、顎に手を当てた。そして声をひそめてこう言った。

「あのさあ……あの人って本当に橋爪？」

「え？」

「似てるけどさ、なんか、橋爪じゃなくない？」

「でも、橋爪さんって呼んだら答えるよ」

僕がそう言うと、原田さんは目を細めて「彼女、自分で名乗った？」と言った。

よくよく思い返せば、僕から「橋爪さんだよね」と言ったのであって、彼女から「橋爪です、覚えてる？」などと言ったわけではない。僕のことは全然思い出してくれなかったので、僕が懇切丁寧に小学校やクラスの担任の名前をぺらぺら喋った。

絶対にあの人が橋爪さんだ、というほど、僕は小学生時代の橋爪さんを知らない。

僕たちの間に小学校時代の共通の思い出話はほとんどなく、橋爪さんが自発的に話すのはほとんど今の生活や仕事に関する話である。

彼女のお祖母さんや部屋の話は嘘とは思えず、彼女は港の見えるマンションに住む女の子であることに間違いはないと思う。しかし、その要素だけでは橋爪さんとは断定できない。

「じゃあ、あの人誰なの……」

僕がそう言うと、原田さんは「さあ」と首を傾げた。

「一人で店やるなら色々なことに気をつけたほうがいいと思うよ。強盗とか詐欺とかさ」

「えー」

深夜にいきなりそんな話をされると、小さな船の空間がとんでもなく無防備に思えてくる。僕が意味もなく腕をさすっていると、店の外でひときわ大きくキィ、と桟橋が鳴った。原田さんは絵に描いたようにびくっと震えて「なんの音……」と聞いた。

「桟橋の音のはずだけど」

僕がそう言うと、原田さんは「確かめて、いや、確かめないで」と騒いで、すっかり怯えきっていた。桟橋よりも彼女がうるさいので小さく扉を開けて外を見てみると、何もなかった。それを伝えると、原田さんはほっと息を吐いて、「もう、怖がらせないでよ」と言った。妙なことを言い出したのは原田さんなのだが、彼女は怒った顔でジンジャークッキーをばりばり食べた。

原田さんは暗い夜道に出るのが嫌だったのか、明け方までカルーアミルクだのモーツァルトミルクだのを飲んで店の中で粘った。

夜明けと共に彼女を送り出してから、僕は隣の桟橋を覗き込んでみた。これは不気味な音を立てるだけの鉄くずではなく、水面の下ではびっしりと貝類が張り付いて、殻の城の周りを小魚たちが行き交っている。あまりきれいな海ではないけれど、それでも小さな森はあちこちに作られている。いつも通りに水の中に生きるものたちを確認して、僕は船の中でひと眠りした。

数時間後、窓から入り込む西日に引っ張り上げられるように目を覚まし、原田さんが飲み尽くしてしまった牛乳を買うためにショッピングモールに行った。

家族連れにもみくちゃにされ、早々にレジを済ませて吹き抜けの広場に出ると、広場で「私たちの海辺」というパネル展が開催されていた。海浜公園の片隅にぽつんと建つ、海の科学館の出張展らしい。

海の科学館は僕が子供の頃からあって、中に入ると模型やゲームがずらりと並んでいてなかなか楽しいのだが、その存在がほとんど知られておらず、いつもしいんと静まり返っていた。大人になってからは僕も全く足を踏み入れていないが、こうして時々街中に宣伝しにくる。

パネル展は買い物ついでに通りかかる人々でそれなりに賑わっていて、すぐその海鮮売り場にごろごろ転がっているような、ありふれた魚や貝たちの写真を興味深そうに眺めている。ホンビノス貝もアクリルケースに入れられて、仰々しく飾られている。

ぶらりと見物していると、ホンビノスの展示箱の側面に「私たちのホンビノス」というファイルがぶら下がっているのを見つけた。ややくすんだ箱の横でゆらゆら揺れているファイルは、見物人とぶつかることはあっても、開かれている様子はない。手にとってページを開くと、透明フィルムがぺりぺり、と音を立てた。

ファイルの中はホンビノスに関する新聞や雑誌の記事の寄せ集めで、漁業権取得や漁獲量増加のニュースなどが並んでいた。全国紙はほとんどなく、公民館のコミュニティ便りやどこかの学校の学校便りまで入っていた。

もしやと思って、一番最近の漁協のニュースレターからぺらぺらと遡《さかのぼ》っていくと、最後のページにホンビノス発見の記事があった。市内の女子中学生が発見、という見出しの下に、市長らしきおじさんと、女の子が並んで立つ写真が載っている。

粗い白黒写真だし、少女の表情はかなりかたくこわばっているけれど、しっかり橋爪さんの面影がある。

記事によると、橋爪さんは幼い頃から海辺の散歩を続けているうちに、砂浜に打ち上げられている貝殻の種類の変化に気づいたそうだ。そして彼女は浅瀬を掘って生物を調査し、外来種のコロニーを発見。その研究成果を中学の夏休みの課題として発表した。

橋爪さんのレポートがきっかけとなって生態調査が大々的に行われて、ホンビノス漁が始まり、町中で食べられるようになったらしい。橋爪さんはひそかにこの街の歴史に名を残す人物になっていたのだ。毎日のように海辺に行っても、光る水面しか見ていなかった僕とは大違いだ。

しかし新聞記事には少し奇妙なところがあった。まず、発行年と橋爪さんの学年が、僕たちの年齢から逆算すると合わない。地域新聞に載っている橋爪さんは、僕たちの同級生ではなく一つ下だった。そして古い印刷で潰れかかった名前の文字も、橋爪さんの名前と似ているけれど微妙に違った。油断すると見過ごしてしまいそうな違いだが、ハマグリとホンビノス程度には違う。

原田さんは思い違いをしていたらしい。そして僕もずっと大きな勘違いをしていたようだ。

牛乳パックを抱えてふらふら船に戻ると、船室のドアの取っ手にデパートの紙袋がくくりつけてあった。中はお菓子が入っているようだが、メッセージも名前も何も書いていない。しかし置いていった人の予想はついた。

取っ手に縛られたビニール紐が思いのほか固くて格闘していると、背後から足音が近づいてきた。

「昨日、ごめんね」

か細い声が聞こえて振り向くと、橋爪さんが立っていた。西日に照らされて、色素の薄い髪と頬が、背景に溶けそうに淡い。Tシャツの上に羽織った白いシャツはくしゃくしゃで、浜に打ち上げられたクラゲのようだ。橋爪さんは風に吹き上げられる髪を片手でおさえながら、「原田さん……て人に、失礼しちゃったよね」と言った。

「いや、それは大丈夫」

あの時はどちらかというと原田さんの方が不躾だったし、橋爪さんが帰った後はさらに失礼なことを言っていた。「原田さん、気にするタイプじゃなさそう」と付け加えると、橋爪さんは頷いた。

「そうだね。いかにも、繊細の反対っていう感じ」

橋爪さんはそう言って、ため息を吐いた。

「ホンビノスを見つけたのは、私なんだよ」

橋爪さんは小さな声で呟いて、寂しそうに微笑んだ。僕は頷いて、彼女の顔をじっと見た。

「さっきショッピングモールで橋爪さんが載ってる記事を見たよ」

「え、なんでそんなとこに……」

「橋爪さんは、違う橋爪さんだったんだね」

僕がそう言うと、彼女は気まずそうな顔で「騙してごめんね」と言った。

「姉は大学からずっと欧州うろうろしてる。この街には全然戻ってこない」

「そうなんだ……」

「でも店長、会った瞬間から、私のこと姉だと思い込んでたから。なんか、説明するの億劫になって……」

「言ってくれればよかったのに」

僕は橋爪さんに妹がいるなんて聞いたことがなかったし、同じ顔の女の子を学校内で見かけたことはなかった。異国の血が入った容姿は、当時の街ではまだまだ異質で、姉妹だったら必ずセットで認識されていただろう。原田さんもきっと知らないから、あんな適当なことを言っていたのだ。

「私、小学校ちょこっとしか行ってなかったから、誰も私の存在を知らないの。別に、学校に行ってなかったって言えばそれで済む話だけど……」

橋爪さんはぼそぼそと言った。

「でも、砂浜を歩いていたのは、お姉さんの方じゃなくて橋爪さんだよね」

僕がそう聞くと、彼女は頷いた。僕の中では二人の少女の記憶が混ざって一人になっていたらしい。

「あそこはあまり学校の人がこなそうだったから、暇な時に歩いてた。中学に行ったら、授業はなんとか受けられるようになったけど、やっぱり友達と遊ぶより海岸で貝殻見てる方が向いてたから、毎日行ってたの……」

彼女はそう言って水門の向こう側をぼんやり眺めた。

僕はふと思いついて、船室のドアを開けて橋爪さんを手招きした。

「何か飲む？　昨日何も飲んでないのにお金置いていったでしょ」

そう言うと、橋爪さんは頷いて小さな船の中に入ってきた。

僕は橋爪さんをいつもの椅子に座らせると、キッチンに出しっぱなしになっていた食器やナイフを片付けた。船を港につなぐロープを外して、ネオンサインをしまって船の操縦席に座ると、橋爪さんは「あれ、もしかして船出すの？」と言った。

「そう、海が見たくなった」

「ここ海だよね」

「もっと広く見えるところ」

どろろろろ、とエンジンをかけて港から出て行くと、海沿いの道を歩いていた人たちが意外そうな顔でこちらを見た。僕は時々船を出して水平線に近づきに行くけれど、毎回近所の人々に驚かれる。

埋立地の脇を抜けると、やっと視界の半分くらいから人の街が消えた。どうしても水平線のあちこちに船だの対岸の工場だのが見えるけれど、それはもう仕方がない。

街からほんの少し離れただけの、海の端っこにぷかぷか漂わせて、橋爪さんに林檎の発泡酒と作り置きの鯵の甘酢漬けを出した。

「鯵……」

橋爪さんは小さく呟いて、背骨から開かれて皿の上にしんなりと横たわる魚を箸で突いた。

「あれ、嫌い？」

「昔、開きがお箸でうまく食べられなかったのを、ちょっと思い出した。小学校に編入した初日から魚が出て、給食の時間が終わっても教室の片隅に取り残されて格闘してたんだよね。魚の骨って、まっすぐであっけない、規則性のある簡単な形してるのに、うまく剝がせなくて、お皿の上でいつまでたっても分解できなかった」

「僕も昔はちゃんと食べられなかったよ」

僕がそう言うと、橋爪さんはふ、と小さく笑って鯵の身をちまちま口に運んだ。

「そう、別にたいしたことじゃないの。でも一つのことに躓《つまず》くと、全部が駄目に感じちゃった。この街は、空気の色も水の色も今まで見てきたものと違くて、人の顔も声も、全然知らないものだった」

橋爪さんがぽつぽつと語ると、呼応するように鳥の声がわあ、わあ、と響いた。鈍い橙色の夕日を浴びた水面の上を、光を掠《かす》め取るようにカモメが低く飛んでいく。橋爪さんはカモメの行方を目で追って、視界から鳥たちが消えるとまた船内にふらりと視線を落とした。

「言葉がね、出なかったんだ。世界がばらばらになったような気がして、何を言っていいか分からなかった。そうしたら、みんな呆れた顔で見て、私の相手をしなくなった。世界は魚の骨みたいに、きまりきった形で、でも私が入るところはなかった。自分と同じ境遇の人がいなかったら、仕方ないと思えたかもしれないけど、同じ条件なのにうまくやっている人が身近にいると、自分だけ置いて行かれたみたいで、そうしたらもう、海辺を歩くしかなかった」

橋爪さんはそう言って、林檎の発泡酒に口をつけた。

「ホンビノスを見つけたのは、たまたまだった。でも、暗い泥の中に大きな二枚貝がごろごろ埋まっているのを見つけるのは、楽しかった。こんなところで、どうして生きていけるんだろうって思うけど、ホンビノスはまるまる太って、じっとしていたの」

橋爪さんは真紅の残照が溶けて錆色に染まっていく海を見つめた。

「毎日この海辺に帰ってくると、暗い泥の中に引きずり込まれるような気がする。でも、そこは静かなの」

橋爪さんはそう言って、金色の泡を飲み干した。

後日、橋爪さんは港でばったり原田さんに遭遇して、自分が彼女の友人の妹であることを告白した。原田さんいわく、橋爪さんはとても恐縮した様子だったらしい。原田さんは、しおらしく謝る橋爪さんを見て、姉と比べて随分扱いやすそうだと思い、再びミス・ホンビノスの協力をお願いしてみた。すると、橋爪さんは身を偽っていたことが余程負い目となっていたのか、悩んだ末に決死の表情で承諾してくれたそうだ。

ミス・ホンビノスの称号は橋爪さんにこそふさわしい。しかし彼女の過去を考えると、人前に出るのはかなり重荷になりそうだ。漁協のおじさん自身が「無理ない範囲で」と言う程度の企画なのだから、本当に無理はしないでほしいと思う。僕がこそっと原田さんに懸念を話すと、原田さんは「できる範囲のことをやってくれればいいって言ったし、どうしても嫌なら嫌って言うでしょ。大人だし」と、非常にさっぱりしたことを言っていた。それがしづらい性格だから、いろいろこじれていたんじゃないかと思うのだが、原田さんは気にせず企画を進めた。

かくして、ただちにポスター撮影が計画されて、リー君がカメラマンに抜擢された。僕は全然そんな話は聞いたことがなかったが、カメラが趣味だったらしい。リー君は今いる橋爪さんしか知らないので、姉でも妹でも関係ないから、何も話していない。リー君はのんきに「はしづめさんに決まったんだー」と嬉しそうにしていた。

ポスター撮影は海浜公園の砂浜で行われた。リー君が橋爪さんに「波打ち際ではしゃいで見せて」となかなか高度な注文を出すと、原田さんお手製のミス・ホンビノスのたすきをかけた橋爪さんは、少し戸惑った様子で浅瀬に入っていった。しかししばらくすると、泥の感触が彼女を迎え入れたのだろう。橋爪さんは足を砂の奥に突っ込んで、かき混ぜ始めた。彼女は貝を探しているのだ。少女の時に僕が遠巻きに見ていた姿と同じで懐かしくなったが、リー君はいつシャッターを切ったらいいのか困った様子で、ぱち、ぱち、と首を傾げながら写真を撮った。

「絵面が茶色すぎない……？」

原田さんがその様子を見て首を傾げたが、この海はどう頑張ってもエメラルドグリーンにはならないのだから仕方ない。風景は彩度が低いが、橋爪さんは楽しそうだ。

やがて橋爪さんは「あった」と、普段より半音ほど高い声で言って、水の中から足を引き抜いた。足の指は器用に大きな貝を摑んでいて、彼女はそれを手でとって顔の隣に持ち上げて見せた。

「あ、ホンビノス」

原田さんがそう言うと、リー君がようやく訪れたシャッターチャンスを逃すまいと、「笑って笑って」と言いながら何枚も写真を撮った。橋爪さんは、決して満面の笑みではないが、社会人生活で培《つちか》った可もなく不可もない顔で笑ってみせた。

原田さんが「いいんじゃない？」と言って手で丸印を作ると、橋爪さんはほっとした顔で手を下ろした。そしてこれでノルマは完了した、とばかりに背を向けて、ざぶざぶと水平線の方へ歩いて行った。

「橋爪妹、どこいくの？」

原田さんがそう呼びかけると、橋爪さんは振り返って「もうちょっと貝拾う」と言った。暖かくなって、ホンビノスが育つ時期なのだ。

酸素欠乏の海は、生き物たちの細かい欠片《かけら》が海底に積もって、黒くて柔らかい泥の地平を作っている。そこで静かにひっそりと生き延びるものたちは、知らぬうちに逞しく大きくなっている。ホンビノス貝は酸素の薄い暗い海で、沈黙しながら大きくなる。

原田さんは「貝、好きねえ」と言った。リー君は砂浜に座り込んで、首尾よく持参したビールを取り出し、原田さんと乾杯した。橋爪さんは潮がひたひたと満ちてくるまで、黙々と貝を拾っていた。

隣の部屋の女

白井　智之

0

レバ刺し、八丁味噌のもつ煮、こま切れ肉と長ねぎの甘辛炒め。そして冷えたビール。

炬燵《こたつ》机に並んだ料理皿を眺めて、わたしは嘆息した。昨夜のステーキもなかなかだったが、今夜のメニューは酒との相性が格別だ。写真に撮って同僚に自慢できないのが残念だった。

鍋とフライパンを洗い桶に浸けて、座布団に腰を下ろす。

まずはレバ刺しをごま油につけて口へ運んだ。居酒屋で食べた牛のレバ刺しよりもさらに柔らかく、コクが強い。鉄臭さもかなりあるが、冷凍庫に二日入れていたことを考えれば上出来だ。

次に甘辛炒めに箸を伸ばす。一嚙みで口の中にうまみが広がった。長ねぎのシャキシャキとした食感が肉の柔らかさを引き立てている。醬油の味付けはもっと濃くても良さそうだ。

いったん水で口をゆすいでから、もつ煮を口に運ぶ。こちらは牛もつよりも歯ごたえがあり、内側まで味噌のうまみがよく染みていた。生姜を入れて煮ただけなのに、くさみもほとんどない。これは絶品だ。

これだけ美味しく食べてもらえれば彼女も満足だろう。

わたしはビールを一口飲んで、ふたたび料理皿に手を伸ばした。

1

問診を待つ間に降り出した雨は、夜になって勢いを増していた。

その日は園畑《そのはた》へ引っ越してから二度目の定期健診だった。妊娠五カ月目に入ってもつわりが収まらず、食欲も湧かないので気を揉んでいたのだが、医師は馬鹿の一つ覚えのように「よくあることだから」と繰り返すだけで、まともに相談に乗ってくれなかった。

梨沙子《りさこ》は園畑総合病院を出ると、駅前の百貨店で夕食の総菜を買い、ロータリーの列に並んでタクシーを待った。屋根の幅が足りないせいで横殴りの雨が吹き込んでくる。空が鳴る音を聞いていると、西から徐々に雷雲が近づいてくるのが分かった。

三十分並んでタクシーに乗ると、交通量の少ない住宅街を突っ切り、五分でマンションへ到着した。駅前の賑わいとは別世界のように辺りは静まり返っている。カードで代金を支払い、折り畳み傘を開かずにマンションへ駆け込んだ。

自動ドアを抜けて玄関ロビーに入り、オートロックのドアを開けようとしたとき、
ふいに雨音が小さくなった。

ぞくりと肌が粟立つ。

げほっ、げほっ。

どこからともなく、女性が激しく咳き込むような音が聞こえた。

とっさに背後を振り返る。街灯はなく、マンションの照明がうっすらと道路を照らしていた。人の姿はない。

ロビーの中に誰かがいるのだろうか。自動ドアの手前を右に曲がったところ――梨沙子のいるドアの前から死角になった位置に、郵便受けの並んだ通路があった。

おそるおそるロビーを進み、通路を覗く。

「――――」

共用の傘立てに猫が座っていた。この辺りでよく見かける三毛猫が、不貞腐れたような顔でこちらを見ている。実家で飼っていた白い猫が雨の日によく咳をしていたのを思い出した。傘を使わずにタクシーで帰ったため、猫が傘立てで雨宿りをしているのに気づかなかったのだ。

「びっくりさせないで」

小声で文句を言って、通路を出る。

自動ドアの外がパッと光り、数秒後に雷鳴が響いた。

耳を塞《ふさ》ごうとしたそのとき、
げほっ、げほっ。

さらに激しく咳き込む音が聞こえた。重たいものを引き摺るような音がそれに続く。

すぐに傘立てを振り返った。猫は表情を変えていない。

明らかに女性が咳き込む音だった。ひどく苦しそうで、誰かに助けを求めているようだった。

胸騒ぎに突き動かされ、玄関ロビーから外へ出た。ポケットにリップスティック型のスタンガンが入っているのを確かめて、折り畳み傘を広げる。

道路には誰もいなかった。左右に並んだアパートにも人影はない。

梨沙子はマンションの裏に回り込んで、河川敷を覗いた。民家のモルタル壁と背の高いフェンスに挟まれ、暗闇がさらに濃くなる。ごうごうと川の流れる音が耳に迫った。

ふいに辺りが明るくなり、鼓膜をつんざくような雷鳴が轟いた。

その瞬間、川の向こうに二つの人影が見えた。

一人は小柄な女性だった。カーキ色のワンピースを着て、前傾姿勢でもう一人の背中にかぶさっている。もう一人は肩にラインの入った白いシャツを着ていて、女性に隠れて顔は見えなかった。二人は橋を渡り切ったところから右手の路地へ向かうように、身体を傾けていた。

女性の顔には見覚えがあった。グリーンテラス園畑701号室の住人、東条桃香《とうじょうももか》だ。誰かが彼女を背負って連れ去ろうとしている——梨沙子はそう確信した。

これ以上立ち入るべきでないのは分かっていた。自分にできることは何もない。梨沙子は身体が弱い方だし、ましてや腹の中に五カ月の胎児がいるのだ。

それでも引き返すことはできなかった。ここで見て見ぬふりをしたら、東条を見捨てるだけでなく、自分も、生まれてくる子どもも守れないような気がしたのだ。

足音を殺し、ゆっくりと橋を渡った。呼吸が苦しく、傘を握る手に脂汗が滲む。

橋は十メートルもなく、すぐに二人がいた場所へたどりついた。並木の陰から顔を出し、右手の路地を覗く。

正面に年季の入ったアパートがあり、いくつかの小窓から明かりが洩れていた。アスファルトの剝がれた路地が淡く照らされている。

二人の姿はどこにも見当たらなかった。

2

梨沙子と秀樹《ひでき》がグリーンテラス園畑の702号室に引っ越したのは、隣人が姿を消す一月《ひとつき》前、八月十三日のことだった。

二人が軽井沢のホテルで結婚式を挙げてからもうすぐ三年になる。合コンで出会った頃の秀樹は夢を熱く語る一介のシステムエンジニアだったが、友人と立ち上げたベンチャー企業を急成長させてから、アプリゲーム界隈ではちょっとした有名人になった。現在は会社を売却し、大手のシステム開発会社でCTOを務めている。孫請けのWeb制作会社でアルバイトを続けていた梨沙子には想像もつかない経歴の持ち主で、両親も涙を流して結婚を喜んでくれた。

「三人で園畑に住まない？」

梨沙子の妊娠が分かった翌日、秀樹は朝食を掻き込みながら言った。

当時住んでいた都内のアパートは梨沙子の勤務先に近く、秀樹は一時間以上かけて園畑駅前のオフィスへ通っていた。梨沙子は子どもができたら仕事をやめると決めていたので、反対する理由はなかった。

園畑のことはよく知らなかった。梨沙子は東北出身で、大学入学を機に上京したため、首都圏には土地勘がない。秀樹と付き合うまでは、園畑という地名もワイドショーの「住みやすい街ランキング」でしか聞いたことがなかった。

結婚前に一度だけ、秀樹に誘われて園畑へ遊びに来たことがある。当時から駅前にはオフィスビルとタワーマンションが立ち並び、大規模なショッピングモールの建設が行われていた。そこには自分の生活圏にはない活気が漲《みなぎ》っていた。

「引っ越しのことは大丈夫。梨沙子は赤ちゃんの心配だけしてればいいから」

秀樹がそう言っていたこともあり、マンションの購入や引っ越しの手続きは任せ切りにしていた。

グリーンテラス園畑は築五年、十二階建ての分譲マンションで、園畑駅から歩いて十五分ほどの距離だった。駅からは少し離れているが、タワーマンションが立ち並ぶエリアよりは暮らしやすいかもしれない——梨沙子はぼんやりとそう考えていた。

引っ越し当日、梨沙子は共用通路で業者のスタッフを見守りながら、手すりの向こうに広がる景色を眺めた。背の高いビルばかり並んでいるせいで、七階にいるのに地上にいるような感覚になる。ビルの一面を覆う窓ガラスに綿雲が反射するさまは、映画に出てくる未来都市のようだ。自分もこの街の一員だと考えると、少し誇らしい気分になった。

「あんまり外に出るなよ。熱中症になるだろ」

秀樹に言われて部屋に戻る。フローリングが新築みたいにピカピカで気持ち良い。サボテンの鉢植えを運ぶ若いスタッフに会釈をして、リビングの窓から海側の景色を眺めた。

「――――」

梨沙子は息を呑んだ。

十キロも離れていない海岸線に工場が立ち並んでいた。無骨な金属とコンクリートの塊が息苦しいほどに犇《ひし》めき合い、煙突から絶え間なく煙が噴き出ている。知らない人から急に睨《にら》まれたような、言いようのない不安を感じた。

胸騒ぎを押しのけようと視線を下げる。マンションのすぐ裏を川が流れていた。河川敷に「漆川《うるしがわ》」と書いた標識が見える。川面は土色に濁っていた。

川の向こうには背丈の低い家が並んでいた。トタン屋根には錆が目立つ。ブルーシートに覆われたバラック小屋もあった。駅前とは別世界のようだ。

どうして内見の日に気づかなかったのだろう。あの日は確か、窓に半透明のフィルムが貼られていて――。

「梨沙子、どいて」

部屋に目を戻すと、業者のスタッフが背の高い本棚を運んでいた。秀樹の指示に従い、窓を覆うように本棚を置く。

「この窓、塞いじゃうの？」

「そうだよ。製油工場なんか見てもしょうがないだろ」

秀樹はそう言って、子どもを窘《たしな》めるような顔をした。


役所で転入届を出し、マンションに戻ったときには六時を過ぎていた。

荷解きは後にして、日が暮れる前に隣の部屋へ挨拶に行くことにした。百貨店のカステラを手提げ袋に詰め、口紅を引き直して部屋を出る。

右隣の703号室の住人は、三十代半ばの夫婦だった。同じ広告制作会社で、夫は営業、妻はデザイナーをしているという。身なりも言葉遣いも洗練されていて、安アパートでは見かけることのないタイプの人間だった。梨沙子は生まれて初めて、ご近所の奥さんとお茶に行く約束をした。

左隣の701号室は、インターホンを鳴らして三十秒ほど待っても返事がなかった。

「いないのかな」

秀樹がもう一度ボタンを押そうとしたとき、錠を開ける音が聞こえた。マホガニーのドアが薄く開く。チェーンを掛けたまま、若い女がこちらを見た。二十代半ばだろうか。

「こんばんは。702号室に引っ越してきた田代《たしろ》秀樹と言います。これは妻の梨沙子。お世話になります」

女の顔から緊張が抜けるのが分かった。ドアを閉め、チェーンを外してふたたび開ける。

「……東条桃香です」

息からアルコールの臭《にお》いがした。家にいたはずなのにファンデーションとチークを厚く塗って、胸元の開いたワンピースを着ている。目鼻立ちの整った男好きのする顔だ。ピンクベージュの髪を内側に巻き、耳には高級そうなパールのピアスを下げていた。

「ぼくたち、二月に子どもが生まれる予定なんです。ご迷惑をおかけするかもしれませんが、よろしくお願いします」

「ああ、はい。分かりました」

東条は目を伏せた。よく見ると側頭部の髪が不自然に禿《は》げている。誰かに無理やり抜かれたのだろうか。

梨沙子はカステラを渡して、701号室を後にした。

「ありゃ水商売の女だ。どっかの金持ちと不倫して家族にキレられたんだろ」

部屋に戻ってドアを閉めるなり、秀樹が嘲《あざけ》るように言った。

3

お盆が明けた八月十六日、梨沙子は園畑総合病院を訪れた。

梨沙子の両親は里帰り出産を望んでいたが、秀樹が近くで見守りたいと言うので、園畑総合病院の産科で子どもを産むつもりだった。

午後一時に紹介状を持って受付をしたのに、名前を呼ばれたのは四時過ぎだった。尿検査と血圧測定の結果を見た医師に「問題ないですね」と言われただけで八千円を払わされ、詐欺にあったような気分になった。

日が傾いて涼しくなっていたので、歩いてマンションへ帰ることにした。秀樹の会社が入っている展望台みたいなオフィスビルの前を通り過ぎ、遊歩道を進む。

人工芝の広場で、五歳くらいの子どもたちが影を踏み合って遊んでいた。街路では母親たちが雑談に花を咲かせている。保育園のお迎えの帰りだろうか。

梨沙子は五年後の自分に思いを巡らせた。就職活動に失敗し、アルバイトを転々としながら生きてきた自分には、普通の幸せがどれだけ特別なものかよく分かっている。今の自分がいるのは秀樹のおかげだ。子育てには不安もあるが、期待の方がずっと大きかった。

遊歩道を十分ほど歩いたところで細い路地に入る。コンビニの角を曲がった途端、街の雰囲気がはっきりと変わった。開発前から残る商店街で、寂れた居酒屋やスナックが軒を連ねている。

グリーンテラス園畑は、商店街を抜け、人気《ひとけ》のない住宅街を二百メートルほど進んだところに位置していた。御影石をあしらった外壁は街並みになじんでいないが、いやでも視界に入るタワーマンションに比べれば違和感は小さい。駅前エリアに住むほどの財力はないが、園畑のマンションで暮らしてみたい――そんな見栄っ張りの心理を突いた物件なのだろう。

商店街を抜け、住宅街を足早に歩いた。後ろからも足音が聞こえる。ブロック塀の上で薄汚い猫が丸くなっていた。

「あっ」

アスファルトの亀裂に足を取られ、前に姿勢を崩した。両手で身体を支えようとしたが間に合わなかった。ワンピースが捲《めく》れ、腹を地面に擦り付ける。背骨の裏に激痛が走り、腹の奥から嘔《え》吐《ず》きが込み上げた。

深呼吸をしながら立ち上がり、ショルダーバッグに付いた土埃を払う。

ふと違和感を覚えた。

さっきまで背後から聞こえていた足音がまったく聞こえない。梨沙子が転んだのを見て、後ろにいた人も足を止めたのだ。まるで後をつけていたかのように。ワンピースが汗でべったりと湿っていた。軽い目眩《めまい》がして、根が生えたように足が動かなくなる。

おそるおそる振り返ると、電柱の陰に男が立っていた。肌が浅黒く、赤いキャップから乱れた蓬髪《ほうはつ》が溢れている。男は素知らぬ顔で黙り込んでいたが、梨沙子と目が合うと嬉しそうに頬を緩ませた。

「やったの？」

滑舌がおかしい。酔っているのだろうか。

「やったの？」

男は梨沙子のショルダーバッグを指した。マタニティマークのストラップが揺れている。悲鳴を上げようとしたが、喉がからからに渇いて声が出なかった。

「おれともしてよ」

男が千鳥足で近づいてくる。

梨沙子は駆け出した。

両手を振り、息を切らし、転びそうになりながら、無我夢中で走った。

自動ドアを抜け、グリーンテラス園畑の玄関ロビーに駆け込む。オートロックのドアを開け、一階の通路に転がり込んだ。壁に手をついて咳き込む。

ドアが閉まる音を聞き、梨沙子はようやく道路を振り返った。

男の姿はどこにもなかった。


702号室に戻っても咳は止まらなかった。涙で顔がぐしゃぐしゃになる。喉の奥に、味わったことのない鋭い痛みを覚えた。

咳が収まるのを待って、携帯電話で110番を鳴らした。不審者に遭ったと伝えると、電話口の警察官に「服装は?」「髪型は?」「体型は?」と立て続けに尋ねられた。梨沙子が言葉を詰まらせると、若い警察官は声に苛立ちを滲ませた。

「再開発地区の人はすぐ警察に通報するんだよ。勘弁してほしいよね。強制移住させられたんじゃなくて、自分で引っ越してきたんだからさ」

梨沙子が言葉を失っていると、

「パトロールを強化しますんで、大丈夫ですよ。情報提供ありがとうございました」

木で鼻を括ったように言って、電話を切った。

茫然としたままベッドに倒れる。顔の涙を拭《ぬぐ》うと、指先が汚れて黄色くなった。

午後十一時、赤ら顔で帰宅した秀樹に不審者のことを話すと、秀樹は胴間声《どうまごえ》を張り上げて警察を罵倒した。

「税金で飯を食ってるくせに不審者は野放しか。公僕が恥を知れよ」

そう言って冷蔵庫のドアを閉めると、ソファにもたれて缶ビールのタブを起こした。

「不審者に家を知られたから、待ち伏せされるかもしれない」

「そうだな。次はすぐおれに連絡しろ。オフィスから飛んで行って半殺しにしてやる」

秀樹は得意げに言ってビールを喉へ流し込んだ。

4

三週間後、不安は現実のものになった。

その日は大学のゼミの後輩とランチの約束をしていた。高校時代から読者モデルをしていた筋金入りの美人で、梨沙子は在学中、ファッション誌を読む代わりに彼女の着こなしを毎日チェックしていた。現在のネイビーアッシュのショートカットも彼女を真似したものだ。卒業後は旅行代理店に就職し、半年前に女の子を産んだばかりだった。

午前十時過ぎ。エレベーターで一階へ下り、玄関ロビーを出た。九月に入っても残暑が和らぐ様子はない。うだるような熱気が全身を包んだ、そのとき。

「久しぶり」

植え込みの陰から赤いキャップの男が顔を出した。偶然のような顔をしているが、明らかに待ち伏せだった。

とっさにロビーへ引き返す。オートロックのドアが目の前で閉まった。ショルダーバッグに手を入れて鍵を探す。背後から荒い息遣いが近づいてきた。

「あの日の夜もした?」

バッグから鍵を出したところで、男が手を伸ばして梨沙子の腹に触れた。嫌悪感が胸を貫く。身を捩《よじ》って逃げ出そうとすると、男が梨沙子の肩を押さえた。

「ねえ、おれともしてよ」

背後で自動ドアが開く音がした。マンションから誰かが出てきたのだ。

「た、助けて――」

ジジジジ、と蟬が耳道に突っ込んだような音がした。

男が尻餅をついて倒れる。内腿を抱え、子どもみたいな悲鳴を上げた。

「痛《いて》え！　何すんだ！　警察呼ぶぞ！」

「呼べよ」

化粧の濃い女が、リップスティックを男の喉に押し付けた。ピンクベージュの髪にパールのピアス。701号室の東条桃香だった。

「二度と近寄んないで。次は殺すから」

「うるせえ、ばばあ。うるせえ」

男は譫言《うわごと》のように言うと、右脚を引き摺ってロビーを出て行った。

「すみません、ありがとうございます」

男の姿が消えるのを待って梨沙子が礼を言うと、

「逆恨みで殺されたらあんたのせいだからね」東条はうんざりした顔で言った。

「あんだけ痛め付けてやれば大丈夫だと思うけど」

「あの人に何したんですか」

「電気を流した。これ、スタンガン。ネットで買えるよ」

東条はリップスティックの蓋を外し、柄に付いた小さなボタンを押した。先端が光り、ジジジと耳障りな音が鳴る。

「何か困ってるんですか。ストーカーに狙われてるとか？」

「わたしの心配してる場合じゃないでしょ」東条は大げさに肩を竦《すく》めた。「子ども産むんでしょ？　家族なんか頼りになんないよ。自分のことは自分で守んないと」

東条は玄関ロビーから出て行こうとしたが、思い出したように振り返り、梨沙子の胸にスタンガンを放り投げた。

「くれるんですか？」

梨沙子はボタンを押さないように注意してスティックの先を覗いた。

「うん。カステラのお礼」

東条は右手を振ってロビーを後にした。

それから一週間後、雷雨の夜。

東条桃香はグリーンテラス園畑から姿を消した。

＊

彼女は息が止まる瞬間まで死ぬことが分かっていない様子だったが、実を言えばわたしも似たようなものだった。グリーンテラス園畑のあの部屋で鉢合わせする瞬間まで、自分が彼女を殺すことになるとは毛ほども思っていなかった。

物流倉庫でのアルバイトを切り上げ、最寄りの園畑駅からアパートへ向かっていたときのこと。雨音に交じって、道沿いのマンションから女の声が聞こえた。

「鍵なくしちゃったんですよ。それで——お願いできますか？」

マンションの入り口には「グリーンテラス園畑」と彫られた御影石が鎮座している。携帯電話を見るふりをして立ち止まり、ロビーを覗くと、ピンクベージュの髪の女が作業服の男を呼び止めていた。

「合鍵でよろしいですか？」

「錠を取り換えてください。空き巣が心配なんで」

作業服の男は管理人だろう。二人がセンサーの前に立っているせいで、自動ドアが開いたり閉まったりしていた。

「分かりました。業者に連絡してみますが、たぶん明日になると——」

「大丈夫です。合鍵はありますから」

女はポケットから鍵束を取り出して言うと、傘立ての傘を手に取り、玄関ロビーからこちらへ向かってきた。慌てて顔を伏せ、マンションの前を足早に通り過ぎる。十メートルほど歩いて振り返ると、女が道の反対側でセダンに乗り込むところだった。

「遅《おせ》えよ」

男の苛立った声。

「ごめんなさい」

助手席のドアが閉まり、エンジン音が背後を通り過ぎた。

彼女のことは以前から知っていた。あのマンションに引っ越してきたのは一年半前。すぐに浅黒い肌の男から「男たらし」「ブス」「のろま」「穀潰《ごくつぶ》し」と怒鳴られているのを見かけるようになった。男に閉め出されたのか、痣《あざ》だらけの顔で深夜に玄関ロビーで泣いているのを見たこともある。

今日は珍しくディナーにでも行くようだ。あの手の男とは関わりたくないが、金があるのは羨ましい。

わたしは瞼《まぶた》をさすりながら、路地を曲がって河川敷へ急いだ。右の瞼の古傷を撫でるのは動揺したときの癖だった。

河川敷に出ると、辺りに誰もいないのを確認して、ポケットから革のキーホルダーを取り出した。タグにはご丁寧に部屋番号が書いてある。

今朝、グリーンテラス園畑の前の木陰で拾ったディンプルキーだった。

アパートに荷物を置くと、キャップを目深にかぶり、マスクを着けて部屋を出た。雨で濁った漆川を渡り、細い路地を抜けてグリーンテラス園畑へ向かう。

玄関ロビーを抜け、何食わぬ顔でオートロックの鍵穴にキーを差す。ガチャンと音を立ててドアが左右に開いた。成功だ。ロビーに管理人の姿もない。

ふと興味が湧き、郵便受けを覗いてみた。マッサージや宅配ピザのチラシに交ざって、化粧品会社から封筒が届いている。宛名には東条桃香とあった。

エレベーターに乗り込み、七階で降りた。マホガニーのドアの前で耳を澄ましたが、物音は聞こえない。深呼吸を一つしてから、キーを捻《ひね》ってドアを開けた。

「どうも。お邪魔します」

室内は整然としていた。デパートの食品売り場と化粧品売り場を混ぜたような匂いがする。玄関を上がって右手が浴室とトイレ、左手が寝室、正面がダイニングキッチンだ。貴重品があるとすれば寝室かダイニングだろう。

照明を点けて寝室に入り、チェストの抽斗《ひきだし》を順に開けていく。アクセサリーは安物ばかりで金になりそうにない。

一番下の抽斗を開けると、通帳とクレジットカードが入っていた。当たりだ。自分で引き出す気はないが、詐欺グループに流せば金になる。

口笛を吹きながら寝室を出て、ふいに心臓が止まりそうになった。廊下の先から息を吐く音が聞こえたのだ。

ダイニングを覗くと、右手にもう一つ部屋があった。明かりの消えた部屋の中から、赤く腫れた瞳がこちらを見ている。

何かあの男の気に障ることをしたせいで、ディナーに連れて行ってもらえなかったのだろう。彼女は頰を濡らし、力の抜けた姿勢でベッドにもたれていた。空き巣に怯えて泣いているのではない。涙を流す以外に自分を支える手段がなく、仕方なく泣いている——そんなふうに見えた。

色黒の男の罵声がこだまする。彼女の額には青黒い痣ができていた。

わたしの胸に湧き上がったのは、憐れみだった。残酷なことだが、この世には生まれながらに不幸な人間がいる。彼女はこの先も、手の届かない幸せに弄《もてあそ》ばれて生きていくのだろう。

「——」

わたしは彼女の首を両手で摑み、親指に力を入れた。彼女は唇を閉じてわたしを見ている。馬乗りになって親指を喉へ押し込むと、口から咳と一緒に唾液が噴き出した。顔がみるみる赤くなり、手足が痙攣《けいれん》する。さらに親指へ力を込めると、キュッと鈍い音が鳴って首の骨が折れた。

ふと我に返り、ベッドから離れる。彼女はびくともしない。

おそるおそる手首に触れる。

彼女は死んでいた。

じわじわと恐怖が込み上げてきた。警察は恐くない。問題は自分が罪悪感に耐えられるかどうかだ。こんなことが道徳的に許されるわけがない。

わたしは瞼をつまんで深呼吸をした。考えるのは後回しだ。足早に寝室へ向かい、通帳とクレジットカードをチェストに戻した。空き巣だとばれるのは得策ではない。奥の部屋に引き返すと、両手で死体を担ぎ上げ、玄関へ向かった。

時刻は午後七時半。雨が降っているから人通りは多くないはずだ。

誰とも鉢合わせしないことを祈って、ドアノブを捻った。

5

横殴りの雨が玄関ロビーに入り込み、大理石の床を濡らしている。

梨沙子は傘を畳んで、共用の傘立てに差し込んだ。猫は何も言わずに尻尾を揺らしている。

七階でエレベーターを降りると、701号室のメーターボックスの下に蝙蝠《こうもり》傘が立てかけてあった。持ち手に白いビニールテープが巻いてある。東条の傘だろうか。

水滴が床に落ちて水溜まりができていた。

しばらくドアの前に立っていたが、人が出てくることも、物音が聞こえることもなかった。

部屋に帰るとポケットから携帯電話を取り出した。通報すべきなのは分かっているのに、発信ボタンを押す勇気が出ない。「再開発地区の住人はすぐ警察に通報する」という警察官の言葉が心を重くしていた。

濡れた服を脱いでシャワーを浴びていると、秀樹が帰ってきた。梨沙子はすぐに浴室を出て、漆川の河川敷で見たことを話した。

「ああ、水商売の女ね。不倫してた男と喧嘩したんじゃねえの」

秀樹は素っ気なく言って、ワイシャツを洗濯籠《かご》に放り込んだ。一週間前、東条に不審者から助けられたことは秀樹に話していなかった。

あのとき彼女がスタンガンを持ち歩いていたのは、危険が迫っているのを知っていたからだ。単なる色恋沙汰とは思えない。

「お前さ、あんまりよそのことに首を突っ込むなよ」

梨沙子が考え込んでいるのを見て、秀樹は声を硬くした。

「隣人なんて所詮は他人だ。一番大事なのは腹の中の赤ん坊だろ」

秀樹の言う通りだ。揉め事に巻き込まれたせいで早産や流産になったら、自分は死ぬまで後悔し続けることになる。

「だよね」

梨沙子はダイニングテーブルに手をついて、河川敷の光景を頭から振り払った。

翌日の午前十一時過ぎ、ベビー用品店で注文したベッドが届いた。玄関先で伝票にサインをして、配達員を見送る。

ふと701号室に目を向けると、メーターボックスの下に立てかけてあった蝙蝠傘がなくなっていた。東条が無事に帰宅し、傘を部屋に入れたのだろう。

梨沙子は胸を撫で下ろした。

十月一日、実家の両親がマンションへ遊びにきた。

「良いところねえ。駅は近いし、病院もあるし、治安だって良さそうだし」

生え際の薄くなった母がはしゃいだ声を出す。リビングの窓を書棚で塞いでおいたのは正解だった。

「盛岡《もりおか》より野良猫が多いな」

梨沙子よりも腹の出た父が、キッチンの窓から商店街を眺めて言った。

「心配ね。病気を持った子もいるっていうし」

「水を入れたペットボトルは効くぞ。あれでうちの花壇は糞《ふん》がなくなった」

それがデマなのは知っていたが、父は反論されると機嫌が悪くなるので黙っていた。

午後六時過ぎ、玄関ロビーで二人を見送って七階に戻ると、701号室からスーツ姿の男が出てきた。内見の日に部屋の説明をしてくれた、不動産会社の担当者だ。色の入った眼鏡を掛け、長い後ろ髪を耳の高さで結わえている。やんちゃな風貌のくせに気の小さそうな男だった。

「あ、こんにちは」

男は慌てた顔で会釈をして、701号室の錠を閉めた。不自然なほど足早にエレベーターへ乗り込もうとする。嫌な予感がした。

「東条さんに何かあったんですか?」

梨沙子は語気を強めて尋ねた。雷雨の中で東条を見かけてから二週間以上、彼女とは顔を合わせていない。

男は口ごもった。馬の尻尾みたいな長髪が揺れる。入居者のプライバシーに関わることは明かせない決まりなのだろう。

「東条さんとは仲良くさせていただいてます。何かあったんですね?」

「わたしたちも分からないんです」男はため息を吐《つ》いた。「東条様は分譲賃貸で部屋を借りられていました。それが二週間前、突然、弊社に連絡をいただきまして。マンションを退去する、家財はすべて処分してほしいというんです」

心臓が強く胸を叩いた。

河川敷の光景が脳裏によみがえる。やはりあのとき、東条は何者かに連れ去られていたのだ。もとの住居には戻れないと分かったから、不動産会社に退去の連絡をしたのだろう。

「二週間前というと、九月の十七日ですか」

「ええ、そうですけど」

男は腕時計に目を落とした。河川敷で東条を見かけたのは十六日だから、翌日には不動産会社へ連絡があったことになる。

「東条さんはどんな様子でしたか」

「分かりません。雑音で声が聞き取りづらくて」

どこか屋外にいたのだろうか――と考えたところで息が止まった。

声の主が東条であるという証拠はない。彼女が失踪したことに気づかれないように、何者かが彼女のふりをして電話をかけた可能性もある。本物の東条は誰とも連絡を取れない状況にいるのかもしれない。

「警察には連絡したんですか？」

「いえ、そういった対応は考えていません。入居者様にもさまざまな事情がございますので」

男は苦い顔で言った。

要するにトラブルを起こしたくないのだろう。マンションで事件や事故が起きると、インターネット上の口コミサイトにすぐに掲載されてしまう。高級マンションとして売り出している物件で、住人が行方不明になったという情報は表沙汰にしたくはないはずだ。

「すみません、失礼いたします」

男は逃げるようにエレベーターに乗り込み、一階へ下りて行った。

梨沙子は茫然と通路に立ち尽くしていた。もう自分にできることはないのだろうか。

——家族なんか頼りになんないよ。自分のことは自分で守んないと。

東条の言葉がよみがえる。

家族に恵まれなくても、他人と助け合って生きていくことはできる。本当はそう信じていたから、彼女は素性も知らない隣人を助けてくれたのではないか。

ふたたび昇ってくるのを待って、梨沙子もエレベーターに乗った。玄関ロビーを出てマンションの裏へ回り込み、河川敷に出る。

漆川を渡ると、はっきりと街の空気が変わった。建物、舗道、標識、自動販売機、目に入るすべてが汚れ、錆び、歪《ゆが》んでいる。湿った雑巾のような臭い。視線を上げると高架の産業道路が見えた。

園畑へ引っ越してからの一月半で、梨沙子はこの街の成り立ちを学んでいた。園畑市は面積の半分近くが工業地区で、六十年代から労働者の街として栄えてきた。駅前の再開発でイメージアップに成功したが、漆川の南側は今も治安が悪く、暴力団の事務所や簡易宿泊所、居酒屋、風俗店、賭場などが点在している。ワイドショーで見たことのある殺人、監禁、強姦、強盗、放火などの事件が、かなりの確率で園畑市南部で起きていたことに気づき、梨沙子は慄然とした。

河川敷を右に曲がると見覚えのあるアパートがあった。東条が姿を消したのはこの辺りだ。

アパートは築四十年ほどだろうか。プレハブ小屋のような簡素な造りで、色の落ちた壁を覆うように蔦《つた》が這っている。フェンスには「スピカ園畑」と書いたプレートが下がっていた。

「――――」

足元から草の擦れる音がした。

煉瓦に囲われた小さな植え込みで、野良猫がこちらを見ている。尻尾の辺りで何かが光った。

心臓が早鐘を打つ。

「ちょっと、どいて」

サンダルの先でそっと猫の横腹を突《つっ》く。猫は表情を変えずに立ち上がり、煉瓦を越えて植え込みを出ていった。

腕を伸ばし、土に埋もれたそれを手に取る。

東条が付けていたパールのピアスだった。

＊

アパートの浴室に大の字で引っくり返った死体を見て、わたしは笑った。

死体なんか見ても楽しくないし、どちらかといえば泣きたい気分だったけれど、わたしは笑った。最低なことが続いてやけっぱちになったときの、脳味噌の誤作動みたいな笑いだった。

死体をどう処理するか。これは大した問題ではない。動物は所詮、肉と骨でできた巨大な水風船だ。肉はばらばらにして川に流し、骨は山に埋めてしまえばいい。あまり思い出したくはないが、過去にも経験がある。

問題は、どうやって罪悪感と折り合いを付けるか。これである。

嘘を吐いてはいけない。物を盗んではいけない。命は大切にしなければならない。物心ついたときから、わたしは道徳や倫理観というよく分からない代物に苦しめられてきた。

わたしの家庭環境は特殊だった。園畑市議会議員の父と専業主婦の母の間に生まれ、NHK教育テレビが垂れ流しているタイプの良い子ちゃん教育を受けて育ったわたしは、おかげで散々な学生生活を送ることになった。当時の園畑は再開発が始まる前で、今よりもやくざや不良や素性の知れない外国人が街に溢れていた。不良から身を守るには格上の不良に守ってもらうしかないし、そいつらの機嫌を取るには金が要る。ガキが大金を手に入れる方法は、自分より弱いガキを脅すか、商店のレジを荒らすくらいしかなかった。

生きるためにすべきことはシンプルだ。でもわたしにはそれができなかった。悪事を働こうとすると喉がからからに渇いて息ができなくなるのだ。後輩の財布から五千円札を抜いた日の夜は、胸が苦しくて眠れなかった。両親の情操教育は見事に成功し、わたしは悲惨な青春時代を過ごすことになった。

とはいえそれは過去の話だ。中三の夏、両親は押し込み強盗に刺されて死んだ。大人になって道徳を都合よくアップデートしたわたしは、新たに「悪いやつには悪いことをしても良い」という行動理念を身に付け、両親の呪縛から逃れることに成功した。架空請求詐欺を行っている会社のアルバイトで勤務時間を水増しするとか、違法駐車をしている車からバッグを持ち去るとか、暴力を振るう男の家から通帳を頂くといったことは、わたしの中では善行に分類された。借金を返すために迷惑行為や詐欺を働いている会社を探しまわったおかげで、園畑の違法風俗店や、園畑に拠点を持つ詐欺グループにずいぶんと詳しくなった。

そこでこの死体である。

彼女も「悪いやつ」に当てはまると思っていたのだが、駄目だった。昨夜は胃がキリキリと痛み、ぬるい液体が喉にこみ上げてくるせいで一睡もできず、おかげで眼球の裏が捩《ね》じれたように痛んでいた。

よく考えれば当然だ。彼女は被害者であって加害者ではない。あの口の悪い男ならさておき、彼女を殺したことを善行に分類するのは無理がある。

わたしは後悔した。自分でもなぜ彼女を殺してしまったのか分からない。強いて言えば、生きているのが少しかわいそうだったからだ。

このままでは死ぬまで罪悪感に苦しみ、悪夢にうなされ、他人の目に怯えて生きることになる。そう考えると余計に頭が痛くなった。

「最悪」

浴室を出てタオルで足を拭うと、倒れるように黴《かび》臭い布団に寝転んだ。

汚れた窓の向こうに橋が見える。通行人に部屋を覗かれているような気がして、カーテンを閉めた。猫の能天気な鳴き声が聞こえる。

園畑市内——特に漆川の南側は野良猫が多い。子どもの頃から猫が苦手で、同級生にからかわれてきた自分には悪夢のような土地だ。一年半前まで住んでいたマンションは猫が少なく快適だったのだが、現在のアパートはあちこちを猫が闊歩していて、住人より猫の数が多いこともざらだった。

わたしがやつらと相容れなくなった原因ははっきりしている。小学二年生のとき、家で飼っていた雀のぴよぴよが野良猫に食われたのだ。網戸の隙間から跳び込んできた野良猫は見たことのない速さでぴよぴよの首の後ろに嚙み付き、窓の外へ消えた。あの恐怖は今も脳裏に焼き付いている。

その日の夜、父はわたしを殴った。通学路で弱っていた雀の雛《ひな》を飼い始めた際、わたしは責任を持って世話をすると父に約束していたのだ。

顔を殴られたわたしは、瞼が切れて血が目に流れ込み、父の身体がぐにゃぐにゃに歪んで見えた。母は床に倒れたわたしを見ても何も言わなかった。

わたしは納得がいかず、瞼を押さえて父に反論した。

――ぴよぴよを殺したのは猫だよ。わたしは助けようとしたのに、なんでわたしが殴られるの？

父の答えは、正しい子育てを実践する親として満点のものだった。

――猫は生きるために雀の命を頂いたんだ。でもお前は違う。命を粗末にしたんだ。

「――ん？」

ふと我に返った。

瞼の古傷を撫でながら深呼吸をする。

今の自分の状況は、あのときと少し似ていた。

布団から起き上がり、浴室を覗き込んだ。死体が濁った眼球で宙を見つめている。

なぜ猫は雀を殺しても咎《とが》められなかったのか。捨てたのではなく、食べたからだ。奪った命を食べるのは、動物として極めて自然で、正しい営みなのだ。なぜこんな単純なことに気づかなかったのだろう。

浴室の床に膝をついて、死体に鼻を近づける。死斑が浮き出て痣のようになっているが、まだ腐ってはいない。

部屋に戻ると、台所の収納を眺めた。死体の解体に使えそうなのは洋包丁が一つだけ。これでは心もとない。

わたしはホームセンターにノコギリとナイフを買いにいくことにした。

6

十月三日。会社の後輩たちとバーベキューに行く秀樹を送り出してから、ポケットにスタンガンを忍ばせてグリーンテラス園畑を出た。漆川を渡り、スピカ園畑を見上げる。

二週間前の夜、東条はここで姿を消した。スピカ園畑のどこかの部屋に連れ込まれたのだ。彼女がまだ同じ場所で監禁されている可能性は十分にある。警察は頼りにならないが、証拠を突き付けられれば動かざるをえないはずだ。

東条の姿が見えたのは、雷が河川敷を照らした一瞬だった。犯人の顔は見えなかったが、肩にラインの入った白いシャツを着ていた。同じシャツを着た人物がいればそいつが犯人ということになる。

橋の中ほどから川に面した壁を見たところ、スピカ園畑は三階建てで、各階に三つの部屋があった。ただしほとんどの部屋は空室で、カーテンや洗濯物が見える部屋は三つだけだった。

手始めに空室のドアノブをいくつか捻ってみたが、どのドアも錠が閉まっていた。通りすがりの不審者が空室に連れ込むようなことはできない。犯人は三つの部屋の住人の中にいるはずだ。

階段の裏でスタンガンが動くのを確認して、一つ目の部屋——102号室へ向かった。

ドアの横に古いママチャリが置いてある。インターホンを鳴らすとすぐに足音が聞こえ、十秒ほどでドアが開いた。

「はい」

快活そうな男が顔を出した。年齢は二十歳くらいだろうか。小学生みたいな幼い顔立ちだが、身長は百八十センチ以上あり肩幅も広い。白いTシャツを着ているが肩にラインはなかった。左手の袖からはジグソーパズルのタトゥーが覗いている。右足にはバニラ色の包帯を巻いていた。

「あの、突然すみません。ちょっとお伺いしたいことがありまして」

「どうしました?」

アパート中に響くような声量で言う。

「二週間前、すぐそこの路上で引ったくりに遭ったんです。それで目撃者の方を探しているんですけど」

事前に考えておいた台詞《せりふ》だった。

「警察には?」

「取り合ってもらえませんでした。でも目撃者がいれば動いてくれると思うんです」

さすがに怪しまれるかと思ったが、男は梨沙子の言葉を鵜呑みにしたらしく、不《ふ》憫《びん》そうに肩を竦《すく》めた。

「ここの警察は尻が重いですからねえ」

「九月十六日――すごい雷雨だった日なんですけど、あの日の七時半くらいに不審者を見たり、物音を聞いたりしませんでしたか」

インターホンの辺りを見るふりをして、さりげなく男の表情を見つめる。

「雷が鳴ってた日ですよね。あの日の夜はヘッドホンを着けてゲームをやってました。足首に怪我をしてて、他にやることがないんですよ。物音は聞こえなかったですね」

顔色はほとんど変わらなかった。

「骨折ですか？」

「ええ。学校へ行く途中ですっころんじゃいまして」

「学生さん？」

「はい。高専の専攻科です」

男は照れ隠しのように包帯を撫でた。足元を見るふりをして男の背後に目を向ける。玄関の先は引き戸が閉まっていて見えなかった。

「ぼく、角本《つのもと》って言います。何かできることがあれば協力するんで言ってください」

男は育ちの良い小学生みたいな顔で言った。

階段を上ると、踊り場で休んでいた野良猫が立ち上がり、フェンスを越えて植え込みに飛び降りた。

201号室のドアの横には小さな鉢植えが並んでいた。ゼラニウムの赤い花が咲いている。ドアの郵便受けから飛び出た厚い封筒には、差出人が園畑市役所障害福祉課、宛名が佐川茜《さがわあかね》と記されていた。

インターホンを鳴らすと、数秒で床板の軋《きし》む音が聞こえた。ドアは開かない。もう一度ボタンを押すと、ようやくドアが薄く開いた。

「はい」

チェーンを掛けたまま女が応えた。年齢は二十代半ばだろうか。中学生みたいな紺色のジャージを着込んでいる。肌が赤く腫れていて、息も荒かった。明らかに体調を壊している――それも風邪を引いたというレベルではなく、重い疾患を抱えているように見えた。

「雷雨だった日の夜、不審者を見たり、物音を聞いたりしませんでしたか」

梨沙子が説明を繰り返して尋ねると、女は顔を伏せて黙り込んでから、

「何も聞こえなかったですけど」

低く擦《かす》れた声で言った。

「七時半ごろはどちらに？」

「家で休んでました」

「失礼ですが、お仕事は何を？」

「言いたくありません」

口調を変えずに言う。梨沙子は病人をいたぶっているような後ろめたい気分になった。チェーンが掛かっているので部屋の中の様子も分からない。足元にペットボトルの溜まったゴミ袋が見えた。

「すみません、ありがとうございました――」

言い終わる前にドアが閉まった。

深呼吸をして気分を変え、二階の廊下を進む。

203号室のドアノブには、骨の曲がったビニール傘がぶら下げてあった。

インターホンを鳴らすと、壁の向こうから「へい」と男の声がした。ガチャンと錠を外す音が続く。

「どなた？」

勢いよくドアが開いた瞬間、頭が真っ白になった。

「あれえ」

乱れた蓬髪、浅黒い肌、つぶれた鼻。梨沙子を襲おうとした赤いキャップの男だった。

「やっぱりおれとしたかったんだ」

男は顔一杯に笑みを広げると、廊下に出て梨沙子の肩を掴んだ。白いシャツが汗で黄ばんでいる。肩にラインはない。

とっさにスタンガンを突き出すと、男は背後へ飛び退き、正気を疑うような目で梨沙子を見た。

「何すんだよ」

「あんたが東条さんを監禁したんでしょ」

梨沙子は両手でスタンガンを握り締めた。

「東条？　誰それ。おれは岩清水《いわしみず》だよ」

男がしらを切る。梨沙子は男の鼻先にスタンガンを突き付け、ボタンを押してジジジと音を鳴らした。

「二週間前にすごい雨が降ったでしょ。あの日の夜、何してた？」

「雨の日？　昼勤だったから、夜は家で酒を飲んでたぜ」

「女の人を無理やり家に連れ込んだんじゃないの？　あたしにやろうとしたみたいに」

「そんなことしないよ」呆れたような顔をした。「あれはナンパじゃん」

梨沙子は恐怖を堪《こら》えて男を睨み返した。こいつは女を人間だと思っていない。とぼけていれば何でもごまかせると信じているのだ。

「何の話か分かんないけどさ、おれとやりたいんじゃないの？　違うなら帰ってよ」

男が薄笑いを浮かべて、梨沙子の肩を押そうとする。とっさにスタンガンを突き出し、脇腹に押し付けた。短い悲鳴。男は膝を折って蹲《うずくま》った。

「痛えんだよ、くそやろう！」

男は顔をくしゃくしゃにして叫ぶと、梨沙子の両脚にしがみ付いた。バランスを失い、廊下に尻餅をつく。ワンピースが裂ける音。後頭部がフェンスにぶつかり、視界が明滅した。

「あんた、言ってることもやってることも意味不明だよ。頭おかしいの？」

男は馬乗りになると、右手で梨沙子の口を塞ぎ、左手でスタンガンを奪おうとした。息が苦しい。無我夢中で男の手を振り解《ほど》くと、スタンガンを顔に押し付けた。

「ぐえぇっ」

電流の流れる音。滑るような感触で、スタンガンの先端が右目に当たったのが分かった。男が顔を押さえて横に倒れる。すかさずスタンガンを握り直し、男の胸に押し当てた。掌《てのひら》に振動が伝わる。男は悲鳴を堪えるように唇を噛み、全身を大きく痙攣させた。

今しかない。梨沙子は立ち上がると、203号室のドアを開けた。

「……東条さん？」

玄関の先の引き戸が開いていて、四畳半の部屋が見えた。卓袱《ちゃぶ》台と煎餅布団を並べた部屋に、煙草と焼酎とカップラーメンの臭いが充満している。丸めた作業服と見覚えのある赤いキャップが冷蔵庫の上に載っていた。便所や風呂場も覗いてみたが、人の姿はなかった。

梨沙子は廊下に倒れた男を見下ろした。嘔吐する寸前みたいな顔で白目を剝いている。失神したようだ。

すでに東条をどこかへ運んだのか、あるいはこの男は犯人ではなかったのだろうか。考えるほどに分からなくなる。

梨沙子は男の身体を部屋に押し込むと、逃げるようにスピカ園畑を後にした。

橋を渡っただけで、自分の家に帰ってきたような安堵感を覚えた。

グリーンテラス園畑へ戻り、玄関ロビーを抜けてエレベーターに乗り込む。壁にもたれて深呼吸をすると、だいぶ気持ちが落ち着いた。

102号室の角本、201号室の佐川、そして203号室の岩清水。三人から話を聞いたが、決定的な証拠は見つからなかった。犯行当日と同じ服を着回すほど馬鹿ではないようだ。

七階でエレベーターを降りると、不動産会社の男が701号室の前に立っていた。

「あ、どうも」

男がぎこちなく頭を下げる。馬の尻尾みたいに束ねた長髪が肩に乗っていた。色の入った眼鏡のせいで表情が分かりづらい。

「東条さんから、その後、連絡はありましたか」

「いえ。もうすぐ次の入居者が決まりそうですよ」

男はバインダーをバッグに仕舞って、エレベーターで一階へ下りていった。

何気なく701号室の前を通り過ぎようとして、ふと足が止まった。重要なことを忘れているような気がする。

答えはすぐに見つかった。傘だ。十六日の夜、今と同じように七階でエレベーターを降りると、701号室のメーターボックスの下に蝙蝠傘が立てかけられていた。だが十七日の午前十一時過ぎにはその傘はなくなっていたのだ。東条が十六日に拉致されたとすれば、傘は誰が持っていったのだろうか。

「――そうか」

いくつかの光景が脳裏を駆けめぐる。

東条を連れ去った犯人が、ようやく分かった。

＊

午後一時。防災行政無線の受信機から、光化学スモッグ注意報が響いている。

わたしはレインパーカーを着込み、両手にゴム手袋を嵌《は》めて、死体を見下ろしていた。

浴室の床には洋包丁が二本とノコギリ、果物ナイフが並べてある。換気扇とドアの通気口は臭いが洩れないようにガムテープで塞いであった。

とても一日や二日で食べきれるサイズではない。うちの冷凍庫は大きい方だが、死体を丸ごと詰め込むのは不可能だ。保存のためにバラバラに解体する必要がある。

「失礼します」

まずは血抜きだ。硬くなった首を引っ張って、右の側面に包丁を刺した。死後半日以上経っているので鮮血が噴き出すようなことはないが、どろっとした血が溢れ、黄ばんだ床に血溜まりが広がった。血と糞が混ざったような異臭が充満する。出血は五分くらい続いた。

このまま首を切断してしまうのが手っ取り早いだろう。包丁で皮と肉を切り落としてから、ノコギリで頸椎を切断した。刃の振動に合わせて血が跳ねるせいで顔が血まみれになる。最後は口に指を入れて頭蓋骨を摑み、頭を引っ張って胴体から引き千切《ちぎ》った。ブチブチと皮が裂ける音がして、頭が床に転がった。

同じようにして右腕、右脚、左脚、左腕と順に切り落とした。死後硬直で筋肉が硬くなっているが、無理やり関節を曲げれば冷凍庫に収まりそうだ。

問題は胴体だった。これぱかりは折り曲げようがない。腹を裂いて内臓を抜き、肉を切り出すしかなさそうだ。

鳩尾《みぞおち》に包丁を刺し、臍《へそ》の下まで真っすぐに切れ目を入れた。ゴム手袋をした両手を腹の中へ突っ込む。死んでから半日以上経っているのに、身体の中は温かかった。何だか分からない臓器が腕にまとわり付く。摑み取りの要領で臓物を引っ張ると、腸と腎臓と卵巣が団子になってぷりんと飛び出した。首の切断面からヒュウと音が鳴る。ぺしゃんこになった腹に手を入れ、残りの肝臓や膵臓もまとめて引き摺りだした。

臓器は表面の血を洗い流して、食品用ラップに包んでおくことにした。火を通せばだいたいの臓器は食べられるはずだ。腸から宿便が出てくるので、シャワーヘッドを食道に押し込んで無理やり洗い流した。

腹の中が空になると、洋包丁と果物ナイフで骨にこびり付いた肉を剝がしていった。腹や尻の肉はすぐに剝がれるが、鎖骨や胸骨にこびり付いた肉を剝がすのは一苦労だ。剝がした肉は食べやすいようにカットしてラップに包んだ。

死体の解体を終え、冷凍庫にすべての肉と臓器を詰め込んだときには、夜の十一時を過ぎていた。十時間、飲まず食わずで死体を弄《いじ》っていたことになる。

顔に付いた血を洗い流して、布団に倒れる。すぐに睡魔が襲ってきた。

深く、心地よい眠りだった。

翌朝からさっそく調理に取りかかった。

人間の解体はさておき、料理には自信がある。わたしの料理の腕前はある友人に仕込まれたものだ。その友人は児童養護施設の同級生で、彼女が当番の日だけご飯がファミレスみたいに美味しくなるので、みんなからシェフと呼ばれていた。どうせなら毎日美味しいご飯が食べたいので、わたしもシェフの真似をしているうちに、少しずつ腕が上がった。

シェフは心臓に持病があり、一年半前に発作で死んでしまった。彼女の味を受け継いでいるのはこの世で自分一人だ。まさか彼女も、自分が残した技能が、人間の調理に使われるとは思わなかっただろう。

冷蔵庫を開け、大量の肉と臓器を眺める。まずは腹の肉を焼いてみることにした。二センチほどの厚さにスライスして、ごま油を引いたフライパンに載せる。ジュッと音が鳴り、香ばしい薫りが漂った。一分もせずにキツネ色の焼き色が付く。千切りにした大葉とポン酢を入れ、大根おろしと合わせて皿に盛り付けた。

ついでに一品、晩酌用にレバーペーストを作ることにした。肝臓を半分に切って筋を取り除き、玉葱、葫《にんにく》と炒める。白ワインを足して煮詰めてから、ボウルに移し、擂粉木《すりこぎ》でペーストにした。

買い置きのロールパンと合わせて、料理を炬燵机に並べる。こんなに豪勢な食事は久しぶりだ。

ステーキに嚙み付くと、口の中で肉汁が躍った。とろけるように柔らかい。うまみが強く、いつまでも舌で転がしていたくなる。癖になりそうだ。

レバーペーストをパンに付けて頰張ると、ほどよい苦みが広がった。くさみがなく、ビールにも合いそうだ。

これだけ美味しく食べてもらえれば彼女も天国で喜んでいるだろう。

冷凍庫に詰まった肉と臓物を眺めて、次のメニューに想像を膨らませた。

7

「人が監禁されてる？　このアパートで？」

角本は大声で叫んで、後頭部を勢いよく壁に打ち付けた。

スピカ園畑、102号室。学校から帰る時間を見計らって、梨沙子は角本の部屋を訪れていた。

「はい。でも証拠がないんです。あの人について知ってることを教えてくれませんか」

梨沙子は焦っていた。東条が失踪してから今日で十八日が経つ。梨沙子が何もせずに過ごした一日が、東条の最後の一日になるかもしれないのだ。

「この前は引ったくりに遭ったって言ってましたよね」

角本は眉根を寄せ、忙《せわ》しなく前髪を掻き回した。

「あのときは住人の皆さんを疑ってたんです」

「二階に住んでる女性って、あの具合が悪そうな人ですか」

「はい。佐川さんです」

「たまに見かけますけど、話したことはありませんね」

「この二週間ほどで、様子が変わったところはありませんでしたか」

「変わったところ?」角本はふいに髪を弄っていた手を止めた。「そういえば、二、三日前に階段を下りたところで鉢合わせしたんですけど。色の濃いサングラスと大きなマスクを着けてました。言われてみると、顔を隠してるみたいでしたね」

思わず息を呑んだ。梨沙子が201号室を訪ねたときも、佐川はドアのチェーンを外さず、顔を見せないようにしていた。梨沙子のような目撃者が現れたときのために顔を隠していたのだろう。

「でもやくざや金貸しから逃げ回ってる人なんてたくさんいますよ。顔を隠しただけで犯罪者と決め付けるのはどうかと思いますけど」

「他に気づいたことはありませんか。どんな些細《ささい》なことでもかまいません」

「そう言われてもなあ。失踪したのはどんな人なんですか?」

「二十代半ばの女性。身長はあたしと同じくらいで、髪はピンクベージュのセミロング」

「え、女性?」角本は前髪を引っこ抜いた。「犯人が女だから被害者は男かと思ってました。それなら犯人は佐川さんで間違いないですね」

「は? なんで?」

思わず大きな声を出した。角本の言葉に頭が付いていかない。

「二週間くらい前だったかな。橋を渡っているときに、201号室の窓に知らない女の人が見えたんです。若くてきれいな人で、髪が赤みがかっていました。川を見てるのかと思ったら、ぼくの方を見て慌ててカーテンを閉めたんです」

全身に鳥肌が立った。

見間違いでも早とちりでもなかった。やはり東条はこのアパートにいたのだ。

「どうしてそれを早く言わないの」

「友だちだと思ったんです。よく考えると、あの人が友だちと一緒にいるのなんて見たことないですけど」

角本は洗い場の布巾を手に取り、顔をゴシゴシ擦った。

梨沙子は天井の斜め上を見つめた。東条はまだ201号室にいるだろうか。

「どうするんですか?」

「通報します。目撃者がいれば警察も動くはずですから」

梨沙子は深呼吸をして、ポケットから携帯電話を取り出した。

*

殺害から十九日後、冷凍庫がようやく空になった。

腹や尻の肉はすぐに食べ終えてしまい、終わりの一週間は手足の硬い肉や内臓ばかり食べ続けることになった。頭蓋骨を割って脳味噌を掻き出したり、くさみの強い直腸や膀胱を煮込んだりするのは苦行に近かった。

日曜日の夜。人間づくしの食生活が終わり、鯖の塩焼きと味噌汁に舌鼓を打っていると、インターホンが鳴った。

NHKの集金だろうか。チェーンを掛けてドアを開けると、制服姿の男が二人立っていた。

「夜分に畏《おそ》れ入ります。警察ですが」

若い男が言った。もう一人の年配の男は何も言わずに部屋を覗いている。嫌な予感がした。

「突然すみません。東条桃香という女性をご存じですか」

「東条……知りませんけど」

とっさに嘘を吐いた。

「実は近隣住民の方から通報がありまして。こちらの部屋にその女性がいるはずだというんです」

「何のことか分かりません」

「その方は、こちらで監禁事件が起きているとおっしゃっています」

「監禁?」

予想外の言葉だった。

「我々も通報を鵜呑みにしてるわけじゃないんだけど、万が一ということもあるからね。少し部屋を見せてもらえませんか」

年配の男が口を開く。有無を言わさぬ口調だった。

二日前に突然、部屋を訪ねてきた女のことを思い出す。空き巣に入ったグリーンテラス園畑の住人で、明らかにわたしを疑っている様子だった。十中八九、通報したのはあの女だろう。

「部屋に入るってことですよね。強制なんですか?」

「令状はありませんから、お断りいただいてもかまいません。我々としてはご協力いただけると嬉しいのですが」

さりげなく背後を振り返り、部屋の隅々に視線を這わせた。骨は山に捨てたし、風呂場の血も洗い流したから、死体があったことは分からないはずだ。

「……分かりました。どうぞ」

チェーンを外してドアを開けた。男二人が会釈をして部屋に入り、居間、便所、風呂場を順に覗いていく。鼓動が速まり、掌が汗でびしょびしょになった。

「特に問題ありませんね」

三十秒もせずに、若い警察官が表情を緩めた。年配の警察官はキッチンの刃物が気になるようだったが、手帳にメモを取るだけで何も言わなかった。

「ご協力ありがとうございました」

二人は丁寧に頭を下げて、201号室を後にした。

ドアが閉まるのと同時に、わたしは床にくずおれた。もし骨を捨てに行くのがあと一日遅かったら――そう考えると腹の底が冷たくなった。

翌日からは代わり映えのしない日常が再開した。

警察のことを思い出すと落ち着かなくなるが、できることは何もない。人のものを盗《と》ろうなどと出来心を起こさず、品行方正にアルバイトに励むのが一番だ。

職場の昼休憩でコンビニ弁当を食べていると、五十代の上司が新聞を持って近づいてきた。

「これ、きみんちの近くじゃない？」

上司が地方面の隅を指す。何気なく目を落として、心臓が止まりそうになった。見出しには「山中で遺体見つかる」とあった。大葉山《おおばやま》で犬の散歩をしていた男性が、犬が掘り返した土の中から骨のようなものを見つけ通報。鑑定の結果、人間の遺体であることが分かった。骨の主は二十代半ばの女性とみられ、警察は身元の特定を急いでいるという。

「――ちょっと近くですね」

舌がうまく回らず、声を出すだけで精一杯だった。

骨を捨てたのはわたしだ。遺体の身元が特定されたら、警察はわたしを疑う。山に埋めれば大丈夫だと高を括っていた自分を呪いたくなった。

家に帰るなり缶ビールを開けたが、半分も飲まないうちに吐いてしまった。

鏡を見ると右の瞼が腫れていた。無意識のうちに古傷を押さえていたようだ。ゾンビの出来損ないみたいな酷い顔だった。

吐物を便所に流し、タオルで顔を拭く。口をゆすごうとしたところで、インターホンが鳴った。

警察だ。あいつらが自分を捕まえにきたのだ。

息を整える間もなく二度目のチャイムが鳴る。もう好きにしてくれ。期待と諦めが混ざった気持ちで錠を外した。

「――――」

ドアを開けると、見覚えのある女が立っていた。重く膨れた腹。三日前よりもさらにやつれた頬。

グリーンテラス園畑に住む、あの女だった。

8

「こんにちは、田代梨沙子さんですね」

ドアを開けると制服姿の男が並んでいた。一人は四十代、もう一人は二十代だろうか。紺色の厚いチョッキを着て、制帽には旭日章を光らせていた。

「警察です。昨日の十八時四十分、スピカ園畑201号室で女性が監禁されている疑いがあると110番通報されましたね？」

若い方の男が、ちらりと梨沙子の腹を見て言う。

「はい。東条さん、無事でしたか」

緊張で声が硬くなる。

「201号室で任意の捜索を行いましたが、部屋にいたのは住居人の女性のみでした」

警察官は口調を変えずに言った。胸のうちに失望が広がる。

「別の場所に連れて行ったんだと思います」

「事件性を疑わせる物証や痕跡もありませんでした」

「疑われてるのに気づいて、証拠を消したんじゃないですか」

「あなた、二カ月前にも通報をしてるね」

ふいに年上の警察官が口を挟んだ。

「だから何ですか？」

「緊急性のない事案での110番通報は控えるように。あと、嘘の通報をすると偽計業務妨害罪や軽犯罪法違反になることもあるから」

数秒の間、目の前の男が何を言っているのか分からなかった。この警察官は梨沙子が嘘の通報をしたと決め付けているのだ。

「おい、どうした？」

エレベーターのドアが開き、秀樹が駆け出てくる。

「ご主人ですか。実は奥様がですね――」

警察官は頬を緩め、肩の荷が下りたような顔をした。

安産祈願のお守りがテーブルの下に落ちている。

フローリングが涙で濡れていた。二カ月前は新築のようにピカピカだった床が、埃や食べ滓《かす》や毛髪ですっかり汚くなっている。

梨沙子は涙を堪えて顔を上げた。呼吸が苦しい。息を吸うたびに鼻汁が喉へ流れ込む。

「お前は赤ん坊が大事じゃないのか？」

なんて卑怯な言い草だ。

梨沙子は右の頬を押さえて、秀樹を睨み付けた。

「よその家のことに首を突っ込むなと言っただろ」

違う。梨沙子が東条を助けようとしたのは、彼女のためだけじゃない。

「初めての出産で心配なのは分かる。でもこんなことをしていったい何になる？」

やめてくれ。勝手な想像を押し付けないでくれ。

「もう二度とこんなことしないと誓ってくれないか。それができないなら――」

秀樹が梨沙子の頭を摑んで、双眸を覗き込んだ。秀樹の瞼も赤く腫れている。この男が何を考えているのか分からなくなった。

「分かりました。ごめんなさい」

梨沙子は老人みたいに嗄《か》れた声で言った。

十月六日。

いつまでもこんなことを続けるわけにはいかない。東条を追うのは今日で最後と決めていた。

スタンガンだけでは心もとない。先の尖った洋裁鋏をバッグに忍ばせ、グリーンテラス園畑を出た。

橋の上は十月とは思えないほど肌寒かった。厚い雲が垂れ込め、川上から冷たい風が吹いてくる。足元からはごうごうと唸《うな》るような水音が聞こえた。

顔を上げると製油工場が見えた。太い煙突を守るように、金属の腕が縦横無尽に延びている。ふいに子どもの命が搦《から》め捕られるような恐怖を感じ、視線を落としたまま足早に橋を渡った。

スピカ園畑の階段を上ると、通路でゼラニウムの鉢植えが横倒しになっていた。フェンスごしに辺りを見渡したが人の姿はない。

咳を一つして、201号室のインターホンを鳴らした。

例によって床板の軋む音が聞こえたが、ドアは開かなかった。もう一度ボタンを押す。ガチャンと音がして、ドアが薄く開いた。

「――――」

女がドアノブを引く前に、スニーカーをドアに挟んだ。チェーンが揺れ、爪先に痛みが走る。

「お願いです、話をさせてください。東条桃香さんはどこですか」

「知りません」

芯の通った声だった。顔色は相変わらず良くないが、顔の腫れは少し引いている。

「これを付けていた女性です。本当に知りませんか？」

パールのピアスを突き付けると、女はまばたきを止めてピアスを見つめた。梨沙子は畳みかけるように、雷雨の中で東条を見かけてからスピカ園畑へやってくるまでの経緯を説明した。

「なぜわたしなんですか。住人は他にもいますよね」

「いえ、犯人はあなたです」梨沙子は声を低くした。「証拠は傘と猫です」

「……傘と猫？」

「東条さんが攫《さら》われた九月十六日の夜、彼女が住んでいる701号室の前に蝙蝠傘が立てかけてありました。でも十七日の昼前にはその傘がなくなっていたんです。当然、誰かが傘を持って行ったことになります。

グリーンテラス園畑の一階にはオートロックのドアがあります。鍵を持っていないよその人間が立ち入ることはできません。では鍵を持っている人間──つまりグリーンテラス園畑の住人が、東条さんの傘を拝借したのでしょうか。でも蝙蝠傘の持ち手には目印になるようビニールテープが巻いてありましたし、一階の郵便受けの裏には住人用の傘立てがありました。住人が傘を借りるならこちらのものを使うはずです。

では傘を持って行ったのは誰なのか。その人物は住人ではないのに、グリーンテラス園畑へ入ることができました。なぜでしょう？　それは東条さんの部屋の鍵を持っていたからです。傘を持って行ったのは、東条さんを拉致した犯人だったんです」

女は肯定も否定もせず、ドアの隙間から梨沙子を見つめている。

「犯人が傘を取りに戻ったのは、その傘が自分のものだったからです。犯人は十六日に701号室を訪れた際、傘を置いたままにしていたんです。

事件に関する出来事を整理しましょう。何かの都合で鍵を手に入れた犯人は、十六日の夜、空き巣を働くために701号室へ侵入しました。ところが部屋の中で東条さんと鉢合わせし、重傷を負わせてしまいます。慌てた犯人は、東条さんをおぶってマンションを出ると、雨の中を自宅へ運びました。

しかし人間を担ぎながら傘を差すことはできません。犯人はいったん東条さんを運び出した後、ふたたび傘を取りに戻ることになったんです」

女が俯《うつむ》いて下唇を舐めた。焦りを隠しているのだろう。

「ここで不思議なのは、犯人が701号室の前に蝙蝠傘を置いたことです。一階の傘立てに差しておけば誰も気づかずに済んだはずなのに、なぜ七階まで傘を持って行ったのか。傘立ては玄関ロビーから見える位置にあるので、犯人が気づかなかったとは思えません」

梨沙子は言葉を切って、女の足元にある、大量のペットボトルが入ったゴミ袋を見た。

「答えは簡単です。十六日の夜、傘立てには野良猫が座っていました。犯人は猫が苦手で、傘立てに傘を差すことができなかったんです。

水を入れたペットボトルを並べておくと猫除けに良いと言いますが、あれはガセです。効果があるのは、食用酢や米のとぎ汁、柑橘《かんきつ》類の皮、重曹、ルーやタンジーといったハーブ、そしてゼラニウムです。あなたは猫を寄せ付けないために随分と試行錯誤をしているようですね」

ドアに挟んだ足を抜いて、通路に倒れた鉢植えを見下ろした。ゼラニウムの赤い花が咲いている。女はドアを閉めず、梨沙子の足元に目を落とした。

「もう一度聞きます。東条桃香さんはどこですか？」

梨沙子は嚙んで含めるように言った。

部屋の中で、カタン、と何かが倒れる音がした。女が背後を振り返る。ビニールテープを巻いた蝙蝠傘が転がっていた。

時間が停まったような沈黙。

「ちょっと待って」

女はドアを閉めると、チェーンを外してドアを開けた。梨沙子を玄関に引き入れ、すぐにドアを閉める。梨沙子はバッグに手を入れ、洋裁鋏を摑んだ。背筋を脂汗が流れる。

「あはは、取って食いやしないから大丈夫。東条はここにいるよ」

女は子どもみたいに笑った。

四畳半の部屋には炬燵机と座布団があるだけで、人の気配はない。

「どういうこと――」

「分かんないの？　東条桃香はわたしだよ」

9

「どこから話したもんかな」

東条桃香は梨沙子を座布団に座らせると、缶ビールを飲み干してゴミ箱に放り込んだ。

短い黒髪。眠そうな目。丸く潰れた鼻。座布団にあぐらをかいた女は、梨沙子が知っている東条とは何もかも違っていた。

「傘と猫の推理はなかなか面白かったけど、結論がおかしいよ。わたしを拉致した不審者はわたしの部屋の鍵を持ってたんだよね。なんでそいつは、自分の目印が付いた蝙蝠傘を、隣人の目に付く部屋の前に置いていったの？　鍵を持ってるんなら部屋の中に入れておけばいいと思うんだけど」

東条は呆れたような笑みを浮かべた。

「興奮してて頭が回らなかったんだと思います」

「わたしが不審者に運ばれるところを見たとも言ってたね。でも不審者は肩にラインの入ったシャツを着てたんでしょ。そいつがわたしをおんぶしてたんなら、わたしの腕が肩にかかるはずだから、肩のラインは見えないんじゃない？」

確かに彼女の言う通りだ。何度も思い返したはずの光景が、急にぼやけて像を結ばなくなる。

「それじゃ、あたしが見たのは――」

「わたしが佐川さんの脇に手を入れて、彼女を後ろから抱き起こしてるところだね。だから肩がはっきり見えたんだよ」

「どうしてそんなことを？」

「話すと長くなるよ。わたし、中三で両親が死んで、児童養護施設に入ったんだ。その施設に、すごく料理の上手《うま》い女の子がいてね。心臓に持病があるらしくて、口数も少ないんだけど、彼女が当番の日のご飯はいつも絶品だった。卒業してからは二人とも園畑に住んでたから、たまに街中ですれ違って、たわいもない思い出話をした。一度だけ家にも連れてってもらったかな。仕事はしてなくて、外出するのは病院に行くときくらいだって言ってた。それがこの部屋の本当の住人――」

「佐川茜さんですね」

「そう。一方のわたしは親の遺産で分譲賃貸のグリーンテラス園畑701号室に住み始めたんだけど、当時の彼氏がわたしを連帯保証人にして闇で金を借りまくった挙句、泥酔して線路に落ちて死にやがってさ。借金を返すためにお水の仕事を始めたんだけど、いくら働いても借金が減らなくてね。すっかりノイローゼになって、街のちんぴらがみんな借金取りに見えるくらいだった」

梨沙子はポケットの中で、東条にもらったリップスティック型のスタンガンを転がした。

「そんなある日、寝酒をしながら窓の外を眺めてたら、河川敷で人がうつ伏せに倒れてんのが見えた。慌てて駆け付けると佐川さんだった。雨のせいでよく分からなかったけど、心臓は止まってたと思う」

東条は感触を思い出すように両手を見つめた。

「救急車を呼ぼうと思ったとき、ふと魔が差したの。この死体を隠して佐川さんに成りすませば、生き地獄から抜け出せるんじゃないかって。佐川さんは家族も友だちもいないし、近所付き合いもない。わたしと入れ替わっても気づく人は誰もいない。あの子には申し訳ないけど、借金取りに怒鳴られない生活を想像したら、わたしは誘惑に勝てなかった。

わたしはまず佐川さんのアパートに死体を運ぶことにした。わたしは佐川さんの脇に手を入れて身体を抱き起こし、橋の柵にもたれさせて仰向《あおむ》けに引っくり返してから、背中に乗せておんぶをした。あんたが見たのは佐川さんを抱き起こした場面だね」

東条は悪戯《いたずら》っぽく笑った。雷が光った瞬間、東条が人の背中にかぶさっているのを見て、梨沙子は東条が運ばれていると勘違いしてしまったのだ。

「わたしは佐川さんが持ってた鍵でドアを開け、死体をこの部屋に運んだ。それから夜が更けるのを待ってグリーンテラス園畑に戻り、自分の部屋から金目のものを持ち出した。蝙蝠傘を持って帰ったのはこのとき。行きは佐川さんの傘を使ったんだけど、あんまりボロボロだったから、帰りは自分の傘を使ったの。

翌日、不動産会社に電話をして、家財を処分するように伝えた。佐川さんの死体は一週間かけてばらばらにして、肉は川に、骨は山に捨てた」

「……その顔は？」

「借金取りにばれないように病院で弄ってもらった。鼻に入れてたプロテーゼと、埋没法の糸を抜いたくらいだけどね」

東条は腫れた瞼をそっと撫でた。１０２号室の角本は、橋の上から東条を見かけて、佐川の友人が部屋にいると思ったのだろう。外出時にサングラスとマスクをしていたのは手術後の腫れを隠すためだ。

「ごめんなさい。あたし、迷惑でしたよね」

梨沙子は頭を下げた。三日前、東条が潰れた鼻を膨らませる。

「そりゃそうだ。家に来たときは殺してやろうかと思ったよ」

「すみません」

「でも、心配されるってのも悪い気分じゃないね」

東条は腕を伸ばして布団に倒れた。

四畳半の部屋は黴と埃にまみれていたが、舞い上がった埃は眩しく光っていた。

「わたしのことは忘れていい。腹の子を大事にしてやれよ」

東条が天井を見上げたまま言った。

＊

ドアを開けると、生ぬるい風が顔面に吹き付けた。

女は怪物のような風体をしていた。眼窩《がんか》が窪《くぼ》み、頬は不健康にやつれているのに、乳と腹は重たく垂れ下がっている。妊娠七ヵ月くらいだろうか。髪を昔のわたしと同じピンクベージュに染めているのも不愉快だった。

「東条さん、本当に知りませんか?」女の声は震えていた。「娘がどこにもいないんです」

思わず胸がざわついた。本名で呼ばれるのは一年半ぶりだ。この女——田代梨沙子は、わたしが佐川茜に成りすましていることを知っていた。

「わたしのことは忘れてって言ったでしょ。それに——」

お前の娘が死んだのは、お前のせいだ。

喉元へ出かけた言葉を、ぎりぎりで呑み込んだ。

一年半前の記憶がふとよみがえる。わたしがスピカ園畑で暮らし始めた三週間後、梨沙子が突然、この部屋を訪ねてきたのだ。彼女はもっともらしい理屈をこねて、わたしが監禁犯だと言い募った。

梨沙子の言い分は的外れだったが、わたしには、彼女が自分を訪ねてきた理由が想像できた。理想に現実が追い付かないと、人は焦りや不安に呑まれ、ときに見当違いな行動を取る。当時の彼女は、一人前の母親にならなければという強迫観念に駆られ、ひどく空回りをしていた。向き合うべき問題に気づいているのに、それを認めるのが怖くて、監禁犯を追うことで気を紛らわせていたのだ。

そんな梨沙子の姿が、両親の理想的な教育に囚われて二進《にっち》も三進《さっち》も行かなくなった、かつての自分に重なって見えた。だからわたしは、危険を承知で、自分の過去を打ち明けたのだ。覚悟さえあれば、人はどんな呪縛からも逃げられる。そんな想いが伝わってほしいと願っていた。

結果、どうなったか。一年半が過ぎても、梨沙子は見栄に執着し、夫のもとを離れられずにいる。あるときは人前で暴言を浴びせられ、あるときは痣だらけで部屋の外に閉め出され、それでもディナーには赤ん坊を置いて揚々と出かけていく。挙句の果ては、凝りずに二人目の赤ん坊をつくっているのだから手の施しようがない。

彼女は結局、変わらなかったのだ。

「何ですか。何か知ってるんですか？」

梨沙子はわたしの肩を摑んで、ぽろぽろと涙を落とした。傷んだ髪が顔にふりかかる。取り乱し方が一年半前の比ではない。

わたしはとっくに梨沙子に愛想を尽かしていたが、まさか彼女の娘を殺すことになるとは思っていなかった。702号室に忍び込んだのは、あくまで家賃を払うためだ。だがダイニングの奥の部屋を覗き、赤ん坊の顔を見た瞬間、わたしの胸にははっきりと殺意が芽生えた。赤ん坊の額に、青黒い痣があったのだ。

あれが虐待によるものかは分からない。だがあんな親のもとに生まれた子どもに、まともな人生が歩めるはずがないのだ。

わたしは彼女が不憫でならなかった。だから殺したのだ。

「ぜんぶ、お前のせいだよ」

気が付くと言葉がこぼれていた。

梨沙子が狐につままれたような顔をする。返事を待たずにドアを閉めた。

膝を折って蹲《うずくま》ると、瞼から右目に血が流れ込んだ。瞼の古傷は、軟骨を固定していた糸を抜いたときにできたものだった。

ドアの向こうから、梨沙子が娘を呼ぶ声が聞こえる。

這うように便所へ駆け込み、腹の中のものをすべて吐いた。胃液の苦みに混じって肉の味がした。

赤ん坊を調理して食べたのは、罪悪感から自由になるためだ。彼女を殺した記憶を、些末で、取るに足らない過去の一つにしてしまうためだ。それなのに今も、喉の奥に、赤ん坊の記憶がべったりとこびり付いている。

トイレットペーパーで唇を拭い、首を上げて小窓を眺めた。

製油工場は何事もないかのように煙を吐き続けている。

三日間の弟子

立川談四楼

居酒屋の二階宴会場は熱気であふれた。

「二年ぶりだもんな」

「本当に落語をナマで聴ける日がくるとは」

「もう諦めてたからな」

客は興奮した声でそう言い合い、早くも念願だった握手やハグを繰り返している。客席がすぐそこの屏風を立て回しただけの、楽屋と言うより単なる着換えの空間だが、客席の様子が手に取るように分かる。当然、打ち上げで馴染んだ声がそこに混じる。

信州は伊那谷《いなだに》のこの小さな町で独演会が発足したのは十年前だ。東京の我が一門会に原《はら》と名乗る男が訪ねてきて、持ちかけた。キャパからくるギャラも納得できたから受けたが、一つだけ条件を付けた。「打ち上げで地酒を出し、原さんの家でもいいから泊めてくれること」と。同世代であろう原さんはニヤリと笑い、「元よりそのつもり、私もイケる口なんです」と言った。

まだバスタ新宿はなく、中央高速道を走るバスは明治安田生命ビルの前から出た。一回の休憩を経て四時間ほどしたバス停に、笑顔の原が待っていた。

初回は三十人ほどが集まった。この時、原が動員に苦労しているのが分かった。しかし二回目は四十人に増えた。三回目だった。原経営の果樹園で遅めの昼食を摂ったのは。丁度、ぶどうからリンゴに切り替わる秋口で、リンゴ園の真ん中にシートを敷き、収穫と出荷を待つ、たわわに実った木の下で握り飯を頬張ったのだ。「こんな贅沢はない。ここで一杯やりてえ」と感激して言ったが、原は相好を崩しつつ、「それには昼公演にして、師匠は朝イチでバスに乗るはめになるよ」と言った。

朝イチかと少し唸り、その夢はまだ実現していないが、会を重ねる毎《ごと》に観客は少しずつ増えた。ちゃんと演《や》ることの何と大切なことか。原はこれ以上広げるつもりないと言うのだが、お客は口コミで少しずつ増えているのだった。

十回目の秋も予定通り赴くはずだった。初春に端を発したコロナ禍によって、三月下旬、四月、五月の落語会は壊滅状態、六月、七月にポツポツ仕事が入ったものの、自粛すべきとの主催者は多く、いや政府や都のプレッシャーが強く、秋の公演までの大方の落語会が潰《つぶ》れた。

その流れは師走から年を跨《また》ぎ、もうよかろうという時、コロナの第二波が列島を襲った。さすがに万事休すの感があった。自分のカネでもないのに出し渋る政府から、わずかの補償はあったが焼け石に水で、生活保護を受けたり廃業する落語家まで出た。

手拭い、扇子等を売りに出したが、珍しいのか不思議と買い手が現れ、そこへ原からＣＤ百枚の注文があった。「みんな飢えてるからきっと買う。できればサインを付けて」半信半疑で送ると、十日を経ずしてまた三十枚の注文があり、世間の落語への渇望を実感した。

　日本中、いや世界中が苦境に喘《あえ》いだとも言えるが、歌手は動画の中で唄い、落語家もまた無観客で配信した。各自それぞれの手法で奮闘したが、大きな利益を生むには至らず、誰それが心を病み、助かったものの自殺を図ったとの噂も流れた。そしてそういうことに誰も驚かなくなった。

　廃《や》めていく弟子を「いつもなら止めるさ。だけどこっちも食うや食わずだ。食えないから廃めるってものを止められるかよ。いつでも席は空けとくと言ったけどね」と某落語家は言ったが、他人事《ひとごと》ではなかった。

　落語に関する蔵書もすべて売った。覚悟していたが思ったような値は付かず、見ると傍《かたわら》には歌舞伎や芝居の本がうず高く積まれ、芸能に携わる者は、みな等しい境遇にあるのだった。感染したら諦めるが、自死するつもりは毛頭なく、何とか生き延びた。しかし茹《う》だるような夏を越えられるかと不安に思った時、原から声がかかった。

「やるよ、秋に。誰が何と言ってもやるよ。師匠、来てくれるかな」と、電話口の声は弾み、「行くよ、行かなくってよ」と引き受けた。会場の居酒屋までの車中、原は少し声をひそめた。立ち見の客が出て申し訳ないと。

「あの会場は六十人入って、そこへ五十人ぐらいが丁度いいんだけど、七十五人来るんだ。断わったけどどうにもならなかった。初めての人もいるし、ホント申し訳ない」

二千人の会場でやったこともあれば、限定十人という会もあった。だから客席がどうであろうと驚かないが、やりがいがあることだけは確かだった。会場入りし、靴が下足箱からあふれているのを見て、珍しくブルッと身震いした。

何とか客を収めた原が額に汗を浮かべ、そろそろ時間だと開演を告げにきた。

「原さん、よくここまでこぎつけてくれました。色々言うやつもいたでしょうに」

「一度も来たことないやつが何かあったら責任持てますかなんて言いやがってさ、おととい来やがれって言ってやったよ」

「そう、糞くらえだよね」

原がCDデッキのスイッチをオンにし、出囃子《でばやし》が流れた。

顔を出した途端にドカンとウケた。成功だ。マスクを付けて出たのは正解だった。ブランクが何だ。感覚は少しも衰えてないじゃないか。正座をし頭を下げ、顔を上げて場内を見渡した時、拍手と笑いが最高潮になった。

「懐かしいでしょこのマスク。そう、アベノマスクだ。いやあ、とんだ無駄使いをしたもんだね安倍さん。でも取っといてよかったよ、こうして役に立つんだから」

オバさんが隣の人を叩きながら、こちらを指さして笑っている。

「おかしいかい、二つ付けちゃ。もしかして知らなかったの？　これ二つでワンセットなんだぜ。一つが鼻用でもう一つが口用。だからあえて小さめに作ってあるんだよ。家に残ってたらこうして使うこと」

アベノマスクの正しい使用法を伝授したが、まだ場内の笑いは絶えない。もういいだろう。マクラに使えることが分かれば十分だ。二つのマスクを懐にしまう。

「さあこれが素顔だ。老けたし痩せたろう。そりゃそうだ、仕事がなくて栄養失調寸前だったんだから。こちらから送ってもらうリンゴやオヤキが命綱だった。ありがとうよ」

やんやの拍手だ。どうだ、ヨイショも抜かりはない。

「オレ、ここん家《ち》の鯉の洗いが好きなんだ。打ち上げに出るんだろうね。あとはオタグリの煮込みでもありゃいいよ。安上がりだろ」

酒の肴から酒の小咄をいくつかやり、打ち上げできっと話題になるであろう『らくだ』に入った。二席目は、まあ成り行きだ。

終演後も盛り上がった。と言うより忙しかった。打ち上げともなれば客が二階の宴会場に収まるはずもなく、一階も開放され、テーブル席もカウンターも客で埋まり、カウンター内に入り、店主を手伝いつつ飲む客もいた。

あちこちから声がかかり、一階と二階を何度も往復した。疲れるが、しかしこの喧騒を待っていたのだ。二年近くも。

「師匠、こっちこっち。さ、席を詰めろ。ここ座ってここ。紹介する。こいつ感激してんだ。是非礼を言いたいってんだ。聞いてやってよ」

見ると五十前だろうか、ヨレヨレのスーツを着た男が目をしばたたかせている。

「二席目の『井戸の茶碗』ですか。あれいいです。悪いヤツが一人も出てこない。しかもカネがドンドン増えていって縁起がいい」

「まあみんなに元気を出してもらいたいからね。それは何よりです。屑屋つながりってのもいいでしょ」

「へっ？」

「『らくだ』も『井戸の茶碗』も主人公は屑屋で……」

「ああ、ああ、そう言えば……」

「何だい頼りねえな、気づかなかったのかよ。師匠、こいつね、信金勤めでこの二年、そりゃあ苦労したんですよ」

「最初の自粛は今にして思えば可愛いもんでした。田舎ですからね、自粛と言われても年寄りはどうしていいか分かんなくて、信金に遊びに来ちゃうんですよ」

ニュースで見た覚えがある。三密《さんみつ》などと言われ、濃厚接触が禁じられていると言っても老人は理解せず、職員が対応に苦慮しているとの内容だったはずだ。

「少し離れて対応すると、耳の遠い人もいますから冷たいだの薄情だの言われ、しまいには預金引き上げるぞですから往生しました」

「馴染の人と距離を置くってつらいよね」

「そうなんです、したくてやってるわけじゃないんです。でもそれは序の口でした。第二波は、リーマンショックなんて屁ですよ。恐慌です、大恐慌。ホントにみんな切羽詰まって預金を引き上げたんです。ありとあらゆる産業がやられ、失業者があふれ、息子や娘、孫のためでしょう、定期の解約が相次ぎました。我が信金が生き残ったのは奇跡です。そこへ『井戸の茶碗』でしょ、みんないい人でカネが増えて……」

ついに信金職員は泣き出した。そこへ今度は二階から声がかかる。アイヨと階段を駆け上がる。

「師匠、見てやってよ、こいつ『らくだ』の久蔵。もう酔っ払ってて、しかも酒癖が悪い」

「だ、だ、誰が酔っ払ってるってんだよ」

「ほらね」

「ホントだ、あと三十分もすると楽しみだね」

「ダメだよ師匠、焚付《たきつ》けちゃ」

ドッと笑いが起き、あちこちの席でもそれぞれの笑いが弾ける。クーラーを入れてもいいくらいに宴会場の温度が上昇し、客の上気した赤ら顔がそこここにある。

これだ、これなんだ。落語会の打ち上げはこうでなきゃいけない。

原と二人、バーにいた。いつも二人だけで二次会をする店だ。鄙《ひな》には稀《まれ》なとは言うが、まさしくそんなバーで、はしゃぐ客がなく、ほどほどに席が埋まってもひっそりしていた。

「奇跡だね、この店」

「ほんの一部のセレブが支えてるんだ。オレは違うけどね」

そんな会話を原と交わしながら、アロワナの泳ぐ水槽の正面のカウンター席に腰を下ろした。

マスターが静かにニコやかに接近した。

「けっこうな会でした。打ち上げに参加できずごめんなさい。でも打ち上げはずいぶん盛り上がったとか」

原がなぜそれをという表情をすると、マスターがボックス席に目を移した。見ると、品のいい夫妻の夫の方が小さく片手を上げた。覚えている。打ち上げで悪ノリするでなくシラけるでなく、終始ニコニコしてた二人だ。

「挨拶に？」と問うと、原は、いや大袈裟なことを嫌う人だからと言い、二人はそちらに軽く頭を下げた。

マスターがさてご注文はという表情で頬笑んでいる。原がいつものスコッチ、ロックでと言い、こっちもと合わせた。ああ、このやりとりも同じだとあらためて思った。

お代わりをしたところで、原が封筒を差し出した。

「些少ですが今回の分。これまた些少ですが大入りの分が上乗せしてあります」

押し戴き、胸の内ポケットへしまい、言ってみた。

「来年ですがね、ちょっと遅く、晩秋になりませんかね。リンゴの収穫や出荷があるのは分かってますが、そうすると初冬が近く、冬の噺が不自然でなくできるんですよ」

原の目の色が明らかに変わった。

「仕事は調整する。いいね、晩秋にやろう。さて冬の噺だが、師匠、何やってくれる？」

迷ったが、それは一瞬のことで、『ねずみ穴』と答えた。

その時、原が強く手を握ってきた。

「そう、『ねずみ穴』、『ねずみ穴』だよな。そうこなくちゃ。そうか、七代目譲りの『ねずみ穴』が聴けるのか。ありがとう、ありがとうよ」

『芝浜』の方がよりポピュラリティは高いだろうが、『ねずみ穴』が断然好きだと二人は言い合い、原が七代目に惚れたのも『ねずみ穴』がきっかけだったと判明した。

「長野市の独演会だったよ。信州は南北に長いからずいぶん長い移動だったな。だけどはるばる行った甲斐はあった。高二の時で、それから新宿に通うようになったんだ」

新宿とは末広亭と紀伊國屋ホールのことだとすぐに分かった。そうか、同じ頃に『ねずみ穴』とそれを演じる人に惚れ、二人とも新宿を目指したのか。

ずいぶん飲んだから酔いもあったろうが、それから原の告白のようなことを聞き、大きな衝撃を受けるのだが、現実のようでもあるし、夢だと言われればそうとも思えるのだが、帰りのバスに何とか乗り、アルコールが少しずつ抜けるに連れ、明方までのことが甦ってきた。

誰かのノックで起こされ、肩を借りてホテルを出て、バスに押し込まれた。後にそれが原の息子だと判明するのだが、それは原のメールによってだった。息子を差し向ける旨が書いてあり、こう続いた。

「言わぬつもりのことを言ってしまった。忘れてくれ。記憶が曖昧なことを祈る」と。

忘れるものかよ。もしかしたら兄弟子になっていた人の言ったことをどうして忘れられようか。


原は果樹園の一人息子に生まれた。果樹園は祖父母が一代で築き上げたもので、原がもの心がついた頃、父母は祖父母を手伝う形だった。祖父は原を可愛がり、いつも原を果樹園へ連れて行き、それは父母にも原に目が届くという利点があった。原は小学校高学年から果樹園の手伝いをするようになり、中学生の頃には立派な労働力となった。両親や祖父母に跡取りができてよかったねなどと声がかかり、原はそれをテレくさくも誇らしく聞いた。

農業高校に入学が決まった時、原に異変が起こった。一人の落語家に魅入られてしまったのだ。テレビの司会等で存在は知っていたが、落語の実力にビックリし、ナマで聴きたいと思い、こっそり新宿通いを始めた。すでに一人前の働きをしていたので、小遣いは潤沢にあった。

信州での公演は欠かさず、時に名古屋や大阪に足を伸ばした。果樹園はその頃には父母の代になっており、両親は原の頻繁な外出を、遊びたい盛りだからという目で見て、それが徐々に原を苦しめるようになる。

「で、ついに会ったわけさ」

誰にと聞く必要はなかった。しかし原がそれを言い出したのがバーでだったか、朝までやってるラーメン屋だったかは判然としない。しかし言葉はハッキリ残っている。

「さすがだね。七代目はオレを選んだセンスは褒めてやると言ったよ」

分かる。似たようなことを言われたから。

「末広亭の裏っ手に楽屋という名の喫茶店があるよね。あそこだった。履歴書持参なんて頭はないし、質問に答えろと言ったねあの人は」

まず聞かれるのは親のことだ。賛成か反対か。仕送り能力はあるのかといったことだ。

「いきなり暗礁に乗り上げたよ。カネに余裕があったにしても賛成するわけがねえんだ」

重い言葉だった。そう、原は祖父母の代から続く果樹園の一人息子、跡取りなのだ。

「そうか、長男で一人っ子か。諦めな」

「えっ？」

「この後の段階は親との面接だ。でＯＫとなって初めて弟子として認めるんだ。親が反対している。したがって親は面接にこない。弟子入り不成立ということだ。オレの言ってる意味、分かるか？」

「……」

「反対を押し切って入門する。売れりゃいいが、そんなことは誰にも分からない。意志を押し通して入門する。モノにならなかった場合はどうだ？　何人不幸になると思う？　まずオレが不幸だ」

原は、オレが不幸だには参ったよと言った。

「そうだよな。弟子がモノにならねえ、売れねえってのは師匠の不幸だもんな」

原はそう言って落ち込んだ風情を見せたが、体勢を立て直した。

「で、七代目が家出同然で出てきたんだろと言うんだよ。はい、一ヶ月ぐらい食い下がるつもりで有り金全部を持ってきましたと言ったら、よし、明日家に来いときたんで面食らったよ」

えっ、どういうことだろう。弟子入りを断わられたのではなかったか。

「あの、家ってどちらの?って聞いたよ。ほら、七代目は当時、別のマンションを書斎にしてたろ?」

そうか、原は家族と住むマンションと他のマンションも調べていたのか。

「家族との方だ、と七代目は言ったね。ニヤリと笑いながら。オレ、その時もしかしたら弟子にしてくれるんじゃねえかと思ったよ」

原がそう思うのも無理はない。話の流れはそうだ。

「行ったよ。丁度家族に送られて出てくるところでね。七代目は、坊やタクシーを拾いなと言った」

タクシーを拾いなで思い出した。まだバーにいる時、この話を聞いたんだ。しばししてバーが看板になり、歩きながら話し、ラーメン屋になだれ込んだのだ。

「タクシーに乗り込み、行く先を告げた後、七代目が言ったんだ。三日だけ弟子にしてやるって」

三日、三日間てことか?

「そうなんだ、三日間限定なんだ。七代目はオレの目を見て言ったね。状況的に弟子入りはまず無理だ。可能性はない。でもキミは未練だろう。家出同然に出てきてるわけだからな。だから三日間なんだ。三日間だけオレの弟子を務めろと」

すげえ。三日間の弟子だ。オレの兄弟子じゃないか。いや違う、兄弟子みたいなものか。そう、兄弟子のようなものってやつだ。オヤジ、焼酎をロックで。それとメンマ。

「初日は公開録画ってやつで、下町の公会堂へ行ったよ。すげえよな、七代目は当時歌番組の司会をしてたんだ。売れっ子の歌手を何人も見てポウッとしちまったよ。七代目がフォーリーブスの連中と親しげに話をしてたのが印象に残ってる」

そうか、原はあの番組の現場を見ているのか。プロデューサー、ディレクター、ゲスト、ゲストに付いてくるマネージャーに付き人、衣裳やメイクもいるから、そのごった返す様にさぞ驚いたことだろう。

「ただオロオロと見てたよ。いややることはないんだ。ああいうところはアシスタントみたいな人が何人もいてみんなやってくれるんだ。ティッシュを渡したり、飲み物を持ってくぐらいのもんでさ。で、二日目が寄席だった」

おお、いよいよ寄席デビューか。

「驚いた。オレは何も知らなかった。浅草演芸ホールと鈴本の掛け持ちだったんだが、オレの知ってる芸人はわずかで、ほとんどが未知の落語家だった。色物となると絶望的で誰が誰やらで、七代目が、どうだ、お前の知識はこんなものだと言ってるように思えたね」

原さん、それは仕方がないよ。長く寄席に通い詰め、その中からこの人をとなるならいざ知らず、今で言うオッカケはそうなるよ。何しろその人しか眼中にないわけだから。

「前座さんに教えてもらってお茶は出せたけど、着換えを手伝えなかったのは悔しかったな。あれ順番があるんだよね。その順番も人によって違うし、一番驚いたのは羽織の襟を折って着せるとこだったね」

打ちのめされるのもよく分かる。そりゃ最初は誰だってできないよ。見習いってぐらいで見て習い、兄弟子に手取り足取り教わって、それでも失敗《しくじ》るもんなんだ。帯の端を折って差し出すときなんざ、手が震えたもんさ。

「三日目の七代目の仕事は対談だったよ。誰でも知ってる月刊誌の名物対談で、ホストが吉行淳之介でゲストが七代目というわけさ」

えっ、あの対談の現場にいたのかよ。高三の時読んだよそれ。

「オレ、恥ずかしいことに作家が上で、落語家はその下だと思ってた。ところが七代目は違うんだよな。友達のように話しかけて臆するところがまったくないんだ。吉行さんもまたそれを喜ぶ風情があってね、対談は盛り上がったよ」

原さん、あんたよく見てる。そう、七代目は誰とでも対等なんだ。目を見て堂々と褒めるし、少しトーンを落とし、あれは感心しなかったなどと言うんだ。それで相手は信用するんだね。ところで対談のテーマは何？　オレ忘れかけてる。

「吉行さんの得意分野でね、赤線や青線の話さ。七代目が若き日に新宿で酷い目にあった話をすると、吉行さんは、キミは若いな、ああいうところは酷い目にあわされ、それを味わうところなんだと言ってね、結局は廓噺《くるわばなし》の『カネつかって神経痛めてりゃ世話はねえ』というところに落ちついて、二人は笑ってたよ。でも七代目は、あのとき親切にしてもらえたら女性観が違ってたかもしれねえとけっこう未練でね……」

思い出した。高校生には無理だったが、後年読み返したんだ。そうだ、そんな話だったよ。

「カメラマンと速記者が帰り、吉行さんと七代目、編集者で軽く飲《や》ろうということになって、現場が日比谷のホテルだったから銀座はすぐそこだろ。七代目が吉行さんと編集者をオレのフランチャイズへと誘ってね、歩き出したんだ」

で、どうしたの原さん。ついてったの？

「まだ帰れとは言われてないからね。で店の前で礼を言って帰ろうとしたら、入れと言うんだ」

何ィ、あのMへの階段を下りたのか？　弟子は普通、許しが出るまで路上で待ってたもんだぜ。

「カウンターへと顎で指示し、思い出に水割り一杯だけ飲んでけと言うんだ。ボックス席には田辺茂一さんが来てて、そこへ吉行さんが合流したもんだから賑やかなのなんのって」

よかったな原さん、田辺先生にも会えたのか。

「マスターが水割りを置いてね。昨晩《ゆうべ》聞いたよ、跡取りなんだってね。そう言って少し黙ってね、落語が好きでも演《や》るばかりが能じゃないよと言ったんだ」

マスター、いいこと言うじゃないか。ああ、原さんにも親切にしてくれたんだね。

「そりゃもう少し居たいよ。銀座や文壇の話は面白いし、連発される田辺さんのダジャレももっと聞きたいけど、程ってものがあるよね。で、スツールから降りたんだ」

程ね。あるよね程って。

「そしたら七代目が来てくれてね。ほら階段下のトイレの横、あそこへね」

ある。あった。トイレは隣の店との共用で、踊り場と言うには狭いあの空間だ。よく知ってるよ。

「今で言う壁ドンをして七代目が言うんだ。この三日間には自信がない。かえってキミの未練を募らせたかもしれない。ただ望んだ者のすべてが落語家になれるわけじゃないということは分かってもらいたい。この三日間のことは胸にしまっとけ。

いいか、果樹園を大きくしろよ。果物を丹精しろよ。そう言われたら何だか胸がスッとしてね。階段をトン、トン、トーンと駆け上がったんだ」

原さん、吹っ切れたのか。いや吹っ切ったんだね。しかし果物を丹精しろはいいフレーズだ。あの人の殺し文句はたまらねえな。で原さんは丹精してるわけだ。その丹精したものを送ってくれると……。ハッキリ思い出した。ラーメン屋だ。丹精しろを聞いて原さんとハグしたんだ。背中をバンバン叩き合い、原さんのバンバンが背中に残っているから、これは確かなことだ。で、ラーメンは食ったのか食わなかったのか。

双葉サービスエリアで水を二本買い、バスに戻り、空いてるので座席を替わっていいかとドライバーに問うとOKが出て、最後部に移動した。ここなら安心、隣がトイレなのだ。何しろ重度の二日酔は何が起こるか分からない。

はて諏訪湖はもう通り過ぎたのか。正面にドーンと富士山が見える地点があるが、それも通り過ぎたのか、これからなのか。どうも頭がいまひとつ回らない。

兄弟子だったかもしれない。なぜ今それを言う。だから酒の上だと言ったじゃないか。そう、それもこれも酒の上のことでございます。落語は上手いことを言う。

原さんは落語を知ってるから始末に悪い。それじゃしょうがないよね。

それにしても、七代目《ししょう》はなぜかつてこういう弟子入り志願がいたと我らに語らなかったのか。原さんが作り話をするはずもなく、七代目も抜群の記憶力を誇っていた。まさか忘れてしまったのか。大勢入り、大勢やめてった一門ではある。マメなやつが調べて七十数人入り、二十数人が残ったと言ってたが。いや七代目が忘れるはずがないのだ。

でも七代目は弟子にそれを語らず死んでしまった。もう十年だ。いや十一年、来年は十二年で十三回忌ではないか。何かイベントをと思うが、二日酔が重く、いい知恵が浮かばない。寝よう。いや富士山も見たい。うつらうつらしつつ、途中二三つメールのやりとりをし、バスタ新宿に着いた。

弟子が待っていた。おう、迎えに来てくれたのか、ご苦労さん。弟子にカバンを渡しながら、この男もつらい中を生き残った一人かと思う。

「カバンをベンチに置き、スマホを出せ」

「はい、どうぞ」

「今回の仕事だが、来年も呼んでもらえる。ついちゃあ次回から前座を使うことになった。主催者がトシでキツいんだ。〇月×日、スケジュール入れておけ」

「はい、入れました」

「それから昨晩《ゆうべ》の会な。久々だったから客が興奮してツイートしたらしいんだ。そしたら食いついてきた地域寄席があってな、まあみんな待ってたんだな。その壊滅状態の中の生き残ったとこが頼んできたんだ。それも来月だ。一つが茨城の笠間だ。ホラお前、入門した年に行ったろ、あそこだ。それから始まった途端にストップした駒込だ。そう、山手線の。前者が○月×日、後者が○月×日、入れたか」

「はい、入れました」

「どうだ、一日に仕事が三本入ったんだ。喜べ」

そう言ったら、前座の顔がクシャッとしたように見えたが、気のせいだろう。新宿駅南口につながる青梅街道の横断歩道を、師弟は無言で渡った。

二人三脚

帚木　蓬生

「そりゃ、わしが席取りに行こうたい」

小学校に入学したばかりの息子の運動会が、次の日曜日だと聞いて父親が言ったとき、誰もが耳を疑った。

「お父さん、そりゃ無理ですよ」

「ばってん、他に誰が行くか。一番暇な者が行かにゃ」

父は譲らない。一度言い出したら、後に引かないのは母も知っている。当日の朝は、家内と母は弁当作りで手が離せない。病院は休みなので私が行ってはいいものの、生憎《あいにく》オンコールの当番になっている。いつ呼び出しがかかるか分からなかった。

小学校の校門前に並んでいるときに、呼び出しを受ければ万事休すだ。ここは父に任せてしかるべきだった。とはいえ、他の若い親たちに混じって、七十を越えた老人が、校門前に並ぶ光景を思い浮かべて、申し訳なさがつのった。心配なのは不整脈の持病だった。

しかし、土曜日の夕食の席で、父が「あしたは四時から並ぶからな」と言ったときは、またもや腰を浮かしそうになった。

「ともかく、どうせ並ぶなら、一番よか所に席ば取らにゃ甲斐がなか。四時なら、八時に校門が開くとして、四時間待てばよか」

「お父さん、それはそうでしょうけど」

家内が言い、母は仕方ないというように溜息をついた。五月の終わりだから、寒くはない。しかし四時はまだ真っ暗だ。薄暗い校門前で、じっと佇《たたず》む父の姿が目に浮かび、おぞましささえ覚えた。

そして当日、父は握り飯と水筒、青シート二枚をリュックに入れて出かけて行ったらしい。私がいつものように六時に起きたとき、家内と母は前夜から準備していた弁当作りに余念がなかった。新一年生になったばかりの健と、幼稚園の年中組の由美の世話をするのは、私の役目になった。

「爺ちゃんは、どこ行ったと」

朝食の席で由美が訊《き》くので、家内が説明する。健も聞いて頷《うなず》くものの、どこか緊張気味だ。プログラムを見ると、五番目に一年生の徒競走が組まれている。幼稚園での運動会でも、健はかけっこが苦手で、やっと後ろからついていけるくらいだった。そこへいくと妹のほうが活発で、他の子を押しのけてでも先に出る厚かましさを持っていた。

大人三人で弁当や果物のはいった荷物を手に持ち、七時半過ぎに家を出た。私はクーラーボックスを持たされた。中には父の好きな銘柄のビールもはいっている。八時に小学校に着く頃には、もう校門に向かう坂道には人の群ができていた。運動場のトラックの周囲も、人だかりがしていて、今から席を取るとすれば、随分と後方になる。

さすがに、父は正面に近い一般席の最前列に青シートを敷き、ぽつねんと坐っていた。

「お父さん、すみませんでした」

家内が礼を言う。「よか席ば取ってもろうて」

聞くと、学校側は気を利かして、七時には校門を開けてくれたと言う。

「そんときはもう、七、八十人は集まっとった。といっても、わしが一番たい」

「一番乗りですか」

私は驚きながらも、そんな酔狂者は父以外にはいるはずがないと納得する。

「四時台はパラパラ、五時過ぎてから増えて来た。六時を過ぎると、後ろは黒山の人だかりになった」

父が武勇伝のように話す。「問題は校門が開いてからで、これは金曜日に下見しとったとが幸いした。校門からどげんやって運動場まで行くか、分かっとったけん、他の者に負けんごつ走った。リュックだったのがまた幸いして、若い者が荷物を抱えて走るのとは違う。そうやって陣取ったとがここ。ここば取って、もう一枚は桜の木の下の、陰になる所に敷いとる」

「別な場所もあるのですか」

母も驚く。

「そうたい。昼の弁当は、ここじゃ日が照って食われん。日陰に移動して食べにゃ」

父の金曜日の下見など、誰も知らない。何から何まで用意周到だった。

「おかげで、二句作れたばい」

得意気に父が言う。

横たわり星を見るのも運動会
生き尽くし孫の祭りに席取りき

そう言えば、私が小・中学校のとき、運動会の席取りは父親だった。父が敷いた花茣蓙《ござ》は、いつも最前列にあった。しかし両親にはすまないことに、私は走るのも徒手体操の類《たぐい》も苦手で、運動会そのものが嫌な行事の最たるものだった。

そこへいくと父は、旧制中学でも医専でも、常にリレーの第一走者に選ばれていたという。運動会で選手入場の際、旗手を務めたのが自慢の種だった。

「お父さん、朝食のお握りは」

母が訊く。

「食った。夜が明けるなかで食う握り飯はうまか。軍隊での野営のごつ、アブやブヨも寄りつかん。銃声も響かん」

「銃声ですか」

母が笑う。「こげな所で銃声がしたら、それこそ運動会は中止です」

家内が私と目を合わせて、また始まったという顔をする。

診療所勤めで忙しい頃の父親は、戦争の話などしなかったのに、定年退職してからは、何かにつけ昔話に戦争の体験が出た。

「小学校の運動場での夜営は、ジャングルの中とは違うでしょう」

私も応じる。

「違う違う。大の字になって上ば見ると、星も見えた。席取りで、よか時間ば過ごさせてもろうた」

父のひと言で、どこか肩の荷を下ろしたような気がした。

スピーカーで開会がアナウンスされ、入場門から行進ではいってきた児童たちは、赤組と白組に分かれて整列する。見物席から健の顔も確認できる。他の子が笑っているのに、まだ浮かない表情だ。もっと気楽に考えればいいのに、やはり運動嫌いは親譲りなのかもしれなかった。

私が嫌《いや》だったのは、器械体操で、小学校のときは、正面に置いた跳び箱を跳び越えさせられた。これが六段から三段まで四種類あり、跳べる段数の前に、同学年みんなが並び、一斉に走って跳ぶのだ。六段が跳べる子はいい。五段の子も、まあまあ誇らし気だ。哀れなのは三段の前に並ぶ子で、私を含めて三人しかいなかった。笛とともに走り出すとき、みじめな気がした。しかも、完全には跳び越えられず、尻をしたたかに打った。観客席から笑い声が起こったような気がした。

それを児童席にいた姉も妹も見ていたらしく、昼飯のときにさんざんからかわれた。父と母が何も言わなかったのが救いだった。

いよいよプログラムが始まると、みんながカメラを構えた。カメラ席は正面近くに設けられていて、後方の席の父兄はそこに集まるようになっている。しかし父が取った特等席からは、居ながらにして写真が撮れた。かといって、我が子が参加しないプログラムは、格別撮る気がせず、もっぱら父や母の喜ぶ顔にレンズを向けた。

「いよいよですね」

家内が言い、私はカメラのファインダーを覗いて焦点を合わせる。スタートラインに並ぶ健を、拡大で撮りたかった。

六、七人がスタートラインに並び、笛の音で一斉に走り出す。五十メートル走だから、正面がゴールだ。ひと組が走り終え、次の組が並び、また走り出す。

「並びましたよ」

家内が上ずった声で知らせる。走者は七人で、内側から三人目に健がいた。しっかり構えて前方を睨《にら》んでいるところを、一枚撮る。次は走り出した瞬間だ。笛が鳴り、よしと思って脇を固めた瞬間、画面から健が消えた。驚いてファインダーから目を離して見ると、スタートラインから二、三歩のあたりで、健が横倒しになっていた。

「あらあら。転んだよ」

母が言い、家内は呆気にとられている。

立ち上がった健は、泣きべそをかきながら、膝についた土を払っている。そんなことをすれば、遅れるだけだ。何たることかと舌打ちした瞬間、父親が叫んでいた。

「健、追いつけ、追いつけ」

あまりの大声に、健は一瞬こっちを見、走り出す。もう十五メートルくらいは離されているので、追いつけるはずはない。しかし泣きながらも必死で後を追っている。もともと速い足ではないので差は縮まらない。私があきれ返っているそばで、父だけがあらん限りの大声を出していた。

それでも大きく遅れたドン尻でゴールインしたときは、正面の来賓席から拍手が起こっていた。

「やっぱり健も、お前と似とるごたる」

父からそう言われると、ぐうの音《ね》も出ない。父は足が速かったので、遅いのは母譲りかもしれない。わざわざ確かめたことはない。

家内は中学から高校まで陸上部にはいっていたらしいので、遅いはずがなかった。

「ま、完走したから立派。あのまま走るのをやめとったら、それこそ目も当てられない」

家内が自分を慰めるように言った。

健自身は、ゴール脇にしゃがんでいるときも、時々こぶしで目をぬぐっていた。ゴール脇には一番から七番の旗が並べられていて、それぞれの旗の後ろにしゃがむのだ。手前の一番の子供たちは嬉しそうで、向こうに行くにつれて元気がない。

その後、いくつものプログラムがあり、一年生全員が二重円になっての踊りも披露された。さすがにそのときは、健も気を取り直して手足を動かしていた。

いよいよ昼休みになって、五人で荷物を抱えて木陰のシートまで運ぶ。三段重ねの重箱やバスケットの類を並べていたところに、健が戻って来た。みんなで手を叩いて迎えてやると、「お兄ちゃんが転んだ」と妹が言う。

「後ろから押されたけ、倒れた」

健がふくれっ面をする。

「よかよか、立派にゴールばした」

母が言ってくれて、健はいくらか気を取り直す。水筒のジュースを飲んでから、まっ先に唐揚げにかぶりついた。

父と私は缶ビールで乾杯をする。

「しかしあんときの伸二は速かったな」

父が言ったので家内が聞き耳を立てた。

「中三の運動会でっしょ。わたしも覚えとります。あれば、ぶっちぎりというとでっしょ」

母までが言い添えたので、家内は信じられないという顔をした。

「それは百メートルですか、五十メートル走ですか」

「二人三脚たい」

私の代わりに父が言い、家内が目をむく。

「二人三脚ですか」

そんなのは、ものの数には入らないという軽蔑の表情だ。

「おじいちゃん、ににんさんきゃくて何」

由美が訊くのも無理はなく、母が答えた。

「二人で片足ずつを縛って走ると。そしたら走る足は三本になるでしょう」

聞きながら、自分の運動関係の歴史で、あれが唯一の栄光だったと思う。

「あんときは、ちょうど学校医にならされた年で、来賓席から見とった。教頭が横にいて、息子さんすごかじゃなかですかと、大変な誉めようじゃった。校長までが席ば立って寄って来て、よかったよかったと言うてくれた。わしゃあんまりみんなが誉めるので、芝居を仕組んだのじゃないかと、疑ったくらいじゃった。ばってん、二人三脚で芝居なんかできん。みんな必死の形相で、三本足ばたぐりよったし」

「わたしも見とって、思わず立ち上がりました。高校生だった麻子も飛び上がって喜んどりました」

母も言い添える。

「あれは、芝居じゃなかです」

答えながら、記憶がありありと立ち昇ってくるのを覚えた。

あの頃、私が通う地元の中学校では、紅白に分かれてのリレーに、二人三脚があった。一年から三年まで、それぞれABC三チームを出し、その三チームがそれぞれ紅白に分かれて、六組がリレー形式でバトンを渡すのだ。距離は長く、運動場一周の二百メートルを走らねばならない。足の遅い私は、もちろん選手に選ばれたことなどない。

ところが三年になり、初めて同じ組になったMが、今度の運動会で一緒に走ろうと言い出した。Mとは同じ村であり、小学校以来のつき合いだ。しかし中学に上がると六クラスもあるので机を並べたことなどない。

「中学校の最後の記念たい。よかろ？」

私が怪訝《けげん》な顔をしたので、Mが言った。

Mは小学校高学年になってぐんぐん背が伸び出し、体格もよくなった。それにつれて喧嘩っ早くなり、三年生になったとたん、それまで番を張っていた同級生を殴り倒した。といって代わりに番長になる訳でもなく、一匹狼で同級生や下級生から一目置かれる存在になっていた。

小学校のときから私を伸ちゃんと呼んでいたのは、中学でも変わらなかった。「伸ちゃんに妙なこつすると、ただじゃおかんよ」とMが周りに言っていると、耳にはさんだこともある。そのおかげか、ぐれかかった連中から呼び出されてのリンチはおろか、嫌がらせも受けなかった。

Mの家は貧しく、両親と妹の四人で小屋みたいな借屋に住んでいた。父親の仕事は鍋の修理と刃物研ぎだった。Mはいつも腹をすかせているようで、「伸ちゃん」と言って遊びに来たときなど、母が出したふかし芋をむさぼるように食べた。進物のお菓子を母が二つ手渡すと、ひとつは必ずポケットに入れる。あとで妹にやるつもりらしかった。

小学校で、給食の残りをたいらげてくれるのもMだった。「ザンパンや」と陰口をきいていた同級生も、中学生になるとさすがに口にしなくなった。

中学二年の夏、病気がちだったMの母親が死んだので、村人に混じって子供たちも葬式に出席した。小さな家なので、みんな外に立ってお経の声を聞いた。大人たちと一緒に棺を担いだMは泣いていた。初めて見るMの泣き顔だった。お経がえらく長く、最後に坊さんが、活を入れるような大声を出した。よく見る葬式とは違うと、子供心に不思議に思った。

二人三脚に出場することは、直前まで内緒にしようとMが言うので、二つ返事をした。前以《まえもっ》て言っておくと、半ば不良だと噂のあるMとのコンビだから、何の陰口をきかれるか知れたものではなかった。

村の夏祭は七月三十一日から八月一日にかけて開かれる。場所は神社の境内で、長い参道の両側にずらりと、灯籠が並ぶ。その灯籠の木枠に紙を貼り、「今月今夜」の文字と朝顔などの絵を描くのは、子供会の役目だった。

石の太鼓橋を渡った奥が広い境内で、楠や樫がうっそうと繁り、真ん中に大きな御堂があった。境内の池の近くに二基の櫓《やぐら》を建てるのは、中学生と高校生の担当で、青年団が指導してくれた。スコップで四つの穴を掘り、四本の棒を立てて踏み固める。そこに横木を上下二段結わえつけ、縁台をさし渡す。周囲に紅白の幕を張り巡らせ、梯子《はしご》も縛りつけると完成だ。当日は上と下で太鼓を叩き、鉦《かね》も鳴らす。もちろん七月三十一日の昼から屋台も建ち、天幕を張った出店も境内の参道脇に並ぶ。金魚すくいに、焼いか売り、かき氷屋、綿菓子屋、お面売りに、紐を引いて景品を釣り上げる店など、子供にとって目移りするものばかりだった。

父親の話では、戦後すぐなど芝居小屋やお化屋敷も建ったという。有名な浪曲師が来た年もあったらしい。

その夏祭が過ぎてからこそ、本格的な夏休みの到来といってよかった。Mの提案で、夕方に二人三脚の練習を始めたのは、お盆の少し前だった。お互い五時頃にしめし合わせて境内に来る。まだその時刻、村の下級生が遊んでいたりする。それをよそ目に見て、鉢巻で足を結び、オイチニ、オイチニと走り出す。これがむつかしかった。

Mは頭ひとつ背が高く、歩幅も広い。遠慮がちに肩を組んだだけでは、歩調が乱れる。背丈の違いはあっても、ぴったり身体を寄せ合う必要があった。

「伸ちゃん。俺の方が外回りになるごつ、肩ば組んだがよか」

Mが言ったのも理屈にかなっていた。運動場は、正面から見て反時計回りだ。つまり左側に足の短い者がきたほうがよい。私の右足とMの左足を結びつけた。私はMの腰のあたりをがっちりと抱き、Mは腕を私の背中に回すようにして引きつける。

「大切なのは、やっぱかけ声のごたる」

確かにそうで、オイチニ、オイチニのかけ声に合わせて足をたぐると転びにくい。走るのに声を出すのが悪かろうはずがない。もちろん、よーいスタートで、結んだ足から第一歩を踏み出す。

頭では分かっていても、簡単にはいかない。急ぎ過ぎれば、足が乱れる。乱れてどちらかが止まろうとすると、片方がつんのめり、二人とも倒れる破目になる。

気が焦るのが一番よくなく、そうなる前に速度を少しおとして通常の走りに戻さねばならない。この微調整は、やはりかけ声のオイチニ、オイチニにかかっていた。

練習時間はせいぜい四、五十分だった。夕方でも夏の暑さは格別だ。汗が出て、息も上がったところでやめた。村の中でも、お互いの家は離れているので、鳥居を出たところでバイバイをした。

雨の日は休みにした。途中から雲行きが怪しくなって雨が降り出したときは、そのまま続行した。雨に濡れながら、オイチニ、オイチニ、オイチニと走る気分は、悪くはない。お互いの体温が腕に伝わって、一心同体になった気がした。

「伸ちゃん、やっぱしまっすぐ走るだけじゃいかん。相手ば追い越す練習もしとかなきゃ」

「追い越しの練習ね」

走って、人を追い越したことのない私は、少なからず驚いた。

「そげんそげん。次々と追い越す練習もしとくと、いざとなったとき、慌てんでよかろ」

なるほど用意周到と思いつつ、そこはMに任せた。追い越すとき、Mが私に回した左腕で身体を引き寄せるのが合図だ。そうやって、楠の根っこが地面に出ている所を、右によけながら速度をおとさずに走る。

都合のよいことに、境内は御堂を中央にして、正面から裏側にかけて一周回れるようになっていた。一周は二百メートル弱だ。

夏休みが終わる頃、その一周をオイチニ、オイチニと、けつまずきもせず走れるようになっていた。あとは速度の問題だ。

「伸ちゃんは伸ちゃんで、思い切り走ってよか。俺が合わせるけん」

二人三脚を全速力で走れるなど想像だにしなかった私も、その頃には、あとひと息でそれも不可能ではないなと思うようになった。

九月の練習は日曜日の夕方だけにして、その全速力をめざした。紅白の組分けがあったとき、Mはクラス委員を脅すようにして私と同じ紅組になった。私がプログラム委員にエントリーを申し込んだとき、委員たちからいささか驚かれた。

「伸ちゃんが、あのMと二人三脚ばするとね。背丈も違うのに」

その驚きは担任にも伝わったようで、担任はMに「本当か」と確かめたらしかった。

みんなにとって驚きの源が、優等生と半ば不良の二人三脚にあるのは、もう明らかだった。ABC三チームのうち、私たちはC組にされた。Aが一軍ならCの組はいわば三軍選手だった。

運動会前の一週間は、夕方、毎日境内で仕上げをした。私は全速力で走るだけでよかった。一周してはひと休みし、また走る。三回うまく走れば、解散した。

「ここまで走れば、相手とどげん離れとっても、追い越せるばい。倒れたら終わりじゃけ、ともかくオイチニ、オイチニを忘れんごつすればよか」

運動会前日の土曜日、Mはもうやれるだけやったという笑顔になる。鳥居の前で別れて家に戻る間も、私は小声でオイチニ、オイチニと言いながら駆けた。

翌日曜日は、本物の秋晴れだった。私は自分が二人三脚に出ることは、両親はもちろん、高校生の姉、小学六年の妹にも内緒にしていた。ただプログラムには、さり気なく○をつけて手渡した。三年生になると、入場の際の引率や、白線係なども手分けしてしなければならず、○を見た母親もそういう類だと思っていた。土台、私が運動会のどのプログラムに出るとしても、さして話題にはならないのだ。わが家としては、地域の祭のひとつであり、父親の朝早くからの茣蓙敷きのほうが、大きなイベントだったのだ。

二人三脚は、いつものように午前中の最後に組まれていた。午前中の出し物としては、ハイライトのひとつと見なされているのだ。

入場門の前に並んだとき、Mと私だけが背丈がいびつなのに気がついた。他のチームはほぼ同じ背丈の者が対を組んでいる。やはりそれが常識なのだ。紅白は鉢巻で見分けられ、ABCはそれぞれ前後に文字のはいったゼッケンを頭からかぶり、紐で胴体に縛るようになっていた。

白組も紅組も、当然ながらCチームが見劣りがした。誰も出たくないのを、無理やり引っ張り出されたような顔をしている。最初から負け組だった。

正面のスタート地点、つまりゴール前にしゃがんだとき、Mが二年と一年の紅C組に声をかけた。

「よかな、転ばんごつするのが第一。速く走っても転んだら何もならん。亀の速さでよかけ、コツコツ転ばんごつ走れ」

なるほど、これ以上の助言はないと思った。

正面の来賓席を見ると、教頭の横に父親が校医として坐っているものの、こちらには気がついていない。すると、こともあろうに、教頭が父に耳打ちをして、こっちを指さしたのだ。さっと顔をそむけて、あとは知らぬふりを続けた。

いよいよ一年生が六チーム、計十二人がスタートラインに並ぶ。並ぶ順はジャンケンで決めたようで、紅Cは一番外側になっていた。位置としてはまずいものの、ドサクサに巻き込まれる可能性は低くなる。

スタートはピストルだった。Mの忠告がきいたのか紅のCは、コッコッこわごわと走り出す。しかし転ばない代わりに、速度が遅い。無事に向こう正面まで来たときは、ドン尻だった。紅も白も、さすがにAチームはそつがない。紅のAが先頭で、すぐ後ろに白のAが来ている。しかし第三コーナーを曲がるところで、紅Aがつまずき、つんのめって倒れ、白Aも折り重なる。後続の白Bもそれを避けようとして転倒する。脇をすり抜けたのが紅Bと白Cだった。みんなが立ち直って走り出したとき、ようやくビリッ尻の紅Cが追いつき接戦になった。

接戦になっても無理をしないのは、さすがというか、慎重過ぎるというか、じれったい。

「まあ、離されとらんだけでんよか」

私が気が気でならないのに、Mは動じない。二年生の紅Cの二人に、「心配なか、力まんごつ」とダメおしをしていた。

しかし、さして離れずにビリにつけていた紅Cの一年生が、ゴールを前にして気が抜けたのか、疲れたのか、おそらくその両方が重なって転倒した。起き上がったときは、もう他のチームはバトンを受けて走り出していた。紅Cの二年生がバトンを引き継いで走り出す。またもや大きく離れてのドン尻になっていた。

「そうか忘れとった」

Mが落ちついた声で言う。「バトンの練習はしとらんかった。伸ちゃん、バトンは俺が右手で受けるけんね」

「うん」と頷きながら第一コーナーに眼をやると、紅Cの二年生がつんのめりかけていた。それをやっとの思いで立て直して、走り出すとやっぱりドン尻だ。

しかし向こう正面で異変が起こった。先頭の白Cが転び、バトンを落としたのだ。もたもたしているところに紅Bが倒れこむ。これはもう接戦というより大混戦だった。気がつくと、正面の来賓席も一般席も、そして生徒席も総立ちになっていた。

肝腎の紅Cは、後には誰もおらず、前には相当引き離されているのに、ご丁寧にも第三コーナーで転んだ。

他のチームが出発したあとに、Mと二人でスタートラインに立つ。

「急がんでよかよ。オイチニ、オイチニ」

Mが手を叩いたのが効を奏して、二年生が倒れずにゴールに飛び込む。よっしゃと言ってMがしっかりと右手にバトンを握り、結んだ足を上げてから走り出す。先頭は既に向こう正面を過ぎているようだった。

まずは第一コーナーで白Bを追い越した。前を走るチームは、コーナーで勢いを弱める。その外側をオイチニ、オイチニの全速力で駆け抜けるのだ。私がMの腰を抱き、Mが私の腋下あたりをしっかりと引き寄せ、オイチニ、オイチニのかけ声があれば、何の恐れもない。第二コーナーを過ぎたところで、紅Aを追い越す。あとは直線なので、全速力で走る。白Cをまたたく間に抜き去り、第三コーナーで、紅Bをぐっと外回りして追い抜いた。残るは白Aで、まだ差は十メートル近くあった。オイチニ、オイチニのかけ声に力がはいった。白Aの走りが遅く見えるくらいに、こっちの走りは速かった。

あと二、三メートルに迫ったとき、後方に迫る力強い足音に驚いたのか、白Aのひとりが横を向いた。その瞬間、もうひとりがつんのめる。それは神社の境内の楠の根っこと同じで、うまく外側によけ、全速力のままゴールを切った。

トラックの周囲から、大きな拍手が起こっていた。紅Cの一年生と二年生が駆け寄って来て、「ありがとうございました」と頭を下げる。

コーナーコーナーに旗を立ててライン番をしている同級生までが、立って手を叩いている。

「ありがとう」

Mに言うとき、涙が出た。運動会で口惜《くや》し涙を流したことはあっても、嬉し涙は初めてだった。

「伸ちゃん、最後の運動会で、よか思いばした。ありがと」

Mも赤い目をしていた。

二人三脚の結び目はそのままに起立をして、並んで退場門まで走り、出てから結び目を解いた。

昼飯になって急いで一般席に行くと、母や姉、妹から拍手で迎えられた。付近の父兄たちも手を叩くので、大いに照れる。

「あげな二人三脚は初めて見た」

姉が言う。

「まるで、ひとりが走りよるごつあった」

妹までが感激している。

そこへ父親が、興奮醒《さ》めやらぬ顔で戻って来る。

「伸二、わしゃ鼻が高かった。お前たち、こりゃあ相当練習ばしとろ」

「はい」と答えながら詳細はゴマかす。Mとの練習はあくまで内緒事にしておきたかった。

弁当を開きかけたとき、Mの父親と妹が姿を見せた。

「お宅の伸二さんと組ませてもろうて、ほんにありがとうございました」

礼を言われて、両親が激しく首を横に振る。

「お宅の息子さんと一緒じゃったけん、あげな走りができたとです。ありがとうございました」

母が頭を下げ、「ここで弁当をご一緒されんですか」と誘い、父も「それがよか」と茣蓙に隙間を作ろうとした。

しかしＭの父は滅相もないといった所作で辞退する。母がＭの妹に梨一個とぶどう一房を持たせてやる。それまで恥ずかし気だった妹の顔がいっぺんに輝いた。

Ｍ自身が顔を出さなかったのは、やはり半不良と言われている手前、気が引けたからだろう。

午後のプログラムの間中、私は上《うわ》の空だった。まだ感激に浸っていたのだ。最後のプログラムでは、二人三脚ではなく、本物のリレーが行われた。Ｍは紅Ａのチームで出場し、力強い走りで二人を抜き、惜しくも僅差の二位でゴールインした。あれがＭの本当の走りなのだと、私はその格好良さが眩しかった。

運動会が終わると、本格的に高校受験の勉強が始まる。

「伸ちゃんは大学ば出てお医者さんになるとやろ」

Ｍが言い、自分は中卒で働くつもりだとつけ加えた。

中学を卒業すると、Ｍ一家は親類を頼って名古屋に引っ越した。父親の仕事は包丁研ぎと鍋の修理だったので、仕事のある所、どこへでも行けた。「最後の運動会」とMが言ったのは、古里との別れも意味していたのだ。

高校生になった頃、Mが大阪に出て、ヤクザ組織にはいったという噂を聞いた。自分で半不良と言っていたので、ヤクザのほうが生き易いのかもしれないと、半ば納得した。

そして大学を卒業する頃になって、Mが暴力団の出入りで罪を犯し、刑務所にはいったと、人づてに耳にした。嘆く妹と父親の顔が浮かんだ。その後どうなったかは、消息不明のままに過ぎ、Mが病を得て死んだと聞いたのが六年ばかり前だ。

Mとの二人三脚は、運動会のシーズンになるたびに思い出された。運動会にまつわる私の屈辱は、いつのまにか二人三脚の栄光の裏で、すべてかき消されていた。それにしても、あれからMは、死ぬまで一度くらい、私との二人三脚を思い出しただろうかという疑問はついてまわった。

秋晴れの二人三脚夢のごと

父親が桜の下に敷いた青シートの上には、「野北《のきた》組」と手書きした厚紙が置かれていた。こうすれば誰かにはぐられないだろうという策だった。巻き寿司あり、稲荷寿司あり、唐揚げにウインナー、ローストビーフと、母と家内の手作り弁当は文字通り満艦飾だった。

私はクーラーボックスから冷えたビールを出し、父に勧め、自分も飲む。定年退職して父の酒量は少し増えていた。五百ccの缶一本ではおさまらず、二本になる日もある。さすがに毎日一リットルのビールは健康に悪い。二本にしたいなら三百五十ccの缶にするよう、本人にも注意していた。

しかし、この日は運動会なので三本くらいは許してやりたかった。

「ほら、運動場はカンカン日照りだ。ここに席ば取っといてよかったろう」

父が得意がる。

「はいはい、一番乗りのおかげです」

母が言うとおりで、桜の若葉越しの日射しが心地よい。

午後のプログラムに、新一年生の玉入れがあった。もちろん健も参加し、懸命に赤玉を拾う。拾っては投げるものの届かない。結局一個も投げ入れられず、もたもたするうちに笛が鳴った。一斉に声を合わせて数えると、白組の方が断然多かった。

しかしそれは前半のゲームで、後半は、新一年生とその祖父母も参加するのだとマイクが放送する。そんなことはプログラムには書かれていないので、一般席から笑いが漏れた。

健が嬉しそうな顔で、父と母を呼びに来る。父がよっしゃと立ち上がり、母もつられて腰を上げた。

参加するのが父か母ではなく、祖父母というのは名案で、杖をついた八十歳くらいの男性もいれば、腰の曲がった女性もいる。中には私より少し年長としか思えない若々しい祖父もいた。

笛が鳴って、竹カゴめがけて玉が上がる。健は玉を拾う役に徹して、父に手渡す。父は狙いを定めて放り上げる。

母は落ちついたものだ。慌てることなく玉を拾っては、一発必中の覚悟で勢いよく投げる。すると次々と面白いようにはいった。

笛が鳴ったとき、父は三個、母は七個も入れていた。

勝ったのは紅組で、健と両親が喜び合う。

「いやあ、面白かった。この齢になって玉入ればするとは思わんかった」

戻って来た父が、息を切らしながら言った。

「お母さんも上手でしたね」

家内が言う。

「あれは、お手玉と同じじゃけん」

母は遅れて荒い息をしていた。

その後も、父は機嫌良くビールを口にしてくれた。用意していた三百五十ccの缶ビール六個はすべて空になった。家内と母が一缶を分け、私が二本、父が三本飲んでいた。

プログラムは予定通り四時に終わった。その少し前からみんな帰り仕度を始める。私たちも片付け出し、いざ立つ段になって、父の様子がおかしい。右足に力がはいらないという。その言葉も呂律が回っていなかった。しゃがんだまま両手を前に上げさせると、右腕が上がらない。脳出血か脳梗塞の兆候に間違いなかった。

持っていた携帯電話で一一九番をする。場所を言うのはやさしい。父の年齢、容態も説明し、救急搬送してもらう病院も指定した。私の勧める市立病院よりも、大学病院が適当だ。その方が距離も近かった。三十分もあれば、救急車なら行き着く。

「お父さん、救急車を呼びました」

家内の言葉に、父がわずかながら頷く。父の身体をそっと寝かせ、頭の下に座布団を折って敷く。周囲の人たちも心配顔で、遠巻きに眺めている。

呼吸は問題なさそうだった。家内と母が両脇に坐り、絶えず呼びかける。父は頷くだけで、もう発語は不可能になっていた。病巣が少しずつ大きくなっている証拠だ。

救急車の音がするまでが、長かった。しかしその音は耳を澄ますと聞こえるようになり、次第に大きくなる。運動場まで、誰か誘導してくれるはずだった。腕時計を見る。連絡してから十三分が経過していた。あと三十分もあれば、大学病院には到着する。あとは病巣の拡大が止まるのを願うのみだった。

父は救急隊員によってストレッチャーで運ばれ、私が一緒に父の横に乗った。走り出した車内で、救急隊員が改めて名前と年齢を父に訊く。質問は理解できているようだったが、やはり発語は不明瞭だ。

大学病院の救急外来と連絡していた隊員が、私が医師だと分かって受話器を手渡す。発症時間と現症、持病に高血圧はなく、持病は不整脈と前立腺肥大くらいだと告げ、最後に、父がそちらの医学部の卒業生だともつけ加えた。気は心で、わずかでも扱いが丁重になるはずだった。

しかし救急車というのは乗り心地が悪い。病人を乗せているのだから、今少しクッションをよくしてもよかろうと思う。

「お父さん、あと十分くらいで着きます」

呼びかけには、もう応じない。意識の混濁が始まっていた。一瞬、懸念が走る。一命は運良く取り止めたとしても、後遺症は覚悟しなければならない。右半身に麻痺が残り、言葉も不自由になれば、どんなにか悲しむか。もちろん介護の手も必要になる。最も負担がかかるのは母だ。

頭の中には次々と悪い考えばかりが渦巻く。助けを求めるようにして前方を見ると、どうやら大学病院の構内にはいったらしく、救急車のサイレンが止《や》んだ。腕時計を見る。五時五分だった。

救急外来の前に、もう白衣の医師や看護婦が待ち構えていた。救急隊員がストレッチャーを車から降ろし、建物の中に運び入れる。

私は後ろからついていけばよかった。

「すぐ頭部CTを撮ります。そのあとでMRIも施行します」

救急部のチーフらしい中堅の医師が言った。大学病院だから当然だろうが、MRIが導入されているのは、ありがたかった。CTよりは数倍解像力に秀れている。どこか光明が見えた気がした。この二つがあれば病巣の拡がりは、たちどころに把握できる。

「心臓ペースメーカーははいってませんね」

「はいってません」

MRIを撮るのに支障があるからだろう。あとは医師陣に任せておけばいい。部屋の中を見渡すと、カーテンで仕切られた中に、五、六人の患者がいて、看護婦と若い医師が忙しく動いていた。気がつくと丸椅子がさし出されていた。坐ったほうが気が落ちつく。祈るようにして結果を待った。

急性脳梗塞であれば、血栓がどこからか飛び、脳の血管に詰まったのだ。それを溶解させるのは容易ではない。通常は点滴の中にウロキナーゼを入れる。あるいは抗凝固薬のヘパリンを薄めて注入する。しかしどちらも効果は限定されている。意地悪く言えば、気安め療法だった。それ以上の梗塞を防ぐだけと言ってよい。

やはり、朝の暗いうちから校門前に並び、朝飯はお握りと水筒のお茶のみで、それ以外水分の摂取はない。その後も、ビールを勧め過ぎたのが仇になっていた。アルコールは体内の水分を奪ってしまうので、同量の水を補充しなければ脱水を起こしてしまう。医者が二人もいながら、二人共、不養生だった。いや父自身に罪はない。息子の罪と言ってよかった。

「野北さんのご家族の方」

看護婦から名前を呼ばれて我に返る。別室に案内されると、私と同年配の医師がいた。脳外科の助教授だと言う。日曜日に出勤しているはずはないので、呼び出しがかかり、わざわざ出勤してくれたのに違いない。

シャウカステンに、CT写真とMRI像がかかっていた。どちらも左半球に黒い部分がある。

「左中大脳動脈の分岐領域に梗塞が見られます。やはり血栓でしょう。発症は四時頃と聞いておりますが」

「四時五分前くらいかもしれません」

「今がちょうど五時半です。発症から一時間半ちょっとです。私共、現在治験中の薬がありますが、それを試してみたいのです」

「どういう薬でしょうか」

自分も内科医だとつけ加える。

「それは都合がいいです。t-PAという薬剤です。ティッシュ・プラスミノーゲン・アクチベータと言って、血栓を溶かす薬です」

「聞いたことがあります」

PTAではなく、t-PAなので覚えやすかった。

「もとは心臓領域で冠動脈が詰まった際に使う薬で、これはもう効果が定まっています。これを、脳梗塞にも使う治験が始まったところです。これはt-PAの製造元のイギリスでもされていません。わが国が世界初というわけです」

「それで手応えはどうなのでしょうか」

恐る恐る訊く。

「手応えはあります。既存の薬と比べると、幕下と横綱の違いでしょうか」

体格のよい助教授が胸を張る。「それに治験ですので、かかる費用はすべて大学持ちになります」

たとえ自費であってもここはやってみるべきだった。

「この特効薬も、発症から四時間半を超過すると、もう駄目です。CTやMRIを撮るのに一時間の猶予を見て、三時間半以内に病院に着いてもらわねばなりません。これが案外難しく、大きな壁になっています。野北先生は発症から一時間半ですから充分間に合います」

助教授は壁の時計を見上げた。「これからの準備には三十分もかかりません。静脈からの注入です」

「お願いします」

ほとんど即答していた。父親の場合、何よりもみんなの前で倒れたのがよかったのだ。これが家で留守番をしていたときに発症していれば、t-PAには適さない。その意味では、朝一番の席取りが効を奏したとも言えた。

あとは祈るのみだった。六時半頃、家内が車を運転して母を連れて来た。治療の内容を説明すると、二人共安堵した。

父のベッド脇に呼ばれたのは、その直後で、父は目を開けていた。何より応答ができる。これまでのいきさつを話してやると、何度も頷く。

「迷惑かけたな」

その返事も明瞭だった。母も家内もハンカチを目に当てている。

「お父さん、新薬のt-PAのおかげです」

「何、PTAちいう薬があるとか」

訊き返されても、私は訂正しない。

「わしゃ、夢ば見とった。運動会の夢たい。ほら伸二が中学三年のとき、二人三脚ばしたろ。ドン尻から次々とごぼう抜きしたやつ」

私は胸が詰まって返事ができない。脇で母も頷いている。

「ところがじゃ、途中で入れ替わって、ゴールインするときゃ、わしと伸二になっとった」

「まさか」

絶句したあと、母と二人で笑い出す。

「不思議な夢じゃった」

父も首を捻《ひね》った。

助教授の説明があったのは、病室に上がってからだった。万事うまく行ったので、経過を見るため、五日間の入院ですむという話だった。その夜は、私と家内で、パジャマや身の回りの品を運んだ。

そして退院の日、父がメモ紙を見せてくれた。

生きる夏t-PAの霊験《れいげん》で

PTAでなく、ちゃんとt-PAになっているのがおかしかった。私もその横に万年筆で一句を書き加えた。

さまざまに二人三脚柿若葉

あおぞら

原田　マハ

高層ビルの明るい窓の連続が、しらじらと発光するパズルのピースになって、通りの隅々までを照らし出している。

大阪駅の構内でひと迷いし、ようやく高速バスが発着するロータリーへとたどり着いた私は、ぽかんと口を開けて四方を見渡した。

「うわ……めっちゃ、変わったなあ」

思わず口に出して言ってしまった。

大阪に出てきたのはずいぶんひさしぶりだった。郷里の姫路に戻って、認知症になってしまった母の介護をし始めてからは、なんの用事があるわけでもなし、かれこれ六、七年くらい来ていなかっただろうか。その間に、街は驚くべき発展を遂げていた。

「ルクア」だの「グランフロント」だの、どんどん新しい大型商業施設ができて、地下にも地上にも縦横無尽に歩道が巡らされて、夜も十時になろうかというのに、ひっきりなしに人の波が押し寄せる。自転車が狭い歩道をすごいスピードで通り過ぎて、何度もひやりとした。駅前の歩道橋付近ではストリートミュージシャンが競い合うように大音量でギターをかき鳴らし、声の限りに歌っている。車のクラクション、酔って騒ぐ若者たち、通り沿いの店からは垂れ流しのBGM。大阪って、こんなにうるさいところだったっけかなぁ。

鈍く光る銀色のキャリーケースをゴロゴロと引っ張りながら、きょろきょろと頭を巡らせる。ビルの壁面に付けられたパネル・ヴィジョンに「21：45」と大きく時刻が出ているのをみつけて、あわわ、急がなあかん、と早足になる。乗車経験者のブログによれば、そのバスは定刻通りにきっちり出発するらしい。十秒でも遅れたら、置いてきぼりを食らってしまうだろう。

いまより若い時分、友との旅を始めた頃は、キャリーケースを引っ張っていようがお土産入りの大きな紙袋を提げていようが、乗り換え電車に間に合わへん！となったら猛然とダッシュしたものだ。それがいまじゃ、キャリーに引っ張ってもらいたいくらい。AI内蔵のフルパワー・アテンド・キャリーとか、どっかにないかな。あ、それ絶対ええな、高齢化社会でウケそうやん、などと、こんなときに限ってちょっといいアイデアが浮かんだりする。

押し入れの奥に突っ込んだまま、このところ使う機会がめっきり減っていたリモワの銀色のキャリーケース。ひさしぶりに取り出して、さて旅じたく、と開けてびっくり。中から飛び出したのは、介護用紙パンツだった。たとえいまは旅をあきらめていようと、そのうちまた復活させる日を夢見て、後生大事にしまい込んでいた我が自慢のキャリーケースに、紙パンツをぎっしり詰め込んだのは、誰あろう、母である。

もう、やめてぇな、お母さん！　と独り言をつぶやいて、あきれながら、笑ってしまった。

なんでだろう。なんでわざわざ紙パンツを娘のキャリーケースに詰め込んだんだろう？　置くところがなかったのだろうか。それとも、いずれあんたもこれのお世話になるねんでと、ケアホームに入居するにあたって、しゃれた置き土産のつもりだったのだろうか。

『お待たせいたしました。二十一時五十分発、小田原駅東口行き、富士急湘南バス〈金太郎号〉です。お手元に乗車券、またはスマートフォンのeチケット画面をご用意してお待ち下さい』

乗車待ちの長い列のいちばん後ろについたとき、白い車体の大型バスが到着した。列がのろのろと前進を始める。キャリーケースや大型の荷物を運転手が車体の脇腹のトランクにどんどん詰め込んでいく。私はトートバッグを提げ、ショルダーポーチを斜め掛けにして、車内へと乗り込んだ。

金曜日の夜に深夜バスを使って大阪から小田原まで行く人なんてほとんどいないんじゃないか、たぶん座席がゆったりしていてむしろラクなんじゃないか、との私の予想を裏切って、広い車内はたちまち満席になった。私の座席は、通路を挟んで二席ずつ並んだ座列の後方窓側。通路側は大学生っぽい茶髪の女の子が座っていた。

網棚にトートバッグをよっこらしょ、と上げてから、「すみません」と頭をちょっと下げると、目をスマホに向けたまま、私のほうは見向きもせず、黙って立ち上がった。奥の席に収まった私は、「ありがとうございます」とまた頭をちょっと下げた。女の子はスマホをみつめたままで、かすかにうなずいた。

——なんやら、いまどきの子やなあ。行儀がいいんだか悪いんだか、わからへんし。

と、どこからともなく聞こえてくるのは、旅友・ナガラの声である。

私は斜め掛けのポーチからスマホを取り出すと、「LINE」のトークでナガラにメッセージを送った。

生まれて初めて乗りました！　深夜バス。その名も金太郎号！
まもなく出発。いつものように、天気に恵まれますように！

『安全のためシートベルトをご着用ください。それでは出発いたします』

窓の向こうに林立する高層ビルが、ゆっくりと後方へ流れ始めた。私はスマホの画面に視線を落として、そのまま両手で握りしめていた。

友へ送ったメッセージは、なかなか「既読」にならなかった。

ナガラと、ケンカをしてしまった。

いや、でも、あれってケンカっていうのだろうか。ケンカじゃない。言い争い？　それも違う。だって、面と向かって文句を言い合ったわけでもないし、お互いにそっぽを向いて別れたわけでもない。

スマホのSNSで、ちょっとしたやり取りをしたに過ぎない。でも、こんなふうに後味悪く、気まずくなってしまうなんて。

会いもせず、話しもせず。ましてや、ともに旅に出ることもなく、それでいて、ケンカしたような気分になるなんて。

ナガラと私は、かれこれ十五年以上もふたり旅を続けてきた。

けれど、二年まえの秋、鞆《とも》の浦《うら》へ一泊二日の小旅行をしたのを最後に、私たちは会うことすらも難しくなってしまっていた。

ケアホームに入居している母が、感情の浮き沈みが激しく、私が顔を見せないと不安で不安でしょうがないようで、食事も喉を通らないほど不安がるというので、ほぼ毎日ホームに通い、できる限り一緒に過ごすようにしていた。私は相変わらず広告ディレクターの仕事を続けていたが、日中は打ち合わせに出かける時間を作るのもままならなくなってしまった。

　母が就寝してからホームを後にし、夜九時頃から深夜二時頃まで仕事、翌朝八時にまたホームへ行き、夜まで母に付き合って、あいだでパソコンを使って仕事をする。自分はそつなく業務をこなしているつもりだったのだが、波口さんはオンラインでの打ち合わせにも出ていただけませんからねえ……と、私のクライアントである広告代理店の担当者は依頼を渋るようになり、自然と仕事は減っていった。

　まだ稼いでいた時期に作った貯蓄はみるみる減っていき、ついに底をつきそうになった。母の介護費用は母の年金と保険でなんとかなっていたが、このままでは私自身の生活がままならない。かといって、日中は出かけられないのだから、パートの仕事に就くことも難しい。かろうじて地元の企業の広告やスーパーのチラシ制作の仕事でわずかに食いつないでいくほかはなかった。

　もう、贅沢なんてできない。旅行なんて、夢のまた夢になってしまったのだ。

　ナガラとはメールやSNSでときおりメッセージのやり取りをしていた。こちらからは介護の愚痴やら仕事がないやら、どうしても明るくない話題ばかりになってしまう。ナガラのメッセージからは相変わらずののんびりした空気が伝わってきて、それに和まされていたのだが、おそらく私が介護で殺気立っているのを察知していたのだろう、あえてゆったりと構えてくれていたのかもしれない。

けれど二ヶ月ほどまえ、私は、とうとう、言ってはならないことをメッセージで送ってしまったのだった。

夜八時過ぎ、ホームを出て自転車置き場に向かっていた。九月中旬で、ようやく夏の暑さが一段落したところだった。ホームは市街地から少し離れた場所にあって、裏手に広がる畑では盛んに虫の声が響いていた。

自宅とホームのあいだは自転車で二十分ほど、なかなかの距離だったが、雨の日以外はこれも体力作りなんだと自分に言い聞かせて、せっせとペダルをこいで通っていた。けれど行きはまだしも、帰り道はかなりこたえた。一日中母に付き添って、同じ話を何度も何度も繰り返し聞かされたり、突然、申し訳ない、ごめんな、と謝りながら涙を流すのをなだめたり、とにかく精神的に辛かった。

ホームを出ると、空に放たれた小鳥の気分だった。が、全身はぐったりと疲れ果てていた。これから帰って手早く夕食を済ませ、シャワーを浴びて、仕事に取りかからなければならない。毎日、もう限界だ、と思い続けていた。

自転車の前かごの中に入れたトートバッグの中で、ふっと白く明かりが点《とも》った。

私はバッグの中からスマートフォンを取り出した。案の定、ナガラからのメッセージが着信していた。友は、私が夜八時過ぎに帰路に就くことを知っていて、だいたいその頃か、あるいは自宅に到着した九時前後を狙って連絡してくる。メッセージひとつでも、私の介護や仕事の邪魔にならないようにとの気配りが感じられた。

いつもは「今日はお母はんどないやった？」とか「デパ地下で美味しい大福発見したで」とか、ささやかでのんきな話題を仕向けてくる。それでほっとするのだが、その日は違っていた。

お疲れさま。明日、香川のこんぴらさんに行ってきます。

「え？　こんぴらさん、て……なんやの急に？」

私はスマホに向かって問いかけた。こんぴらさんといえば、あの有名な神社、金《こ》刀《と》比《ひ》羅《ら》宮《ぐう》だ。いつだったか、ふたりで香川を旅したときに行ったことがある。

立ち止まって、キーを指先で叩く。

社員旅行か何か？

送信すると、すぐにひと言だけの返事が返ってきた。

ひとり旅。

「ひとり旅……」

私は、また口に出してつぶやいた。なんだろう、なんだかヘンだ。

それはまた急やな。いままでナガラ、ひとり旅、したことなかったんとちがう？

うん、そう言えばそうやな。ハグはひとり旅、あったよな。あれ、いつのことやったかな。

私が「ひとり旅」に出かけたのは、かれこれ十年以上もまえのことだ。

もともとは、いつものようにナガラとふたり旅で、修善寺にあるオーベルジュに泊まりにいく予定だった。ところが、直前にナガラのお母さんが脳梗塞で倒れてしまい、ナガラは来られなくなってしまった。

友の母の一大事に、まさか私がひとりでのほほんと旅することなどできないと、旅行自体をキャンセルしかけたのだが、せっかく予約した憧れの宿に是非行ってきてほしいと、ナガラに背中を押された。いつか私も一緒に行くからと。

そう、ひとり旅は、あの一度限り。それ以外は、どこへ旅するのもふたり一緒だった。

いつも、ふたり。それが旅を続ける原動力、人生の活力になっていた。大げさでなく。

あのときだって、ひとり旅したくて旅したんじゃない。いつかふたりで……いや、できればそれぞれ母を連れて、母娘二組四人で、憧れの宿へ戻ってこよう。そう決心するための旅だったのだ。

なんでいまひとりで行くの？　と返信を打ちかけると、また向こうからメッセージがきた。

遅ればせながら私もひとりで行ってきます。こんぴらさんから写真送りますね。

どことなく他人行儀な言い回しに、カチンときてしまった。すぐに返信を打つ。

ちょっと待って。どういうこと？　旅に出るなら、なんで私を誘ってくれへんの？　私が母の介護で忙しいから？　それとも仕事がなくてお金に困ってるから？　行かれへんてわかっとったって、いちおう誘うとか、事前に相談するとか、それが私らの旅のルールなんとちがう？

少し冷静に考えれば、友がひとり旅をする背景には何か理由があることに気がつけたはずだ。が、しばらくナガラと旅していない、それは自分のせいなのだとの後ろめたさがいつしか私の中に根を広げていた。

頭に血が上ってしまい、つい責め立てる語調になってしまった。が、読み返しもせず送信した。

すぐに「既読」になった。そのまましばらく画面をみつめていたが、なかなか返事がこない。

「なんやねん、もう」

つぶやいて、スイッチを切った。前かごのトートバッグにスマホを放り込んで、サドルにまたがり、猛然とペダルをこいだ。

なんやねん、ひとり旅って。めっちゃええご身分やな。

そうや。ナガラは私と違ってじゅうぶん貯金もあるやろし、ええ会社に長年勤めてるから退職金も年金もいっぱい出るやろし。

お母さんに付きっきりで介護せんかてやっていけてるし。

私とは、もう住む世界が違うんや。

無性にさびしい気持ちがこみ上げてきた。

人気《ひとけ》のない道を薄暗い街灯が照らし出している。全力でペダルをこぎ続けて、すっかり息切れしながら、自宅へたどり着いた。

玄関の前で自転車を停め、トートバッグに手を突っ込んで、スマホを探り当てた。ナガラからの返信がきていると思いきや、何もきていなかった。そこで初めて「既読」マークがついた自分のメッセージを読み返して、どきりとした。

――それが私らの旅のルールなんとちがう？

自分の言葉とは思えない。ひどいこと言ってしまったと、急に後悔が押し寄せた。旅のルール……って、私たちの旅に「ルール」なんてあったんやろか？

そんなん、あらへんやろ。

何言うとんねん、私。

「……アホやなあ、私って」

スマホに向かってつぶやいた。ほんとうに近頃、ため息と独り言ばかりである。

台所のテーブルに頬杖をついて、静まり返るスマホの画面とにらめっこした。

ナガラが急にひとり旅に出た理由が、翌日、ようやくわかった。

ケアホームでの昼食後、いつものように母の長話に付き合っていると、スマホの着信音がした。ナガラからだった。

LINEで送られてきた画像を目にして、私は一瞬、息を止めた。

まぶしく晴れ渡った青空の下、喪服姿のナガラが佇《たたず》んでいた。――両腕に、白い箱を抱いて。

お母さんの納骨式のために、ナガラはひとり、こんぴらさんへと出かけていったのだった。


高速バスが最初の休憩所に到着したのは、大阪駅を出発してから約三時間後、深夜一時だった。

『ただいまより、十分間の休憩のため停車いたします。定刻通りの出発のため、どなたさまも十分後にお戻りくださいますようお願いいたします』

ぱらぱらと半数ほどの乗客が席を立った。私はシートをリクライニングにもせずに、いつのまにか口を開けて爆睡していたようで、口の中がカラカラだった。隣席の女の子は、あいかわらずイヤフォンを耳に熱心にスマホをいじっている。どうやらゲームに興じているようだ。

「あの、ごめんなさい。ちょっと……」

と声をかけると、またもや目線を画面から離さないままですっと立ち上がった。

「ありがとう」と笑いかけると、にこりともせずに、ただこくんとうなずいた。周りは山に囲まれていて、真っ暗だ。オレンジ色の街灯が照らし出すだだっ広いパーキングへ出た。

冷やご飯のお茶漬けで簡単な夕食を済ませ、姫路の自宅を出たのが夜の七時だった。もう六時間が経過している。いったいどこなんだろう、見当もつかない。

それで自分がどこにいるかわからないなんて、ミステリーツアーだなまるで、と思いながら、自動販売機でペットボトルの温かいお茶を買う。ごとん、ごとん、と二本、取り出し口に落ちてきて、うっかり二回ボタンを押してしまったことに気がついた。

旅の途中でお茶を買うのは、決まって私だった。お弁当を買うのはナガラ。コーヒーを買うのは私。おやつのお菓子を買うのはナガラ。駅でコインロッカーを探すのは私。鍵をキープするのはナガラ。旅を続けるうちに、役割分担が自然にできていた。

ナガラは証券会社勤務ということもあって、財務担当。「旅のお財布」と呼ばれる、ゆるキャラ「ひこにゃん」のイラスト付きポーチを携えていた。旅の初日、このポーチにまずはそれぞれ五千円ずつ入金する。そこから電車代、タクシー代、お弁当代、おやつ代などを支払っていくデポジット・システムだ。「ひこにゃん」はナガラがいっときハマっていたゆるキャラ。彼女はゆるキャラが大好きで、旅先の土産店でゆるキャラグッズを探索するのも彼女の楽しみのひとつだった。「ふなっしー」や「くまモン」や「アルクマ」などなど、メジャーなゆるキャラはもちろんのこと、「おがじろう」なんて掘り出し物のゆるキャラを「こんなんみつけてん」と、さも嬉しそうに画像で私に紹介してくれたものだ。

――ナガラの分も買ってしもた。

温かいペットボトルを二本、取り出して苦笑した。それで両手を温めながら、バスへと早足で歩いていく。吐く息がかすかに白かった。

席へ戻ると、女の子が画面から目を離さないまま、さっと立ち上がった。ふたたび奥の席に収まると、私は、「あの、これ」と、ペットボトルのお茶を彼女の目の前に差し出した。

「よかったら、どうぞ」

そこで彼女は、初めてちらりと私の方を見た。そして、ひょこんと頭を下げると、

「……ありがとうございます」

口もとにかすかな笑みを浮かべて、お礼を言ってくれた。

バスが出発した。なんだか少しだけ胸が弾んだ。女の子とのゲームに思いがけず勝ってしまったような気分だった。

——電話出られなくてごめんな。

お母さんが亡くなったと知って、私はすぐにナガラに電話をした。三度かけたが、出なかった。あわただしくしているのだろう。私からの電話だと知って避けているわけではないだろう。そうわかっていたけれど、前日に気まずいメッセージのやり取りがあっただけに、私は気を揉んだ。

夜になって、また私の帰宅時間を狙いすましたように**「めっちゃバタバタしとって」**と、メッセージがきた。私はすぐに返信した。

こっちこそ。お花も弔電も出せなくて。告別式にも行かれへんで、ごめんな。

十秒も経たずに返事がきた。

こっちが知らせへんかったからな。ハグ、忙しいやろと思って……。

お母さん、いつ亡くならはったん？

十日まえ。ホームで晩ご飯したあとに急変したとかで。電話受けたのが夜十時過ぎで、翌朝いちばんで駆けつけたんやけど、もう逝ってしまってた。

私は絶句した。「逝ってしまってた」の一文をしばらくにらんだあと、「間に合わへんかったん？」と送信した。

なかなか返信がない。余計なこと訊《き》いてしもうたかな、と後悔が頭をもたげた。

と、メッセージ着信音が鳴った。

うん。間に合わへんかった。

不思議なもんやなあ。なんやら、私、お母はんといつかは別れが来るって、どうしても考えられへんかってん。お母はんはもう九十歳近いし、脳梗塞で倒れたこともあるんやし、考えてみたら、いつ逝っても不思議じゃない状態やったのに、どうしてもどうしても、いつかは逝ってしまうんやって、想像できへんかった。でもって、お母はんの最期に自分が一緒にいられへん、なんてことも、これっぽっちも考えへんかった。

お母はんが不死身とまではさすがに思ってへんかったけど、お母はんの最期は自分がきっちり看取る、それだけは、心に決めとってん。どこにいても、何をしてても、絶対間に合うように帰る。お母はんは、ひとりで逝ったりせえへん。絶対に。まじでそう思っててん。アホやろ。自分で、笑けてくるわ。

じわっと涙がこみ上げた。

同じだった。私も、母がいつかは逝ってしまうこと、ひょっとしたらその最期に間に合わないかもしれないことなど、これっぽっちも想像していない。母の存在は、今や私の仕事の妨げとなり、暮らしの手かせ足かせになっている。母を大事に思う気持ちと同じくらい、疎ましく思う気持ちがある。いっそいなくなってくれればどれほど楽になるだろう。そういう思いがちらりとでも私の中に生まれなかったとはいえない。

それなのに私は、いずれ母がいなくなることを、母のいない世界を生きていくことを、どうしても想像できずにいるのだ。

せやし、ハグ。お母はんを大事にしてあげてや。介護は大変やと思うけど、ハグがそばにいてくれて、お母はんはほんまに幸せやと思う。

私は後悔ばっかり。ハグには、後悔してもらいたくないねん。私らの旅を

と、途中で送信してしまったのか、ナガラのメッセージは尻切れとんぼになっていた。

「私らの旅を」の文字を、しばらくみつめていた。その後に続く一文を、不安な気持ちで待っていた。

──なんやの、ナガラ？　なんて言おうとしててん？　私らの旅を……あきらめなあかん？　私らの旅を……もう終わりにしよう？　私らの旅を……卒業しよう？　私らの旅を……。

けれど、友からのメッセージは、それっきり届かなかった。

どのくらい眠っていたのだろうか。

右肩にしびれを感じて、目が覚めた。ふと見ると、艶やかな茶髪の頭が、私の肩にすとんと乗っかっている。

隣席の女の子は、スマホを片手に握りしめたまま、私にもたれかかって、すうす

うと寝息を立てていた。

間近で見ると、色白の顔にはあどけなさが残っている。大学生かと思ったけれど、十六、七歳くらいかもしれない。

あらま、と私は小さく苦笑した。

なかなか、かわいいやん？　どうしたんかな、なんで大阪から深夜バスに乗って小田原くんだりまで行くんやろ？

実家に帰るんかな。それとも、彼氏に会いに行くんやろか。志望校の推薦入学の面接とかね。

――ひとり旅とか。

車窓のカーテンの隙間からのぞくと、外は明るくなりつつあった。やはり山中の道を走っているが、どのあたりまで来たんだろう。時計を見ると六時だった。小田原に八時着だから、ぼちぼち沼津あたりだろうか。

照明の落ちた薄明るい車内を眺めてみる。出発した直後から車内はずっと静まり返って、しゃべっている人はひとりもいなかった。つまり、ふたり連れやグループの乗客は皆無だということだ。全員がひとりで乗車し、ひとりで大阪から小田原へ向かっている。そして夜明けの東名高速を時速一〇〇キロで移動している。互いに見知らぬ個々が、同じひとつのバスに乗って。

こういうのも、旅というのだろうか。

いや、違う。旅というよりも「移動」だ。旅っていうのは、なんていうか、もっと詩情があるものだ。

「移動」は、A地点からB地点へ行くという明確な目的がある。それに対して「旅」は、目的があってもなくてもいい。出かけて行った先の風土や文化を知って、地元の食を楽しんで、地元のお店の人たちと会話して、いつもと違う場所にいることを楽しんで……お土産を渡す人たちの笑顔を思い浮かべて、写真を撮って送る人がいて。「ただいま」と帰っていく場所がある。

だから、人は旅に出るのだ。

そんなことをつらつらと考えていた。右肩に、少女の頭の心地よい重さを感じながら。

――もしあのとき結婚して子供がいたら、いま時分、こんな感じやったんかなあ。

三十代、東京の大手広告代理店に勤務していた頃、結婚するつもりで付き合っていた彼がいた。バリバリ働いて、昇格して、結婚して、四十歳までに女の子をひとり産んで、預けて、また働いてさらに昇格して――などと勝手に人生設計していた。もし計画が順調に進んでいれば、この女の子くらいの娘がいたことになる。でもって、ダブルインカムで世帯年収四千万くらいはあって、都心は無理でも東京郊外の駅近のタワーマンションに住んで、この子は名門私立女子校に入れて、将来は留学させて外資系企業に勤めさせて、高収入のエリートと結婚させようと。そこまで目論んでいたかもしれない。あの頃の私がそのまま「夢」の人生を歩んだら、けっこうヤな感じのキャリアママになっていただろう。

ところが、現実はそう甘くはなかった。彼にはフラれ、会社は退職をせざるを得なくなり、否応なしにフリーランスの広告ディレクターとなった。ひとり暮らしの母が認知症になり、帰郷して母の面倒を見ながら、必死に食いつないできた。いまや貯金も底をつきかけ、長距離の移動をするのに高速バスに乗っている。

あの頃思い描いていた未来と、ずいぶん違う現在を生きている。

それでも――。

それでも、私はいま、また旅に出た。「移動」ではなくて、旅をしているのだ。

――たとえひとりでも。

そう思いたかった。

「お母さん、あのね。ナガラと一緒に、また旅に出てもええかな？」

ホームでの夕食のあと、母に向かってそう切り出した。ひと月まえのことだ。

母はきょとんとして、私の顔を黙ってみつめている。なんのことやら、さっぱりわからないようだ。

「ナガラ、覚えとる？　長良妙子。私の大学時代の友だち。ほら、よくあちこち旅して回ってたやろ。このまえは、鞆の浦に行って、お土産におまんじゅう、買ってきたし。お母さん、おいしいおいしいって、めっちゃ喜んでたやん」

このまえとはいえ、もはや二年まえの話ではあるが、母はおまんじゅうが大好物なので、そう言ってみると、

「ああ、覚えとる、覚えとる。ナガラちゃん、元気しとるん？」

思い出してくれた。私は、どこかにいる神さまにちょっと感謝したい気持ちになった。

「うん、元気よ。それでな、まあ色々あってな、ナガラを元気づけたいねん。そのためには、一緒に旅するんがいちばんや、って思って。旅をプレゼントしよ、て思ってな。行ってきてもええ？」

近頃の母は、私がちょっとそこへ出かけると言っても嫌がるので、旅に出るなどと言ったらそれこそ昏倒してしまうのではないかと、一か八かだったが、母の担当の介護士にはむしろ勧められた。鞆の浦に行ったときも背中を押してくれた、同じ人である。「大丈夫、波口さんのお母さん、そんなにヤワじゃないですよ」と。ど

んどん旅してきてください、そう言ってまた背中を押してくれたのだった。

母が行かせてくれるかどうかも問題ではあったが、私の留守中に体調が急変したりしないだろうか。その心配には主治医が応えてくれた。体調は安定しているので、二、三日ならばまったく問題ない。私たちに任せて安心して行ってきてくださいと、こちらからもゴーサインが出た。

そして、母の答えは、「行ってらっしゃい」でも「行かんといて」でもなく、「また、おまんじゅう買《こ》うてきてや」だった。

無事に母の承諾を得て、私は、ようやくナガラへ手紙を書くことにした。メッセージでもメールでもなく、手紙。今度の旅に誘うときは、手紙にしようと決めていた。

ホームから帰宅して、母の部屋に入った。かつて、母が寝起きしていた四畳半はきれいに片付けられて、シングルベッドと簞笥《たんす》が置かれている。簞笥のいちばん上の引き出しに、筆まめだった母の使いかけの便箋が何種類か入っていた。

紅葉の模様が薄く透けて見えるきれいな便箋を選んで、台所へ行き、テーブルに着いた。ふと思い出して、自室へ行き、自分のデスクの引き出しを探ってボールペンを取り出した。「ひこにゃん」のミニチュアがノックの部分についている。彦根旅行をしたときに、土産物店でナガラが二本買って、一本を私にくれたものだ。

カチリと「ひこにゃん」をプッシュして、紅葉模様の便箋に書き始めた。

ナガラへ

突然手紙を受け取って、びっくりさせてしまったかもしれません。でも、大切なことだから、ショートメールとかLINEとかじゃなくて、ちゃんと手紙を書こうと決めました。

気がつけば、最近、短いメッセージのやり取りが普通になって、大事なことも短くまとめてさっさと送る、そんなふうになってしまっていました。でも、ほんとうに伝えたいことは、百字かそこらの文字数では伝えられないはず。それも、大切な友だちに大切なことを伝えるのにちゃんと手紙を書かずにどうするんだ、と自戒を込めてしたためています。

ほんとうは、会って話すのがいちばんだとわかっています。だから、これはナガラと再会するための手紙です。

紅葉の季節になると、いつも決まって思い出す場所があります。

伊豆、修善寺温泉。覚えているかな、あれはもう十年以上もまえのことになるよね。憧れのオーベルジュがあって、早くから予約して、一緒に行くのを楽しみに仕事を頑張っていた。けれど、結局、行ったのは私ひとり。ナガラのお母さんが倒れてしまって、どうしてもナガラはそばを離れることができなかった。そんな大変なときに、さすがにひとり旅なんかする気になれず、当然、キャンセルするつもりでした。そしたら、ナガラが背中を押してくれたんです。

行ってきてよ。あたしも一緒に行くから。心だけは。

あの言葉を連れて、私はあの宿へ出かけました。ひとりだったけど、ひとりじゃなかった。心には、ずっとナガラがいました。

すばらしい宿でした。露天風呂の湯船に浸かりながら、目の前に広がる山の紅葉を眺めていました。冴えざえと燃え上がる紅葉が、目を閉じればいまも鮮やかに蘇ります。シェフと絶妙な距離感のカウンター席での夕食も、地元の野菜をふんだんに使った朝食も、すべてが美味しかった。やさしい夜の雨がかもし出す静寂に包まれてぐっすり眠ったことを覚えています。そしてナガラのお母さんへ手紙を書いたことも。

お母さんと、私の母と、ナガラと、私。いつか四人で旅をしましょう。あのときの手紙に書きました。その後、あの手紙についてナガラに尋ねたりはしなかったけど、あなたのもとに届いて、お母さんとふたりで読んでくれたと信じています。

一方的な約束でした。いつかきっと、二組の母娘、四人で修善寺を旅しよう。かなえたい、かなえばいいと願っていました。

残念ながら、かなえることはできなかったけれど。


ひとつ、提案があります。

ねえナガラ。もう一度、旅に出ようよ。

もしかすると、ナガラは私の現状を慮《おもんぱか》って、「私らは旅を卒業しよう」と言いたかったのかもしれません。

私を旅に連れ出すことで、私の母に心配をかけるとか、もっと言うと、母の最期に間に合わない結果を招いてしまうとか、そうなったら取り返しがつかないとか、そんなふうに思っているのかもしれません。

でもな、ナガラ。私、今日、母に話したんよ。ナガラと旅に行ってもええ？　って。ナガラを元気づけたいねん、それには一緒に旅するのがいちばんや、って。

そうしたらな、うちの母、「また、おまんじゅう買うてきてや」だって。もう、「くいしん坊！万才」かと思った。我が母ながら、ちょっとあきれています。

で、正直に書くね。いまの私には、十年まえにひとりで泊まったあの憧れの宿に泊まれるほどの財力はありません。それどころか、新幹線で小田原まで行くのも苦しい。そんなお財布事情でナガラを旅に誘うなんて、結構とんでもないことだとわかっています。

でも、修善寺には、一泊二食付きでお値打ちの温泉宿もある。大阪から小田原まで高速バスを使っていけば、案外安く行くこともできる。超絶晴れ女の私たちふたりなら、きっとどこまでも広がる秋晴れの青空の下で旅ができる。それって、どんなことより贅沢なんだと思います。

この世界は旅するに値する。そう教えてくれたのは、ナガラでした。

だから、ナガラと一緒にもう一度、旅に出よう。人生を、もう少しだけ足掻《あが》こう。そう決めました。

十一月最後の金曜日、夜九時五十分大阪駅発小田原行きの高速バスに乗ります。

小田原には、朝八時着。青空の下、ナガラとの旅を再開できますように。

ただそれだけを願っています。

旅友　ハグ

『ご乗車の皆さま、おはようございます。あと十分ほどで小田原に到着いたします。

お目覚めに富士山をご覧ください。左手前方に見えて参ります』

私の肩にもたれかかったまま、さも気持ちよさそうに寝息を立てていた女の子は、車内アナウンスの「富士山」のひと言を聞いたとたん、ぱっと目を覚ました。それに気づいて、私はカーテンを思い切り開けた。

「あ……富士山！」

女の子が声を上げた。車内の乗客たちがいっせいに窓のカーテンを引いた。たちまち青空が車窓いっぱいに満ち溢れ、その中を富士山が悠々と横切っていった。

バスは小田原駅停留所に到着した。女の子がさっと立ち上がり、網棚からトートバッグを降ろして私に渡してくれた。

「ありがとう」

微笑んで私が告げると、女の子はにっこりと笑顔になった。

最後に最高の笑顔を見せてくれた。私はたまらなく嬉しくなった。

チケットやスマホの画面を運転手に見せてから、ひとりひとり、下車していく。

「富士山をありがとうございました。ナイスタイミングでした」

私が告げると、「いやいや、いいお天気でよかったです」と運転手が笑って返した。

全員が降りたところで、運転手がバスの脇腹のトランクを開けた。ひとつひとつ、荷物を取り出す。私のリモワが出てきた。鈍い銀色に光るキャリーケースを引っ張って、さて、と駅へ向かって歩き出した、そのとき。

「……ハグ、お疲れ」

のんびりした声に呼び止められて、振り向いた。

青空を背景に、ナガラが立っていた。ちょっと照れ臭そうな顔、泣き出す直前のようななんだか情けない笑顔。ベージュのコートを着込んで、長年の相棒、グレーのキャリーケースを携えて。

私らの旅を——と、友は書きかけのメッセージを送ってきた。

その続きを伝えるために、こうして私を待っていた。

私らの旅を、これからも続けよう。

人生を、もう少しだけ足掻こう。

白萩家食卓眺望

伴名 練

「朝起きて、窓の外で鳥たちがさえずっているのは、レモン水みたいだし……雷は、とっても辛いチリペッパーみたい。だから、雷は嫌いよ」

藤田雅矢「奇跡の石」

「この子に悪いところは何もありません。ただ、ある意味で、例外的ということだけです。これを特別の才能だと考えてみてください。世界を感知する類のない方法です。これらの知覚は、あなたが世界を知覚するのと同じように、彼にとっては本物なのです」

ジェフリイ・フォード「アイスクリームの帝国」（中野善夫訳）

飢えた獣のごとく唸りを上げる炎、その灼熱の顎《あぎと》によって、生まれ育った我が家が嚙み砕かれようとしたその時、白萩《しらはぎ》たづ子が火炎の中に飛び込んで救い出そうとしたのは、印鑑や現金といった誰もが守ろうとするものではなかったし、かといって御真影のように誰かに守れと命ぜられたものでもなく、三つ目綴じの和装本――一冊の古ぼけた料理帖だった。一度は取るものも取り敢えず屋外に飛び出した彼女は、忘れ物に気づくや否や周りが止める間もなく業炎の中へと引き返し、母の和簞《わだん》笥《す》に駆け寄り、その引き出しを力任せに引いて、奥に眠る門外不出の書物を探り当てた。

安堵の溜息を吐く間もなく駆け出し、出口を目指そうとしたが、炎に舐めつくされた柱が倒れ、行く手を塞《ふさ》がれた。窓を破ろうと踵《きびす》を返したものの、胸の中に抱えていた料理帖に火の粉が降りかかったことに気づき、慌てて座布団を被《かぶ》せて火を消そうとする。その間にも刻一刻と火の手が迫ってきていた。自らの身を守ることに意識が向かなくなるほど、彼女は料理帖を燃やさぬことに必死だった。そこに刻まれた歳月が、たづ子を駆り立てたのだ。

料理帖を書き始めた人間について、正しく知る術はない。白萩家の系図が遡《さかのぼ》れるのはたづ子の父・玄座《げんざ》の四代前の当主、恐らくは江戸後期生まれであろう親邦《ちかくに》までである。

一方で手掛かりが皆無という訳でもなく、江戸時代のベストセラーとなった料理書シリーズ『豆腐百珍』の三巻目、天明八年刊の『続々豆腐百珍』には「おえん豆腐」の名が冠された一品が掲載されている。白萩家の本家に当たる斎藤家の人別帳には「えん」という女性のものらしき名前が記されていること、秘伝の料理帖の一葉目に記された品が前述の「おえん豆腐」とほぼ同じ調理法の品であることから、件《くだん》の料理帖の、最初の項を記したのが天明年間の女性・斎藤えんであった、と推察するのはそう無理なことではない。

料理帖の起源が『続々豆腐百珍』の発刊と同時代であると仮定すれば、一七八八年に書き始められたそれをたづ子が手にする一九三三年の春まで、百四十年以上の歳月を、その和紙束はひっそりと生き永らえてきた。たづ子は恐らく料理帖の五代目の持ち主だった。

たづ子が物心ついた時、母であった幸緒《さちお》は既に亡く、一家の台所を預かっていたのは女中だったが、彼女は幼いたづ子が食事の度に見せる、奇妙な言動に手を焼いていた。

この子供、食卓に供された物を食べるには食べるのだが、何を食べさせてもおかしなことばかり言う。米を食べさせれば黒い黒いと言うので茶碗の中を検《あらた》めるが別に焦げているところがあるわけではない。漬け物を齧《かじ》らせれば血がいっぱいと怯えるから慌てて吐き出させ口を開かせるがどこかを怪我したわけでもないようである。唐黍《とうきび》を与えたら泥が目に入ったと訴えるがどれほど丹念に洗っても言うことが変わらないし、だいたいどうやって口の中の物が目に入るのか。黒くない、血などない、泥などない、そうこんこんとお小言を食わせても、不貞腐れたようにむずかるばかりである。父・玄座ほ、食品加工会社二代目社長にあるまじき、男子厨房に入らずを地で行くような明治生まれの性向ではあったものの、女中の苦情を無視することもできず、ほとほと困り果てていた。数年前まではたづ子の兄・恭介《きょうすけ》がたづ子の面倒をよく見ていたのだが、恭介は目下、上京して東京帝大に通っている。

玄座が藁《わら》にも縋《すが》る思いで頼ったのが、妻の遺品の整理中に見つけた料理帖だった。幼子の父は、娘が食事に不平らしきことを言うのは、やはり母なき身の寂しさゆえだろうと、いかにも家父長制の家長らしく考え、我が子を満足させる手だてとして、血の繋がった母の遺産に一縷《いちる》の望みを掛けたのである。それはほとんど信仰のように不確かな希望だった。

かくて我儘《わがまま》娘のために食卓にのぼる栄誉を浴したのは、料理帖の栄えある一品目を飾った、えんが記したと思《おぼ》しき品目「逆浜豆腐《さかはまどうふ》」である。焼いた豆腐を梅味噌などで調味し海苔を巻いた、単純至極な料理である。

ある夕餉《ゆうげ》に、亡くなった母の遺《のこ》した秘伝の料理である、と玄座に言い含められ、一汁三菜のひとつとして、その見慣れぬ耳慣れぬ料理をたづ子は目の前に置かれた。彼女が、感激に胸を膨らませながらそれを食したとはあまり思えない。よくよく考えてみれば何代もの手を経た料理帖の頭に書かれている品が、母の考えついたものであるはずはない。だが、玄座は細かい思慮に欠ける人間だったし、第一たづ子はいまいち事態を把握していなかった。

何にせよ、たづ子は箸をつけ、豆腐をひとかけ口にするなり微動だにしなくなった。

そもそも、と、ここで一度たづ子の真の懊悩に向き合ってみたい。

そもそも、その日が来るまで、たづ子にとって、食事とは理解不能な行為であった。食べなければ痩せこけて死んでしまうという理屈は、子供ながらに分かる。だがしかし、肉でも魚でも野菜でも果物でも、味わう度に眼前に現れる「もの」は一体なんなのだろう。時に黒い靄《もや》がかかり、時に血のような赤い飛沫《しぶき》が散り、時に泥のような茶色が視界を覆う、そうやって否応なしに見せられる「もの」の意味はなんなのだろう。まずそれを知らなければまともに喉を通らないのに、見た「もの」のことを父や女中に伝えようとしても、どうにも要領を得ない。そういった周囲との擦れ違いに苛立ちを感じていた幼い少女が、逆浜豆腐を初めて口にしたのだ。

たづ子が見たのは海だった。

より正しくは浜辺であったが、それはおおよそ地上に存在しえない、さかさまの渚《なぎさ》だった。頭上に広がりながら決して零《こぼ》れ落ちることのない肌理《きめ》の細かな砂粒は、乳のように白く、その先にはサファイアを溶かしたような海が、潮騒の響かんばかりに群青の光をゆらめかせていた。一方、足元には白雲の千切れて浮かぶ空が彼方まで広がり、遠く太陽が煌《きら》めいている。霞むほどの果てに、海と空があべこべの水平線があった。

たづ子は父親の呼びかけもまるで耳に入れず音なき潮の音を聞き、陶然、恍惚、官能の喜びに飲まれ存在しない汀《みぎわ》に吸い込まれそうなほど見入っていたが、機械的な身体の反応で豆腐が舌から喉へ流れたその一瞬に、眼前の光景は雲散霧消した。

古代ギリシャ時代から、ヨーロッパにおいては共感覚の存在が曖昧に了解されていたが、当時の日本にその語彙や概念は存在していなかった。また、文字に色がついて見えるという比較的メジャーな共感覚の持ち主さえ一万人に十四人程度という近年の統計からも分かるように、共感覚者そのものが稀であり、味覚刺激から視覚情報を得るという遥かにマイナーな共感覚の存在について、理解している人間が周囲にいるはずもなく、たづ子にそれが特別な知覚であると教えられる人間はいなかった。

けれどもたづ子は、彼女が今日まで食事時に見てきた幻が「味」によってもたらされた秘密の感覚であること、その感覚が家族にさえ理解してもらえぬであろうこと、母が遺した料理帖が奇跡の産物であることを、天啓のように知ったのである。滂沱《ぼうだ》の涙を溢れさせていることを知ったのは、父の狼狽を見てからだった。

翌日、たづ子にせがまれて料理帖を渡した玄座は、まさかこれまで以上に娘に手を焼かされることになるとは、露《つゆ》ほども思っていなかっただろう。

たづ子は、そこに記された料理の数々を自ら作り、味を試し始めたのである。料理帖の最初の書き手が記したのは逆浜豆腐一品のみであったが、二代目の書き手は七つの品目を書き記していた。

ただし二代目は、端的に言って独特の感性の持ち主だった。同じ筆字でも、素人目にも達筆と分かる初代の筆跡に比べ、蚯蚓《みみず》が這ったような筆遣いだったし、料理にはただ「泡雪」とか「流鏑馬《やぶさめ》」といった曖昧な名が冠されており、たとえば甘藷の醤油漬けである「泡雪」は雪原にびっしりと緑色のくらげらしき生き物が犇《ひし》めいている奇景をもたらしたし、辛子蓮根に味噌を合わせた「流鏑馬」は四方と天井から弓矢が剣山のごとくせり出している東屋の中だった。

そういったことごとくを何も知らずに味わったなら、たづ子もさぞ戦《おのの》いただろうが、幸いにして先達があった。二代目の記したレシピの文と文の隙間に、注釈か警告の意であろう、咎《とが》めるような別人の筆が加わっていたのである。即ち、「海月《くらげ》の溢れんばかりに満ちる白雪の原。おどろおどろしく、美しさに欠く」「鈴なりの矢が拷問のごとく囲う。言語道断」云々。注釈者の文字には遠い歳月を経ても二代目への呆れと憤怒めいた感情が読み取れた。筆で墨塗りにしてしまわない分、歴史から抹消しない程度には二代目の意思を尊重したのだろうが。たづ子はといえば別段憤ることもなく、肝試しのような思いで二代目の料理を前から順に再現し舌に乗せ、やはり二代目の意図した通りに襲い掛かる絶景に、自らを驚かせるのを楽しんだ。

他方、注釈者は八品をものした三代目の書き手でもあり、こちらは印刷と見紛うようなぴしりと整った文字の書きぶりのみで几帳面と感じられたし、全ての料理に分かりやすい名称を与えることで思いやりのある者と知れた。「石花庭園」と名付けられた虎杖《いたどり》の和え物は、大理石の花弁を持つ種の花が一面を覆う花畑を映し出した。もちろん手を伸ばして冷たげな花を摘むことは叶わない。「城下湖畔」と冠された燻《いぶ》し料理は湖畔に白亜の城の像を浮かばせており、振り向いても振り向いても眼前には湖が映り、決して城を正面から見ることはできなかったが、それでもたづ子は振り向いて、逃げる城を捕まえようとするのをやめなかった。

こういった幻像を求めて、たづ子は女中に頼んで台所に自ら立ったのだが、それで玄座が我が子の将来に安堵したかといえばむしろ逆であった。

実のところこの料理帖、記されたもの全てが美味という訳でもないのである。ベストセラーの料理書に取り上げられる程度にはまともに食える逆浜豆腐など、どちらかといえば例外で、泡雪は明らかに醤油などで煮ない方がよいし、流鏑馬は辛子蓮根と味噌といえば正気の食べ物に聞こえるが比率がおかしく、味噌の沼に蓮根が浮いているような代物である。けれども、どの幻も、料理帖から少しでも材料や配分を変えれば、浮かぶ像はぐちゃぐちゃで曖昧なものになってしまうのだ。

いや、二代目の方がまだ食べ物としてはましで、三代目の品は光景の美しさとは裏腹に、ゆっくり味わうのが苦に感じられるものが少なくなかった。いかに素晴らしい景色を見せてくれるとはいえ、ほとんど墨になるまで焼いた虎杖と太刀魚の目玉を山葵《わさび》漬けの杏で和えたり、潰《つぶ》した鯖の腸《わた》と金平糖を混ぜ合わせた上で燻したものをあえて口に入れたいかというと、共感覚を持つ者であろうとなかろうと難しい。三代目は自身が書いた料理の細目に御丁寧にも「不味《まず》きもの、心して食べること」と書いていることもしばしばだったので、馬鹿正直で生真面目な求道者だったのであろう。二代目と三代目のどちらが真にまともな性根かは、たづ子にもよく分からなかった。事情をよく了解しないまま、かくも不可思議な料理の数々を見せられ、時に毒見させられた玄座が、我が子の舌と将来に漠とした不安を抱いたのももっともである。

たづ子は料理帖を前から順に試していき、すぐに一冊を終えてしまいそうな勢いだったが、四代目に辿り着いたところで少し歩みが遅くなった。たづ子の関心が失せたのかといえばそうではなく、豆腐や味噌や山菜や青魚といった、まあまあ手に届きやすい食材ばかりが用いられていたここまでの頁に比べ、バナナやらパプリカやら羊肉やら烏骨鶏《うこっけい》の卵やらクミンやら、すぐには手に入りにくい食材が必要な料理が増えて来たためである。

この頃になるとたづ子は父や女中に食べさせて反応を窺《うかが》うことを止《や》めつつあった。ただし自分以外にも例の感覚を持つ人間がいないか探ることには諦めがつかず、秘伝の料理を重箱に詰め込んで家の周りをうろつき、近所の人々に通り魔的に食べさせた。大人らは概ねその行為に閉口しており、恐る恐るながら懲りずに食べてくれるのは子供たちくらいになっていた。好奇心旺盛な子供たちは、何も見えずとも、不味ければ不味いなりに笑ってくれる。

いつものようにたづ子は風呂敷に重箱を包んで、子供たちのよく遊ぶ近くの小山に登っていた。その頂上は開けており、古い町並みが見渡せて、誰かに目星を付けることも容易《たやす》いという訳だ。

「おい、そこの子ども」

声に振り向いて見れば、見知らぬ細面の少年が座り込んでいる。どう見ても十四のたづ子より子供、二つほど下だろうか、続けて言うことには、

「ちょっとそこを退《ど》いてくれ。絵が描けなくなってしまう」

なるほど膝の上に画帳を載せて右手に絵筆を握っており、頂からの見晴らしを紫がかった個性的な色遣いで切り取ろうとしていた。それだけなら微笑ましいが年下

のくせに大画家のような口ぶりと物腰である。これにはたづ子もつい軽口が湧く。

「たかが瞑《つむ》ったくらいで景色が観れなくなるなんて、目でしか見れないってのは不便なことね」とこまっしゃくれた感じで言い返す。

「目を瞑って見れる景色があるものか」

なら試してみようかとばかり、たづ子は少年のその開いた口に、箸で弁当のじゃが芋を押し込んだ。いきなりのことに少年は目を白黒させ、それから咳込む。涙目になっているがどうやら銀の果樹が並ぶ大森林の光景に打ち震えているわけではなく、酢の酸味に痛打されているようだ。やはりこの子も外れであった。

ふと気配を感じて顔を上げると、ほんの数歩のところに見知らぬ女が立っていた。この場に似つかわしくない、クローシェ帽にワンピースという洒落たいでたちで、傍らには巨大なトランクを置いている。少年の母親だろうかとも思ったが、それにしてはようすがおかしい。息を止めて、たづ子の方をまじまじと見つめている。薄気味悪く思っていると、女性は呆けたように「さっちゃん」と声を発した。

たづ子は頭のおかしな人さらいかと思って駆け出そうとしたが、そこで「さっちゃん」と呼ばれ得る名前の身内がいることに気づいた。

これが、母・幸緒の同窓生である益子絹美《ましこきぬみ》、並びにその息子・平太郎《へいたろう》との、初めての遭遇であった。

たづ子の帰宅に同道した絹美と平太郎を、玄座は歓迎したが、どう扱えばよいか計りかねていたのも事実だった。十年以上前に病死した妻の友人から、消息うかがいの手紙が届いたのはその数ヵ月前で、あて先は英国からだった。玄座は幸緒の死を告げる返事を送った。ならばせめて線香をあげさせてほしいという手紙が届き、それに返事をするより前に絹美は押しかけてきたのである。

絹美は玄座に対して非礼を詫び、しかる後に言葉通り線香をあげたが、玄座に対してよりたづ子に話があるようだった。たづ子を外で見つけられたのも、女中から居場所を聞いたからだという。

彼女がたづ子に向き合うなり問うたのは、

「見える人ですか」

というものだった。

首を傾《かし》げたまま答えられずにいたたづ子だったが、

「食べた時に、何か見えるものがありますか」

そう重ねて問われたので、呆気にとられながらも首肯した。絹美は舌の感覚について承知していたのである。

絹美は大阪の小料理屋の娘で、幸緒と同じ女学校に通っていた。寄宿舎では調理場を借りることができたが、よく会うのが幸緒だった。幸緒は病弱で外での運動を控えさせられていたが、鬱憤《うっぷん》を晴らすように料理に打ち込んでいた。

幸緒が持ち込んでいたのが時代がかった料理帖で、絹美が出会ってすぐに気になっていたところだった。尋ねてもはぐらかされるばかりだったが、三月ほどが経ち打ち解けてきた頃にようやく教えてくれたのが、彼女の持つ「舌の視覚」と、母――つまりたづ子にとっての祖母キクに聞いたという料理帖の由来だった。

絹美の証言によって、たづ子にもおぼろげながら、どういう風に料理帖が人から人へと伝えられてきたか分かるようになった。

天明の頃、えんという名の女性は、自分の創りだした絶景を忘れぬように、その調理法を本に記した。あるいはそれより以前から共感覚は彼女の血筋に継がれてきたのかもしれず、庶民の子供が文字を記せる時代になったからこそ、えんが初代たり得たのかもしれない。

十八世紀と十九世紀の変わり目頃に生まれたえんの娘・するゑは、二代目の書き手として、滑稽本や人情本を育んだ化政文化の享楽に酔うように不可解でけったいな景色を見せ続けた。

するゑには長男・栄吉をはじめ三人の男児しか生まれず、恐らく彼らは舌の感覚を継ぐことが無かった。しかし栄吉は母するゑの料理帖を娘・キクへ繋いだ。幕末から明治の頭を生きた三代目のキクは、持ち前の生真面目さで、奔放なするゑの料理を咎めるような文言と、自身の美学を信じた料理を記して、娘の幸緒に繋いだ。

そして、明治から大正を生きた幸緒は、日本と世界の繋がりが膨らんでいく中で、えんやすゑやキクが知らなかった食材を使って、新しい風景を切り拓こうとしていたのだった。

幸緒は料理帖に記されていた幾つかの品を絹美に振る舞ってくれたし、絹美は絹美で、実家の料理屋で季節の折々に出す料理を食べさせた。もちろん材料に困ることもあって、家政の授業に使う食材を二人してくすねて教師に大目玉を食らわされたこともあったという。

「長生きできなくても、子なり孫なりに秘密の遊び場を遺せるなんて素敵じゃない」というのが幸緒の口癖だった。

ただ、と絹美は付け加えた。

「さっちゃん、いいえ、幸緒さんの言うような幻は、私には最後まで見えなかったから。お子さんもそうなのでしたら、やっぱり本当だったのねえ」

その言葉には、これまで遂に信じ切ることができなかった者の、後悔めいた気持ちが滲んでいた。拭いされなかった不信に、後ろめたい思いを感じていたのかもしれない。あるいは、異界を見ようとする料理と、万人に美味しいと言わせるための料理で、二人の目指す道は根本的に交わらぬものだったのかもしれない。それとも生まれる前の子や孫への嫉妬が、絹美の心深くにあったか——いずれにせよ、学年が上がるにつれ、どちらからともなく距離を置くようになった。

卒業後しばらく経って、絹美が縁談で外交官の男性と結婚することになっても年賀のやりとりだけは続いていたが、絹美が夫の赴任に従って英国に発つと、それも途絶えた。

その赴任期間がようやく終わって、日本に戻ることになった時、まず挨拶をしなければならないと思い浮かんだのが幸緒だったのだという。

「平太郎さん」

絹美が呼びかけると、少年はトランクを開いた。

トランクには、てっきり少年の画材でも入っているのかとたづ子は思っていたが、中身は大量の本だった。それも、表紙には英語が踊っている。

「何か役に立てることはなかったかと思って、英国で色々な国の料理書を買い漁《あさ》りましたの。もう幸緒さんにお渡しすることは叶わないけれど、お邪魔でなければもらってくださいな」

なるほど確かに、めくってみれば読めないなりに外国の色とりどりの料理の写真が並び、味の想像もつかないがとにかく唾を飲みそうな中身である。

「もらった方がいい、持ってきた甲斐がなくなる」

「平太郎さん、無礼なことを言うんじゃありません」

荷物持ちだったらしい息子が口を尖らせるのを、絹美が静かに咎めた。

たづ子としては悩ましいところだった。外国の料理書そのものは喉から手が出るほど欲しい。様々な食材を試した母が、それでもたどり着けなかった類の料理にたどり着くためには、そういった指南書はとても有難かった。ただ、読めないのでは宝の持ち腐れである。

「お心遣いありがとうございます、ただ、英語が不得手なものですから……」

と最後まで言わないうちに、絹美が被せる。

「それでしたら、英日の訳については、うちの平太郎をお呼び頂ければいつでも務めさせますから」

驚いた顔をしているのを見ると、平太郎本人も特に聞かされてはいなかったようである。

「そうして下さるのであれば有難いですな。勉強になる」

と、共感覚の話には曖昧に頷《うなず》いて一切立ち入らなかった玄座が、ここで膝を進めた。たづ子の将来を憂いていた親なりに思うところがあったようだ。

こうして二人の子供の頭上で、英語の家庭教師の算段がついてしまったのである。

平太郎らの住まいは隣町にあり、通う学校もたづ子とは違った。家の往復には一時間は歩く。けれど、最初はぶつくさ言っていた平太郎も、やがてほとんど毎週白萩家に顔を出すようになった。平太郎は三男一女の末っ子であり、彼自身は絵を描くことが好きなのだが、兄や姉が勉強しろと小舅小姑のごとくうるさいらしく、その家から離れる口実として好都合らしかった。

協力者を得て、たづ子が五代目を襲名したのは──言い換えれば、初めて秘伝の書物に料理のレシピを記したのは、十五歳の春であった。

もっともこれはたづ子が編み出したものではなく、林檎の果汁にジンジャーとグローブを加えた飲み物を、絹美から贈られたとある料理書の一項目通りに再現してみたらそのまま明確な視覚情報に変換されたという、いわば棚ぼたに支えられたものだった。浮かぶ映像はごくごくささやかなもので、向こうの端が水底に沈んで水蛇に呑まれている橋という内容だった。

それでもこの料理を考案した人間なら共感覚を持っているかもしれず、会って話してみたいとたづ子は願った。

「無理だね」

「どうしてよ」

喜びにそっけない言葉で水を差され、たづ子は平太郎に食って掛かったが、

「この本は現代に作られたものではなくて、中世の独逸で書かれた料理書を分量ま

でそっくりそのまま書き写して英訳したものだから。数百年昔の人が生きている訳がない」

その言葉に落胆し、また納得もさせられたのだが、二つ下の男子に小馬鹿にするように言われるのは気に食わなかった。その日は平太郎の苦手な人参を実験用の料理に用いて、自分が試食した後の残りは平太郎に食べさせようとたづ子は決意したのだった。

英語教師の名目は早々に忘れ去られた。一通り調理法や食材に纏《まつ》わる単語を覚えてしまえば、たづ子でも英語の料理書が読める。それでも彼らが会い続けたのは、互助関係が結べたからである。

まずたづ子は食材を大切にする人間であった。新しく創作した料理を一口食べて、思うような幻像が作れないことが分かっても、残りを食べずに捨てる訳にはいかない。当然己一人ではすぐに腹が膨れてしまうので、食べ手が欲しい。思春期の少年は渡りに船、葱を背負った鴨だった。ただし実際に平太郎が食べたのは鴨鍋のように分かりやすい料理ではなく、味そのものを重視しない実験的なものだったので、これはほとんど人身御供と言えた。

一方、画家志望の平太郎はごくごく普通の風景画でも達者だったものの、目下シュルレアリスムにかぶれはじめていた。夢で見たままを描く偶然性にも関心があった。そんな事情があったために、たづ子が舌から得る幻視の不可解さに惹かれ、内容を聞き出しては絵にしていったのである。何しろたづ子の目にしか見えていない映像をたづ子の証言を頼りに描きだすのだから、手間は普通の写生とは比べ物にならない。まず例の逆浜に挑んだが、余りに似ないので途中でたづ子が匙を投げた。

彼の試みが初めて成功した共感覚料理は、四代目である幸緒の考案した「色頭全図」だった。マサパンと呼ばれるアーモンドを用いた焼き菓子にグレイビーソースを垂らしたそれを、たづ子が一口食べる。そして浮かんだ像について平太郎が大まかに聞き取りをする。また一口齧って細部を聞きだし、また一口味わって別の細部を、という気の遠くなるような作業で絵を進めて行った。マサパンやソースが冷めても像は消えるので、たづ子は一日に何度も同じ料理を作らされる羽目になり文句を言ったが、絵の再現度に満足した。

あるいは平太郎の画題に対する視点には先見の明があったのかもしれない。彼がその料理から描き上げたのは、様々な色の頭部をもつ人々が月面を歩いているのを上空から見ている、という光景だったが、この絵は色遣いと抽象性でどことなく、この数年後に描かれることになるモンドリアン「ブロードウェイ・ブギウギ」を連想させた。

初手こそ名も知れぬ昔日《せきじつ》の人の丸写しをせざるを得なかったたづ子も、徐々に自信がついてきた。幾つか自身の作品を料理帖に刻んだのち、思い切った試みに出たのだ。そしてそれは報われた。

これまで先人が恐らく挑み失敗したであろう、複数のイメージを連続させて動画のように見せることに成功したのである。

風景を見せる別々の料理を、極小の賽《さい》の目状にして積み木のように組み合わせる。これはいわば、最小単位のコース料理だった。舌の上で転がすだけで万華鏡のように味と像が変幻自在に移り変わる。食せばまず海へ導かれ、空に浮かんだ海は大瀑布となり麗しき古城の尖塔からごうごうと流れ落ち、やがて凶相の大蛇の口に飲み込まれて脈打つ壁の消化管を通り過ぎた後、白銀の火山の河口から噴き出して表裏の区別のない酒瓶へと吸い込まれ、星々が濃緑に瞬く宇宙空間を流れる川になった。そういう風に組み立てた賽の目料理を、たづ子は三日三晩悩んで「水の褥《しとね》」と名付け、料理帖に堂々たる文字で記した。

これはまさしく芸術品であったが、世の芸術品の例に漏れず、作り出すだけで大変な手間がかかるものだった。まず同時に何種類もの料理を用意しなければならず、そのために近所何軒かに頼んで作ってもらったことさえあった。挙句に、どの料理もそれぞれ極小の分量で味わうので、「余り」が大量に出てしまうのである。たづ子も食が細くはなかったが、とうてい一人で食べ切れる量ではなかった。近所に配ってもまだ余る。残りを誰に食べさせたかは言うまでもない。

そんな食生活を送って、出会って五年かそこらが過ぎるうちに、平太郎はたづ子より背も伸びていた。それだけなら人聞きのいい話だが、すっかり細面ではなくっていて、というか普通の青少年より少し肥えているようにも思われた。

「もう少し運動をしたらどうかしら。このまま怠惰を続けるとどんな末路を迎えることか」

「あれだけ食べて太らないそっちの方がどうかしている」

「それも代々受け継いだ性分かもしれないわ」

「ローマの貴族が羨むようなことを言うね。もしかしたら、食べたり吐いたりしていた彼らも、実は料理の中に幻の像を見て一喜一憂していたのかもしれない」

「吐いて食べてを繰り返す人間になられるくらいなら肥満でも受け入れましょう」

そのままたづ子が頁を埋め続ければ、料理帖はたちまち紙幅を使い切って、二冊目に突入することになっただろうし、平太郎は肥満と呼べる体格になっていただろう。

けれどもそうはならなかった。

一九四一年十二月に、日本が太平洋戦争に突入したからだ。

そもそも、日中戦争初期の戦需景気がひと段落し、中国大陸での戦線が泥沼化するうちに国の経済はがたついていたのだが、いずれもそこそこ家が裕福な二人は食うに困るようなことはなかった。しかし米国との対立と開戦が全てを変えた。

連合国による石油石炭の禁輸、日本国内での軍需工場への資源資材の融通によって、玄座の会社が所有する工場は次々に操業停止へ追い込まれていった。たづ子の兄・恭介は、横浜の工場近くにあった借家を引き払って、身重の妻・みどりとともに実家へ戻ってきたが、すぐに徴兵されビルマの戦線に向かわされた。

食糧難の到来を待つまでもなく、一家の財政状態の悪化は台所事情を貧しくさせた。家族の食卓に、普通に食べられる料理と、たづ子のための普通でない料理との双方を並べる余裕はなくなっていた。当然、切り捨てるべきは後者である。その頃には女中には暇を出し郷里に帰していたので、食事の当番はたづ子に任されていたが、だからこそ自身の幻想に溺れる料理を作るわけにはいかなかった。加えてみどりがすぐに娘を産んだため、たづ子は幼い姪の世話にも忙殺されることになり、とうてい秘密の異郷を散策する余裕もなくなった。

幼かった頃のように、食事時はまた漠然とした映像を目に映すだけの日々で、唯一あの料理帖から食卓に並ぶことがあったのは、高価な食材を使わずにすむ逆浜豆腐だけだった。数週に一度あの舌上の土地を訪れるのが、たづ子にとって大きな安らぎとなった。二軒隣の長男が徴兵されたとか、近所の子供が軍事教練中に教師から殴られあざを作ったとか、煙草屋の主人がスパイ容疑で憲兵に捕まったとか、商店街の看板が戦意高揚のものに差し替えられたとか、そういう風に日常の光景が変わっていく中で、この世に無い浜辺は、頭上の海も眼下の空も、変わることなく彼女を迎えてくれた。一箸一箸をあまりにゆっくり食べるたづ子の姿は、まるで眠りながら食べているようだったと、みどりはのちに述懐した。

そのささやかな安らぎさえ彼女が失うことになったのは、美術学校に通っていた平太郎が徴兵された、一九四三年の暮れだった。

出征前の晩に、悄然とした絹美とともに挨拶にやってきた平太郎を見て、たづ子は戸惑った。一度は太りかけていたその身体は、元の通りかそれ以上の痩身になっていたからだ。絹美は苦しい家計の中でもわが子にできる限り食べさせていたので、その変貌は徴兵の迫る心労からだったのだろう。

「お国のために行ってまいります」

と、まったく彼らしくない神妙な顔で一家に頭を下げた時、たづ子はまともに言葉を返すことができなかった。せめてもの名残として、食卓に招いて食べさせたのが逆浜豆腐だった。真意なのか儀礼なのか分からない、おいしい、という呟《つぶや》きを漏らした後に平太郎が、

「あちらに行く前に、食べられて良かったです。真に描くべきものが決まりました」

やはり似合いもしない達観したような笑みでそう伝えたのを、たづ子は生涯忘れることはなかった。

その日を境に、逆浜豆腐もまた、食卓に並ぶことはなくなった。そこにはたづ子の願掛けの思いもあった。贅沢が敵とされる戦時下に、自身が地上に無い景色にうつつを抜かしていたから罰が当たったのだと、彼女は思い込もうとした。だから料理帖に纏《まつ》わる一切の安らぎを絶つことで、戦場にいる人が生き延びられるように神仏に願ったのだ。

あるいは、たづ子は無理にでも忘れようとしていたのかもしれない。料理帖の頁を閉じ、箪笥の奥底にしまったのも、現世において何を変えるわけではない、他人の心に届くわけでもない無数の料理のことを忘却し、幼き日の己を否定することで、自身の心を麻痺させようとしたのかもしれなかった。そうしなければ耐えられないような痛みを、平太郎の不在が与えた。

だから、家が焼けた時に、料理帖のことを失念して飛び出してしまったのは、恐らく必然だった。

朝夕の寒さが痛み走るような一月、空は澄み切って雲一つない好天の日和だった。空襲で五軒ほど先の家が焼失したのは夕方ごろで、その時消し止められたはずの火がくすぶっていたらしい。夜半になって、近所の人が戸を叩く音で一家が起こされた時には、既に隣家まで炎が広がっていた。

なんとか逃げだし玄座と、みどりと、みどりの幼い娘・ハルの無事をひとりひとり確かめてひと息つき、ようやくそこで彼女は料理帖を失いつつあることに気づき慄然とした。

悲鳴と、必死の呼びかけを背中に感じながら、それでも振り向きはしなかった。彼女にとっていまやあの料理帖は、母が遺した形見であり、遥か遠い時代から引きつがれてきた奇跡の証であり、諦めることは半身を失うに等しかった。

炎の中では、長年慣れ親しんだ家の玄関も廊下も寝室も、何もかも見知らぬ幽霊屋敷のそれのように思え、毎日開いていた簞笥を探し当てることさえ途方もない力を要した。それでもなんとか料理帖を見つけだし、脱出しようとしたが、柱に阻《はば》まれた。

たづ子は廊下で倒れているところを、娘可愛さに火中に飛び込んだ玄座に助けられた。彼女は煙を吸って意識を失っていたが、幸いなことに、二日経って目を覚ました。

幸いではなかったのは、助け出された時、彼女の手から料理帖が零れ落ちていたことだ。座布団で火を消したまでは記憶にあるが、どうやら必死に逃げようとするうちに、転び、手放したらしかった。

焼け跡から見つかったのは黒焦げの紙束だった。

江戸中期から百五十年以上の歳月を生き延びてきた料理帖は、こうして灰燼《かいじん》に帰した。

記憶力は悪い方ではなかったし、たづ子は料理帖を繰り返し読んでいた。調味料の細かい分量もすべてではないが頭に残っていた。だから、覚えているうちに全てを書きだせば、記されていた内容の大半を守ることはできただろう。けれども彼女はなかなか取りかかることができなかった。彼女にとって、あの本に刻まれていたのはただの文字ではなく、何世代もの女性が、何よりも母が、書き記したことばだったからだ。書き直したところで別物に過ぎないと感じたのだ。

また、たづ子はここでも非合理的な考えに縋った。国の大事に銃後にあって料理帖に溺れていた自身の罪は、あの本が燃えることで罰せられたのだから、復元してはならないのだ。もう一度料理帖を書き直したりしたら今度こそ天の怒りに触れてしまい、戻るべき人が戻ってこれなくなってしまうのだと。根拠は薄弱で、たづ子自身も信じ切れてはいなかった。

結論から言えば、平太郎は太平洋戦争を生き延びた。

死亡率の高い南方戦線に配属されたうえ、一旦は熱病で生死の境をさまよったものの、生きて一九四五年八月十五日を迎えたのだ。

けれども郷里の土を踏むことはなかった。故郷に帰還する直前の一九四五年初秋、乗り合わせた引揚船が寄港の直前に触雷し沈没したために、幸運続きで生き延びてきた平太郎はあっけなく死んだ。他の犠牲者五百数十名と同様に、死体は日本海の波濤《はとう》に消えたのである。

白萩家に来客があったのは、終戦の半年後だった。その頃には、たづ子は生きているよりも死んでいる方に近かった。平太郎の訃報を知らされて以来、ほとんど一歩も家から出ることができずにいた。家事の手伝いこそ少しはしたものの、ほとんどの時間は自室にこもって泣くことすらできずずっと寝床に伏せている。何より料理については、台所に立つことさえできなかった。兄嫁のみどりがいなければ、白萩家の食卓は崩壊していた。みどりの体調が悪い時には、男子厨房に入らずのはずだった玄座が、おっかなびっくり包丁を握るほどであった。

平太郎の母である絹美は気丈に振る舞い、白萩家と闇市の食材を融通し合ったりしていたし、白萩家の人々の前では決して涙を見せなかったどころか、塞いでいるたづ子を心配して、何度も見舞いにさえ来た。それでもたづ子は立ち直ることができず、日々が流れていくのを息をひそめて見過ごすばかりだった。

そんなある日、白萩家を訪れた客は、平太郎の戦友を名乗った。実直そうな若者だった。

曰く、平太郎は戦場で熱病にかかって生死をさまよった折、自分に頼みごとをした。郷里の白萩たづ子に届けてほしいものがある、それは上官に隠れて画帳に描いていた絵だ、というのである。

画帳を預かった自分は、平太郎が病床にある間に別の部隊と合流するよう命ぜられたため別れ別れになった。貴女を探すのに手間がかかってしまって申し訳なかった。それでも約束を果たすことができて安堵している——そういうことを伝えて、画帳を恭《うやうや》しく渡した。平太郎の戦友が帰った後、絹美に事情を伝える電話をしてから、たづ子は長い間ひとり逡巡《しゅんじゅん》していた。

これには平太郎の描いた最後の絵が含まれている。そこに描かれたものは何なのだろうか。自分に宛てられたものとはいえ、軽々に見てしまっていいものだろうか、傷が深くなるばかりではないだろうか。迷った末に、壊れ物を扱うような恐る恐るの手つきでようやく画帳を開いた。

その瞬間、目に飛び込んできたものが、ようやくたづ子の戦後を始めさせることになった。

彼女はその時、料理帖の再生に取り掛かると決意したのだ。

もっともそれは、彼女やその係累のためにこれまで記されてきた料理帖とは、少々装いを変えるものだった。

彼女は世間の主婦に届くような、手頃な食材と簡易な手順で作ることのできる、ごく一般的な料理書を書き始めたのである。そのうちほんの一部に、特別な料理を密かに混ぜ込んで。

えんが逆浜豆腐の調理法を書き記したのも、それを他人の料理書に載せられることをよしとしたのも、魔法の料理を独り占めすることなく世間にばらまくことで、自分の仲間を探そうとしたのではなかったか。たづ子はそういう考えにいつしか辿り着いていたのである。

絹美に貰った料理書から世界の食材と調理法を学び取り、来る日も来る日も料理に没頭し続けていたたづ子は、共感覚の像から離れた、単純に美味しい料理を作る術もよく知っていた。復興から高度経済成長に向かう時代、家電製品も次々に更新されていく中で、兄が継いだ食品加工会社のお墨付きで出版されたたづ子の料理書は、ベストセラーシリーズになり、合計で二十余冊を数えた。

たづ子は読者から送られた手紙をよく読み、場合によっては返信をし、文通をすることもあった。家族には明かさなかったが、その中には同じ感覚をもった相手もいたかもしれなかった。共感覚者どうしのネットワークがそこに生まれていたとしても不自然ではない。

また、料理本ヒットの実績を買われて、兄の会社でたづ子が開発に関わった食品は多数存在する。缶詰、調味料、後年には冷凍食品に至るまで。それらについてたづ子は、兄の手前か、共感覚者にとって特筆すべき幻が見える品かどうか、一切語っていない。ただ何点かの食品は現在でも変わらぬレシピのまま流通しており、もしかしたら今この時も、共感覚を持つ誰かの食卓に届き、不思議な体験をもたらしているかもしれない。

人生の後半、たづ子と同居し彼女を支えたのは、たづ子の姪にあたるハルだった。ハルは幼少期たづ子に懐き、燃えた料理帖について聞かされていたし、ハルもまた、えんの血を継いだ女性だったはずだが、共感覚を発揮することはなかった。幼い頃、家人の目を盗んで玄座の淹れ立ての茶を飲んで火傷して以来、人に比べていささか舌が弱かった。そのことが原因だったのか、そもそも端《はな》から能力を授からなかったのかは定かではない。

ハルは二人の男児、正也《まさや》と悟《さとる》を産んだが、一族の男の例に漏れず、二人もまた共感覚を持たない側の人間だった。たづ子が正也と悟のために何度か調理した品々は、彼らの舌に味以外の特別な感覚をもたらすことはなかったのだ。たづ子の試みは失敗に終わったが、正也と悟が揃って料理人の道を選んだのには、彼女の影響が少しはあったかもしれない。

たづ子は晩年、緑内障によって徐々に視力を失ったが、それでもハルに頼んで特別な料理を作ってもらった際には、むしろこれまでより一段と鮮明に浮かぶようになった幻像に顔をほころばせたという。亡くなる直前には、ほとんど失明しかかっており、既に目を開いて見る世界よりも、目を閉じて舌で見る世界の方に生きていた。ある朝、いつものように朝食の粥をスプーンですくって食べていた折、ふと目を閉じて、喉に詰まらせるでもなくそのまま眠るように死んだ。四代目、すなわち彼女の母の品だった。

これが、わたしにとって祖母の伯母、あるいは曾祖父の妹にあたる女性、白萩たづ子の生涯の全てである。

わたしの祖母であるハルは、たづ子の没後、彼女の願いに感化されたかのように、子孫に共感覚者が生まれることを信じ、孫のわたしにも幾度となくたづ子の話をしたが、その実現を見届けることなく、つい三年前に亡くなった。正也の子であるわたしにも、共感覚は顕れなかったのだ。

わたしはたづ子の遺した料理書のすべてをネットに公開するつもりでいる。テキストに、実際に作った料理の写真、叶うならそれぞれに対してたづ子が見た像のイラストも添えて。それこそが、えんやたづ子が、もしかしたら中世ドイツの誰かも試みた仲間探しについて、共感覚を持たないわたしにも手を貸せる数少ない方法のひとつだからだ。

それをなすべき事情がある。

わたしの娘である縁《ゆかり》は、まだ三歳である。少なくとも、物を食べる時に黒いとか血がいっぱいとか泥が目に入るとか口走ることはない。

ただし、折に触れふと箸やスプーンを持つ手を止めると、何か目の前にある不可視のものを摑もうとするように手を伸ばすことがあると、わたしは知っている。縁か、その子孫の役に立つことを祈り、わたしはこの文章を書いた。


語るべきことはほとんど残されていない。

一つは平太郎が戦場で描いた絵について。ハルは、たづ子の遺品にあったその絵を破棄することなく、信州の美術館に寄贈した。平太郎の画才が死後に評価され名声が高まった訳ではない。そこは職業画家の絵ではなく、徴兵され戦没した美術学校の生徒らの作品を展示し、記憶するための施設だった。

今でもそこに行けば、平太郎の遺した絵を見ることができる。彼が戦場で画帳に描いた絵は、つづら折りを広げて、横長の一枚絵として見せるように展示されている。

描かれているのはたづ子が生涯に何度となく旅した逆さまの浜辺で、しかしそこは無人ではなかった。天に海と砂浜を戴きながら、地に広がる空を、少女が五人、千切れ雲を飛び石にするように駆けているのだ。

先頭にいるのは髪を結い、江戸時代の人間らしき小袖姿の少女で、まっすぐに前を見据えている。

二人目も同じく小袖を身に纏《まと》ってはいるが、こちらはよそ見をしているようで、あわや雲から足を踏み外しそうである。

三人目が二人目に追いすがって、咎めるように袖を引いている。彼女は小袖の上にコートを羽織るという明治初めの少女たちが好んだ服装だった。

四人目は袴姿の女学生で、五人目の方をちらりと振り向いている。

視線の先にいた五人目は誰あろうたづ子その人で、洋服姿である。

そして、絵の端では、もう一人分の片腕が、五人目に向けて小さな手を差し伸べていた。恐らく未来の衣服を想像して描いたものか、その袖は金色にきらめいている。

腕以外は画面の外にはみ出ていたから、その六人目の顔は窺い知ることはできなかった。顔を描く必要はなかったのだろう、今後生まれてくるであろう同胞のものだったから。

最後に挙げておくべきは、ごく素っ気ない、無機質で科学的な事実である。

二〇一五年に英国サセックス大学の研究チームによって発表された、共感覚に纏わる学術論文がある。それは「文字に色が付いて見える」という比較的ポピュラーな共感覚について、本来それを有していない人間も、一定の訓練によって身につけられた、つまり共感覚者同様に「文字に色が付いて見える」ようになった、というものである。

これは平たく言えば、『共感覚は天与であり、生まれつき持たない人間が生涯持つことが叶わない特権的才能である』、という定説が誤っている可能性を示唆するものだった。即ち、共感覚がトレーニングで学習できるものなのではないか、という仮説を導くものである。

これがたづ子のような味覚-視覚型の共感覚にも当てはまるのかは定かではないが、もしそうなのであれば、幾度となくたづ子と同じものを食べ、その度にたづ子が見る景色について微に入り細を穿《うが》つように聞かされ続けた平太郎が、その感覚を捉えはじめていたのかもしれない、そう考えるのは可能だ。
だとすると、平太郎の描いた逆浜の海と空とが、真に迫っているのも無理はない。
青年は逆浜豆腐を食べた夜、招かれたのかもしれなかった。たづ子が見たのと同じ、
あのあべこべの浜に。絵の中の少女たちが駆けている場所は、徴兵前夜、舌を通じ
て瞼に焼き付けられたものであったとしても、おかしくはない。彼はその僥倖を絵
に託し、彼女はそれを受け取った。六人目に繋ぐ祈りとともに。
百五十余年分の想いを封じ込めた料理帖は、灰に帰った。
それでも永遠の汀《みぎわ》は、彼女たちの許《もと》に残った。

ラスト・ラン

平岡 陽明

いつものように、何事もなく出庫し、何事もなく帰庫すること。それがこの十年来、片桐《かたぎり》が頭に思い描いてきた「最後の日」の光景だった。芝居がかったことも、非日常的なサプライズも、片桐の趣味ではなかった。

今日で四十年のドライバー人生に幕をおろすことを、誰にも知らせずやって来られたのは、片桐が個人タクシーの運転手だからだ。会社員ドライバーだったらこうはいかない。

午前九時、片桐は同居する息子に「行ってくるぞ」と部屋のドア越しに声を掛け、マンションを出た。

徒歩二分のところに借りている駐車場でクラウンに乗り込み、つり銭箱の中身を確認してからエンジンをつける。

アクセルを踏みこむと、クルマは静かに動き出した。

――これがラスト・ランか、という感慨を押しとどめることはできなかったが、溢れかえる前に芽は摘みとった。

北千住の自宅から都心へ向かう街道で、すぐに客を拾った。

「東京駅まで」

「かしこまりました」

道中で、小物入れに置いた携帯電話のランプが灯った。ショートメールだ。

片桐は客を送り届けたあと、大通りにクルマを停めて旧式のケータイを開いた。

「やっちゃいました、ギリさん」

これが隆行《たかゆき》から届いていたメールの一行目だった。

「一時停止違反で、切符きられました」

片桐は目の前が真っ暗になった。自分も奈落の底に突き落とされた気持ちだ。

隆行はあと二週間ほどで個人タクシーの資格を得て、然《しか》るべきタイミングで片桐から個人タクシーの免許をゆずりうける予定だった。

——これで俺の免許、隆ちゃんにあげられなくなっちゃったな、と片桐は車中で天を仰いだ。

個タク資格は十年間タクシードライバーを務めた者に与えられるが、最後の三年間は無事故無違反でなくてはいけない。

そして東京都の個人タクシーは七十五歳定年制だ。そろそろ七十三歳を迎える片桐は、二年後に個タク免許返納を控えていた。つまり隆行が今後三年間、無事故無違反で個タク資格を得たところで、あとの祭りなのだ。

片桐はメールを打った。

「どこでやられたの？」

返事はすぐに来た。

「池上通りです。高校生がスマホいじるために横断歩道のそばに立ち止まってたのを、歩行者無視とかいわれて」

そこを隠れていた警察《ポリ》にやられたのだ。点数稼ぎに来ている時の警察は、まことに容赦ない。

「ギリさん、今日乗務ですか？」

と追伸がきて、片桐はピンときた。

「お前、帰ってないの？」

「はい。帰りづらくて（笑）」

明け方に乗務を終えた隆行が、この時刻になるまでどこかでウジウジしていたのかと思うと、哀れだった。

「今どこ？」とメールする。

「上野です」

「二十分後、マルイの前あたりで拾うよ」

片桐はハザードランプを消し、クルマを「回送」にして発進した。

昭和通りに入ると、ちょっとした渋滞に巻き込まれた。片桐はブレーキペダルに足を置いたまま、

「隆ちゃんもなぁ」

と深いため息をついた。

隆行は五感で客を拾うタイプのドライバーだ。たとえば夜の繁華街にクルマを突っ込み、窓を全開にして、耳を澄ませる。「それではお疲れさまでした」という声が聴こえてきたら、その場でドアを開けて待機する。スケルトンのエレベーターで人が降りてくるのが見えたら、やはりその下まで行って、じっと待つ。

この手の目端が利くタイプは、せっかちで、おっちょこちょいが多い。どうしても違反や事故がふえる。そのぶん、よく稼ぐ。売り上げと違反事故は正比例するのだ。

片桐はのろのろクルマを走らせながら、隆行にどんな言葉を掛けてやるべきか考えた。

じつは隆行は三年前、ドライバー人生十年目を迎えた。あの時もあと一ヶ月というところでUターン禁止に引っ掛かった。片桐は上野のアメ横でもつ煮をご馳走しながら、「ま、よくあることさ」となぐさめた。実際、よくあることなのだ。

だが今回は事情が違った。

一度目の個タク資格をあとちょっとのところでパーにするのは「ドライバーあるある」の一つだが、二度目は「あるある」とは言えない。三年の辛抱が、人を慎重にするからだ。

だからゴールが近づいてきた者は、乗務時間を減らしたり、普段はやらないホテルづけや百貨店づけをしだす。街中を流していると思わぬトラブルに巻き込まれるからだ。

隆行も、気をつけてはいただろう。ツキがなかったのだ。そうは思う。だが本人のあの落ち着きのなさや、ちゃきちゃきした性格が、災いをもたらした一面は確実にある。もちろん、そこが隆行のいいところなのだが……。

隆行はむかし勤めていたタクシー会社の後輩だった。息子ほども年が離れていたが、「ギリさん、ギリさん」と慕ってくれるので、片桐が会社をやめてからも仲が良かった。

会社員ドライバーの隆行は月に十三乗務が上限だし、個タクの片桐はいくらでも融通がきく。二人は上野のアメ横でおちあい、しばしば平日の昼間から酒を飲んだ。東京の下町育ちの隆行は、過度なくらい年長者を立てる男で、おかげで片桐はいつも気持ちよく飲めた。飲み代はたいてい片桐がもった。隆行は家庭持ちで、妻と五歳になる息子がいた。

働き盛りの三年は長い。

それに隆行は三年後、個タク免許をゆずってくれる相手を探すところから始めねばならない。ぶちまけた話、片桐は個タク免許をタダでゆずってやるつもりだった。トータルで見れば、今回の一時停止違反で隆行が失ったものはあまりにも大きい。

だからこそ片桐は、真のなぐさめとなるような言葉を掛けてやりたかった。

自分がドライバー人生をかけて培《つちか》ってきた、何でもないようでいて、何かであるような言葉。そんな言葉が喉の先まで出かかっているような気がするのだが、まだ形となって出てこない。

隆行はマルイの前で、ぽつねんと立っていた。まるで主人の帰りを待ちわびる犬のように。

片桐がクルマをつけると、

「すみません、ギリさん。乗務中に」

と肩を小さくして後部座席に乗り込んできた。

片桐は「なーに」と言って再発進した。小一時間も一緒にいてやり、そのあと足立区にある隆行の家に送り届けてやるつもりだった。

「で、どんな状況だったの？」

片桐はバックミラー越しに隆行と目を合わせて尋ねた。

「十八時頃の池上通りで、雨でした。大型の路駐やバスが多くて、ちょっと見にくいな、と思ってたんですよ。そしたら突然白バイが出てきて、『はい、そこのタクシー、左に停めて』ですわ」

隆行が早口でまくし立てた。歩くのもメシを食うのも、諸事せっかちな男である。

「横断歩道だったんだ？」と片桐は尋ねた。

「つっても、まじ傘をさした男子高生が、その近くでスマホをいじってただけなんです。渡りゃしないんです。『それでも違反かよ、おい！』って怒鳴っちゃいましたよ」

違反です、と警察は静かに告げただろう。横断歩道に人が立っていたら、渡る意志の有無にかかわらず、一時停止が義務づけられています、と事務的に。片桐もそのパターンで何度やられたことか。片手じゃきくまい。

「また、乗せてたのが話好きの客でして。変にこっちの業界のこととか、懐具合のことを訊きたがるんです。うるせーなこいつ、でもちょっと面白れーけど、と思って、気を奪われてたのかもしれないなぁ」

たしかにそういう客はたまにいて、「運転はお好きですか」なんて訊いてくる。それは中華料理屋のおやじに「フライパンを振るのは好きですか」とか、バレーボールのセッターに「トスを上げるのがお好きなんですね」と訊くようなもので、答えに詰まる。

つい最近も（といっても半年ほど前のことのように思うが）、「タクシーの運ちゃんにもスランプってあるの？」と訊かれた。

ツキや景気に左右される売り上げのことではなく、生身の自分についての質問とするなら、クルマに気持ちが乗り移らない日というのは、ある。

そういう時はこの車《はこ》の中が消しゴムをかけたように静まりかえり、外界とつながっているのか少し不安になる。そういう時だ、クルマから逃げ出したくなるのは。

若い頃はそんなことがしょっちゅうあった。

片桐はふと、そんな気持ちに頻繁に襲われたドライバーは自分だけだったのではないか、という気持ちにとらわれ、隆行に尋ねた。

「なあ、クルマから逃げ出したくなる時って、あるよな？」

「えっ、逃げ出したくなる時ですか？」

隆行は黙り込み、しばらくすると、

「あー、ありますね。あります、あります」

と何かしら思いあたるフシがありそうな口調で言った。話を合わせてくれただけではなさそうだ。

しかし、と片桐は思うのだ。逆にこのクルマが駆け込み寺として、自分を匿《かくま》ってくれたことも多かったのじゃないか？

生活の疲れや、家庭の紛擾《ふんじょう》から逃げ出したくなった時。片桐は安息をもとめるようにクルマに乗り込んだ。

静穏、無心、没我。

断捨離、棚上げ、水とまる。

若い時は仕事から逃げ出したくなることがあったのに、歳を取ってからは仕事が逃げ場となった。

どんな職業でも長く続けていれば、仕事がそれ以上の何かに感じられる瞬間があるのではないか。

次の信号で停まった時片桐は、

「クミちゃんは、大丈夫？」

と隆行の妻の名前を出した。自分からは言い出しにくかろう、と思ったのだ。

「いやー、じつはそこがネックでして」

隆行は後ろで大きく顔をしかめたはずだ。見なくてもわかる。

「昨晩あいつに、『残り二週間、全部休んじゃえば？』って言われたんですよ。やっぱり三年前のことがトラウマになってるらしくて。でも俺、『そんなみっともねぇマネできるか』って見得《みえ》切っちゃったんです。なもんだから、余計に帰りづらくて。今回クリアしたら、マンション買う予定だったたんですよ。あいつ、ネットでずっと物件とか探してて」

「そっか……」

片桐は痛ましい気持ちに包まれた。

クミに初めて会ったのは、二人が結婚する前だ。隆行と飲んでいたら「ギリさん、俺、結婚するんスよ」と報告をうけた。

それはめでたいと陽気な酒になったら、「あいつ呼びましょうか?」と隆行が言いだした。「いいよ、やめときなよ」と片桐が止めるのもきかず、隆行はフィアンセを呼び出した。会ってみると、ころころ笑う嫌みのない子で、少し前まで新潟でパティシエをやっていたという。片桐はわがことのように嬉しくなり、祝儀を奮発した。

「頭の中でレクサスの仕様書もできてたんだけどなぁ」

と隆行が後部座席でつぶやいた。

個タクになったらレクサスに乗りたいという意向は聞いていた。ぜひとも叶えて欲しかった。ドライバーが人生の大半をその中で過ごす商売道具にはカネをかけるべきだし、結局それがモチベーションや売り上げに直結する。

片桐はバックミラーで後ろをのぞきこみ、

——三年後、隆行《こいつ》は個タク稼業を始められるだろうか、と心許《こころもと》なさをおぼえた。

そもそも都の個タク免許に枠があるのは、究極の自由業で、やめる者がいなかったからだ。

猛暑で客の増える八月はめいっぱい働き、九月をまるまるハワイで過ごす者がいる。子どもの教育費を稼ぐために、ずっと乗りっぱなしの者もいる。効率のいい平日の夜の銀座だけを走る、悠々自適の半リタイア組もいる。

クルマ、ガス、保険、組合費などは自腹になるが、会社に四割ピンハネされることがないぶん、年収一千万も夢じゃない。だからやめる者がおらず、個タク免許の譲渡代は高騰をつづけた。ちょうど相撲の年寄株みたいなもので、一時は相場一千万ともいわれた。

これを問題視した当局により、ようやく七十五歳定年制が導入された。すると七十四歳で免許を売り払うものが続出し、相場は少し落ち着いた。

片桐自身についていえば、一年ほど前から、隆行が資格を得た段階で引退しようと決めていた。

ただしまだ引退の日付を隆行には告げていなかった。だから隆行は、

「ギリさんがやめるまでは会社でドライバーを続けます」

と言っていた。今となっては、「二週間後にお前にゆずるつもりだったんだよ」とは言えない。言えば恩を売ることになる。

隠していた訳ではなかった。もし教えたら、隆行のことだ、大げさな企画を立て

るに違いなかった。それが嫌だったのだ。

なんたる皮肉か、と片桐はふっと笑みを漏らした。

「どうしたんです、ギリさん」

「いや、ちょっと思い出し笑い」

「ひどいなあ、こんな時に」

「すまん、すまん」

思えば隆行の新人時代に、研修係として片桐が助手席に乗ったのが縁だった。

一年後に遇ったとき、隆行は言った。

「毎日お客さんに『ありがとう』を何度も言ってもらえるなんて、夢のような仕事ですね」

ありがとうを言われるたび、魂が浄化されるような気がします、と隆行は言った。

隆行は中央大学を出たが、就職氷河期で、消費者金融しか内定がもらえなかったという。そこを一年で辞めたあと、保険代理店などを転々とした。その間、客にありがとうを言われた記憶はないという。そして二十九歳のとき、タクシードライバーに転職した。

「ようやく、一生続けたいと思える仕事に巡り合えました」

後進にそう言われることは、自分の半生を肯定してもらえるようで、片桐も嬉しかった。

だが隆行は一年目と二年目、一日四万の壁を突破できずに苦しんでいた。片桐は自身の経験に照らしてアドバイスした。

「銀座デビューしなきゃ、いつまで経っても同じことだぞ」

それは隆行も頭ではわかっているらしかったが、

「でもギリさん、自分まだ、高速を降りてからの幹線道路すらあやしいんですよ」

と尻込みした。

片桐は「客に怒られながら覚えりゃいいんだよ」と言ったが、隆行はなかなか踏み出せなかった。地方出身の片桐にはわからない銀座コンプレックスみたいなものが、東京出身の隆行にはあるのかもしれなかった。

そんな隆行が銀座デビューを果たしたのは、結婚が決まってからだ。何かと物入りだし、相手の家に格好をつけたくて、がむしゃらに夜の銀座にへばりつくようになった。気がつけば隆行は一日平均七万超を売り上げる、営業所でもトップクラスのドライバーになった。

隆行は片桐との縁を多とし、「今の僕があるのはギリさんのおかげです」と事あるごとに言ってくれた。妻のクミも盆暮れの贈り物を欠かさなかった。

だから隆行一家とは家族ぐるみの付き合いと言えなくもなかった。先日も端午の節句に祝儀を包んだばかりだ。

片桐は自分が、

「ありうべきはずだった息子一家」

を隆行たちに見ていることに、気がついていた。四十五歳になる片桐の息子は、
引きこもりだった。

「ギリさん、ここで降ろしてください」と隆行が言った。

「ここじゃ仕方ないだろ」

「いいんです。ちょっと気持ちが落ち着きました。もう大丈夫ですから」

「じゃ、家まで送るよ」

「んー……。わかりました、それじゃお言葉に甘えて」

隆行の家にはあと十分もあればつく。それまでに言葉を掛けてやらねば、と片桐
は思った。それはきっと今晩、息子に掛けてやるべき言葉と同じ言葉なのだ。

——俺は今日、引退した。そのうちお前の面倒も見れなくなるぞ。でもよ、……

そのあとに継ぐべき言葉だ。

「ここです」と隆行が言った。

「お、そっか」

片桐は鋭くハンドルを切って停車した。ドアを開けてやると、隆行は何度も礼を

言いながら降りた。

言葉は見つからなかった。片桐はうしろ髪ひかれる思いでクルマを発進させた。頭を下げ続ける隆行の姿が、ミラーの中で次第に小さくなっていった。


片桐は仙台市で生まれた。戦後のベビー・ブーマー世代だ。

高校を出たあと、地元の中学校で用務員として雇われ、二十六歳の時結婚した。その六年後、代わり映えのしない用務員の仕事に嫌気がさして、タクシー運転手に転職した。

やがて高校を卒業した息子の浪人が決まると、二人で上京することになった。東京は予備校が多いし、タクシーの稼ぎも地方とは比べものにならない。片桐は寮完備で入社一時金もある、至れり尽くせりのタクシー会社に入社した。妻と高校一年生の娘は仙台に残った。男二人暮らしが始まった。

片桐はバブルの余韻に間に合った。面白いように稼げた。なぜもっと早く東京に来なかったのか、と悔やんだ。その後悔が、稼げるだけ稼いでやろうというエネルギー源になった。

息子は一浪後の受験にも全滅した。異変に気づいたのはその頃だ。目つきが捻《ひね》くれ、生気が内向して、おのれを苛《さいな》み始めたようだった。

片桐は予備校代と仙台への仕送りのためにフル稼働だったから、寮には寝に帰るだけで、気づくのが遅れた。気づいても、どうにもならなかったかもしれない。息子に勉強している気配はなく、二浪目も失敗すると、家からほとんど出なくなった。バブルが弾け、地方には仕事がないし、引きこもりになった長男を連れ帰られても世間の目が気になる、という妻の言い分ももっともだと思い、父子はそのまま東京暮らしを続けた。

息子はもう予備校にも行かなかった。時どき小遣いをせびられれば与えた。片桐は長年の腰痛に加え、高血圧を指摘され、泣く泣くタバコをやめた。

そんな折り、娘が二十一歳で結婚した。「これで一人片づいた」とホッとしたのも束の間、その半年後、妻から離婚を切り出された。次の相手がいるから、財産はいらぬ、そのぶん、なるだけ早くサインしてくれとのことだった。

腹を膨らませた娘は「仕方ないよ。お父さんのせいだよ。お兄ちゃんはあんなになっちゃうし」と言った。二人が共謀してタイミングを計っていたことが、なにより片桐を傷つけた。送られてきた離婚届にサインし、郵送で送り返した。

すべてが馬鹿らしくなり、それまで断ってきた同僚との勤務後の朝酒、昼麻雀をはじめた。タバコも再開した。

腹まわりに浮き輪のような肉がつき、何か宣告されるのが怖くて、健診をすっぽかすようになった。

息子は口をきかなかった。一度だけ壁越しに、

「俺の人生、なんなんだ！」

という叫び声と、物を投げつける音が聞こえて来た。片桐はしばらく震えが止まらなかった。どうすればいいかわからなかった。

でもそんなことは一度きりだった。息子への期待は、差し水をくり返した焼酎の水割りのように薄まっていった。やがて小遣いさえ与えておけば飼い主を困らせない猫を飼っているような気持ちになってきた。

片桐に復活の兆しが見えたのは、あと一年、無事故無違反でいれば個タク資格を得られるという事実に気づいてからだ。それまでちょこちょこ違反で捕まっていたから、個タクは自分に縁のないものと思い込んでいた。

片桐は外食をやめてコンビニ食に切り替えた。食事中に駐禁を切られたらバカらしいからだ。Uターンもやめた。Uターン禁止の標識は宝探しのように隠れていることが多い。

こうして片桐は個タク資格を得た。すぐに個人タクシーの看板を掲げなかったのは、免許を買い取るだけの蓄えがなかったからだ。それで会社勤めを続けているうち、隆行の研修係についたのだった。

片桐は都心に戻った。ラスト・ランの仕切り直し気分だ。日中は永代通り、東京駅前、晴海通り、昭和通りをぐるぐる流す。それが片桐の長年のスタイルだ。

ひとり、羽田までの長距離客《ロング》がついた。銀座から武蔵小杉のタワーマンションへ、五千円コースの女性客も乗せた。調子はまずまずだった。

夕方すぎ、休憩を取るために日比谷公園沿いにクルマを停めると、ぽつぽつ雨が降り出した。

片桐はシートを倒し、からだを横たえた。隆行からメールが届いていた。

「そういえば今日あいつは仕事でした。帰って来る前に、酒のんで寝ちゃいます（笑）」

寝てしまえばいい、と片桐は微笑んだ。眠りから目ざめるたび、歓びも哀しみも少しずつ薄まる。それを千回繰り返せば個タク資格だ。

片桐はクルマの屋根に打ちつける雨音に耳を澄ませながら、いったいこれまで何人の客を乗せたのだろうと思った。

一日平均三、四十人として、月に五百人。年間六千人。四十年で二十四万人。それだけの人を、ある地点から、ある地点まで運んだ。それが自分の人生の全てだったと、言えなくもない。

　雨の日もあった。雪の日もあった。所長に頼まれて元旦にクルマを出したこともある。乗務開始から二時間客がつかず、今日は一人も拾えないんじゃないかと不安になった瞬間、一発目についた客に「名古屋まで」と言われて目を自黒させたこともあった。何度か無銭逃走《カゴヌケ》にも遭ったし、妻に別れを切り出された日も客を乗せた。仕事が楽しかったか、と訊かれれば、答えに詰まる。それとは別の尺度で測るべきもののような気がする。

でもいま振り返って思うのは、四十年間、二十四万人、すべてよしということだ。

片桐は声に出してつぶやいた。すべてよし？　隆行や息子に伝えたかった言葉は、

「……んっ？」

これではなかったか。

片桐はシートに身を横たえたまま、しばらく考えた。

——引きこもりだろうが、もう三年遠回りしようが、あとから振り返れば、すべてよしと思えるものだよ。

どうだろう。本当にこの台詞でいいのか。これで自分の言いたいことをすっかり的確に伝えているか。

一つ、足りないような気がした。もう一声、何か添えることができたら、しっく

りくるように思う。

片桐はひとしきり考えを巡らせたが、やがて、

〝雨夜の銀座に備えよ〟

という長年の習慣に命じられるようにして、短いまどろみに落ちていった。

平日の夜の銀座は、流しで客を拾うことが禁じられている。二十二時から二十五時までは、決められた乗り場でしか客を乗せられない。

片桐は二十二時ちょうどに、いつもの八丁目リクルートビル前乗り場につけた。雨は上がりそうで上がらず、タクシー待ちの長い列ができていた。

三十分ほど並び、クラブ勤めを終えた女性を八丁堀まで運んだ。タクシー渋滞を抜けるのに時間を要したが、抜けてしまえば十分と掛からない。

再びリクルート前に戻り、最後尾につけた。タクシーの列が先ほどより長くなっている。

この調子じゃ、あと二人だな……。

片桐は今晩の〝銀座タイム〟が終わったところで本日の乗務を――すなわちドライバー人生を終えるつもりだった。

もう一声は見つからぬままだ。

　フロントガラスにふりそそいだ水滴は、ワイパーの一掃きでぬぐい去られていく。性懲りもなくそれを繰り返す。生のうたかた。夢のあとしまつ。希望は瞬く間に失望へと変わり、歓びは速やかに色褪せていく。それでも本当にすべてよしと言えるのか。そう思いたいだけじゃないのか。

　四十五分待って、二人目の客を乗せた。やはりクラブの女性で、行き先は新富町。歩いても帰れる距離だ。

　送り届けたあと、また最後尾につけた。もう深夜零時近い。次でラストだ。

　四十分ほど待ち、先頭《ハナバン》が近づいてきた。片桐は自分にあたる客を目で追った。赤い派手なスーツ。またしてもクラブの女性だ。

　夜の銀座で三本連続の短距離客《ショート》は、アンラッキーと言えなくもなかった。だが片桐はとうの昔から、ツイてるとかツイてないという次元とは別のところで仕事をしていた。均《なら》せば、すべては落ち着くべきところに落ち着くのだ。

　女性は乗り込んでくると、

「勝どきまで」

　と告げた。少し不機嫌な感じがしたが、勤めを終えた銀座の女性はたいていそんなものだ。

「かしこまりました」

片桐はメーターを倒して発進した。正真正銘のラスト・ランだ。

雨は先ほど上がったばかりで、タクシー渋滞が尾を引いていた。クルマはなかなか進まず、すこし進んでは停まり、またすこし進んでは信号でつかまった。

片桐はハンドルを握ったまま、前のタクシーのテールランプをぼんやり見つめていた。すると後ろで、

「はあ」

と大きなため息が聞こえた。片桐はそっと後ろを窺《うかが》った。三十代半ばくらいに見えるが、銀座女性の年齢は雨夜のネオンサインみたいに輪郭がぼやけていて把《つか》みづらい。

「ねえ、運転手さん」

女性が張りのない声で言った。「最近、なんかいいことありました?」

「どうでしょう。思いつきませんね」

片桐はあまり考えもせずに答えた。なかったはずだ。もう何年も。ひょっとしたら何十年も。

「じゃあ嫌なことは?」

「うーん、どうかな。わたしくらいの年齢になると、わが身には善きことも悪しきことも、あまり起こらないようになるんです。悲しいことに。でも昨晩、後輩には

不幸がありました」

「どんな？」

「違反で切符を切られたんです。これで個人タクシーの資格がパーになりました。あと二週間だったのに。また三年の辛抱です」

「ふーん。残念でしたね」

女性はあまり興味なさそうに言った。

「じつはわたしも、さっきお店を締めたんです」

「そうですか」

片桐はちらりと時計を見た。閉店してもおかしくない時間だ。

「これで無職です」

「えっ、お店を閉めたって、つまり……？」

「はい。厳しくなって、居抜きで譲りました」

思わずバックミラーを見ると、女性と目が合った。何かしら厳しい戦いを終えた人の、清々《すがすが》しいまでに寂寞《せきばく》とした目が、片桐をのぞき返してきた。

「十年と、一日」

女性がつぶやくように言った。

「それがわたしのお店の命数でした。きのうが十周年だったんです。『そこまではやらして下さい』って頼んであったから。だからきのうが十周年パーティで、今日が閉店パーティ」

「そうでしたか……」

片桐は大きな唾の固まりを、ごくりと呑みこんだ。

「大学に入る時、福島から出てきて、銀座でバイトを始めたんです。それでそのまま就職。お店というより、銀座に就職した感じだったかな。それから二十年間、すこしキザな言い方になっちゃいますけど、銀座を自分の第二の故郷にしようと思って頑張ってきました」

「すばらしいです」

「でもまだ、借金だってあるんですよ。お店を持つ時、貯金だけじゃ足りなくて、実家の親に借りたやつが。うちは三人姉妹だから、父が『一人くらい、こういう子がいてもいいだろう』って貸してくれました」

「素敵なお父さんですね」

「お前は孫の顔を見せなくてもいい。そのかわり、絶対に成功しろって。貯金全部と、実家を担保に借金までしてくれて」

「それはすごいな。なかなか出来ることじゃありませんよ」

言いながら片桐は、自分が親でも喜んで貸しただろうと思った。子どもが「勝負したい」と申し出てきたら、ソロバンを脇にうっちゃって、全力で背中を押してやるのが親という生き物だ。

片桐は息子の顔を思い浮かべ、胸に鋭い痛みをおぼえた。あいつにこれくらいの覇気があったなら、全財産をなげうっても惜しくなかった。あいつに——。

「そうだ、運転手さん。これ飲みます？」

女性が後部座席から栄養ドリンクみたいなものを差し出した。

「すっぽんドリンクですって。出張から駆けつけた常連さんがくれたんです」

「ありがとうございます。頂きます」

片桐は受け取ったドリンクを小物入れに置いた。

「それにしても、いいお客さんですね。わざわざ出張先から直行してくれるなんて」

「どうだろ。今日はタダで飲めるから来たんじゃないかな。オープンからラストまで居座るような、野暮な人だったから」

女性はふふっと笑ったあと、ため息をつき、あーあ、十年やってすっぽんドリンク一本か、と言った。

片桐がこれまで聞いた客の嘆き節の中でも、もっとも胸に迫るものだった。

「じつはわたしも、今日が最後の営業日なんです」と片桐は言った。

「どういうことですか？」

「今日でタクシー運転手を引退します。そしてあなたが最後のお客さま。たぶん二十四万人目くらいのね」

片桐が声で微笑むと、女性はつかのま絶句した。

「そんなにたくさん乗せたんですね」

「はい、乗せました」

「いろんなお客さんがいたでしょう？」

「それはもう。でもわたしたちの仕事は嫌な客でも一期一会で済みますが、そちらはそうもいきませんでしょ？」

「はい。会計が出てから値切る人がいたし、売掛金をなかなか振り込んでくれない人もいました。『ボトル入れるから温泉つきあえ』とかね」

「いろいろですね、本当に」

片桐は深いため息をついた。

「わたしも厄介な客にはたくさん当たりましたが、今日が最終乗務《ラスト・ラン》か、と思ったら、『振り返ればすべてよしだな』と思いました。やっぱり自分がやったぶんだけ返ってくる仕事は、気持ちよかったですよ」

「そうそう、そこですよね」

女性の声が色づいた。

「わたしもキツいことが多かったけど、やっぱり自分の店だと思うと、やり甲斐があったな」

「わかります」

「――あ」

女性が声をあげた。「すみません。そこの橋を渡ったところで、いったん停めて頂けますか？」

「かしこまりました」

片桐は橋のたもとに停車した。

「ちょっとタバコ吸ってきます」

女性はクルマを降りると、細高のピンヒールで川沿いの遊歩道まで行き、タバコに火をつけた。

ふーっ、と雨あがりの夜空に向けて吐き出された煙は、なにかの形をとりかける前に、大気に溶けていった。

一本目を吸い終わると、女性はすぐさま二本目に火をつけた。そして欄干に凭《もた》れながら、一本目よりもゆっくり時間をかけて吸った。

片桐は運転席からその様子を見つめた。エンジンは静かにうなり、メーターがゆっくり時を刻む。彼女はいま、何を想っているのだろう。

女性が戻ってきた。

「ごめんなさい。お待たせしちゃって」

「いえいえ」片桐は微笑んだ。

「時々ここで吸いたくなるんです」

「わかります。〝大自然〟の下で吸うと旨いですもんね」

「お話を聞きながらここを通り掛かったら、『あ、わたしも今日で最後じゃん』って気づいちゃって……。ね、運転手さん。おいしいおうどん、食べに行きません？」

「えっ、おうどんですか？」

「はい、おうどんです。どこか知りませんか。ご馳走しますよ」

「鮫洲《さめず》の方に、立ち食いの店が一軒ありますが……」

「鮫洲ってどこですか」

「品川の先です」

「近いですね。行きましょう。いいですか」

「いいですとも」

片桐は女性を乗せてUターンした。この時間帯なら二十分もあれば着くだろう。

第一京浜に出ると、客を乗せて神奈川方面へ向かう同業者たちが飛ばしていた。

「そのお店、よく行かれるんですか？」と女性が言った。

「三年に一度くらいかなぁ。時々ふと思い出して、行くことがあります」

片桐はどこかうきうきしている自分が訝《いぶか》しかった。ドライバー人生が二十分延びたことが、そんなに嬉しいのだろうか、と胸に問う。

鮫洲駅の一つ手前の信号で左折すると、うら寂しい界隈に入った。道を曲がるたびに闇が深まる。鮫洲は運河の町だ。

角を曲がると、店の灯りが目に飛び込んできた。「あ、やってる、やってる」と片桐は安堵した。

トタン屋根の古めかしい店前にクルマを停めて、メーターを切った。女性はカードで支払った。

店に入ると、ここで五十年も前から麺を茹でていそうなおやじが「何にしますか？」と尋ねてきた。

「わたし、素うどん」と女性が言った。

「じゃあ僕も」と片桐は言った。

おやじが麺を茹ではじめた。

先客は二人いた。初老のタクシー運転手と、若い一般客だ。彼らは麺をすすりながら、ちらちら女性をうかがった。明るい照明の下で見る彼女は、年相応とも言えたし、やはり銀座女性に独特の雰囲気を纏《まと》っているようにも見えた。

片桐がセルフサービスの水を注いで持っていくと、女性はありがとうございます
と言って一口つけた。

うどんが出来た。二人はわり箸をぱちんと割り、湯気の立つスープに口をつけた。

「おいしい」

女性が言った。声まで温まっている。

二人は黙々とうどんを食べた。かつおダシのきいた甘い汁が、五臓六腑に染みわたる。

食べ終わると、女性はびっしり水滴のついたコップを手に取り、帰りたくないな、と言った。

「来週、田舎に帰ることになってるんです。まだお店を手放したこと言ってないから、気が重くって」

女性はテーブルの上にできた小さな水溜りを、コップでぐるぐるかき混ぜた。その動作は、なにかしら片桐を魅入らせた。

「でも、あれですよね」

女性はぐるぐるを止めて言った。

「人生、思い通りに行くことなんて一つもないですよね」

片桐はぽかんとした。

人生、思い通りに行くことなんて一つもない。それでもいつか、すべてよしと思える日がきっと来るさ。

自分が捜し求めていた言葉はこれだったのだろうか。そんな気もするし、違う気もする。

だが、とりあえずはこれでいい。

たとえこの言葉が真実を言い当てたものでなかったとしても、老人には嘘をついてやらねばならぬ時がある。それが若者にとって励ましや慰みとなるならば。自分にできるのはそこまでだ。

「ここは、ご馳走させて下さい」

片桐が決然とした口調で言うと、女性は「なんで?」と目を丸くした。

「お陰さまで、きょう一日考えあぐねていたことが解決しました」

女性はぽかんとしたが、すぐに目もとを和らげ、それじゃお言葉に甘えて、と笑みを零《こぼ》した。

ジャンク

宮内　悠介

ぼくが小さいころ、父は魔法使いだった。炊飯器が壊れたときは半田《はんだ》ごてを取り出してすぐに直して見せたし、ブラウン管のテレビやガスコンロなんかも同様だった。ぼくも母もそんな父に頼っていたし、そのころは父も誇らしげで、なんというか活気をみなぎらせていた。そうやって家電が直るたび、ときおり一階のジャンク店の展示品が分解され、パーツを抜き取られていたのは秘密だけれど。

家族団欒《だんらん》というものは思い出せない。けれど、当時は両親も不仲ではなかったし、思い出せないということは、つまり、幸せであったということなのだろうと想像できる。いまぼくが思うのは、言葉というものには幸福を表す語彙《ごい》に対して、不幸を表す語彙がとても多いのではないかということだ。

母はけっして変な人間ではなかったが、少し抜けているところがあった。何かをしている最中に別のことを思いついてそれに気を取られ、魚を焦《こ》がすということもよくあった。あるときは、風呂の水をためている最中に忘れてこぼすからということで、父が近所で電子部品を買ってきてセンサーを作った。風呂の水位が一定以上に上がると、アラームが鳴るというものだ。

家の一階のジャンク店はまだ栄えていた。

ひっきりなしに人がやってきては、展示品を裏返してみたり掲げてみたりして、それがお宝かハズレかを見定めようとする。ジャンク店というのは、電子機器のリサイクルショップのようなものだ。リサイクルショップと異なるのは、商品が動くかどうか保証しないということだ。

商品は仕入れのほかに客の持ちこみもある。それを父は二束三文で買い取り、商品の状態に応じて値をつける。たとえ動かない品であっても、別のパーツと組み合わせれば動作することがあるし、あるいは、そこからパーツを抜き取って別のものに流用することもできる。

だから、客たちは展示品を裏返してみたり掲げてみたりして、第六感を研《と》ぎ澄《す》ませ、あるかもしれないお宝を探しにやってくるというわけだ。店はいつも電子機器の匂いや体臭の混じった変な空気に満ちていたけれども、トレジャーハンターたちが集まるその雰囲気がぼくは嫌いではなかった。

秋葉原《あきはばら》、電気街から少し裏道に入ったところの店だ。

風呂のセンサーのパーツを買いにいくとき、父は闇市みたいに小さな店が押し並ぶ区画にぼくをひきつれていった。食事どころといえば、街にラーメン店が一軒あるくらい。この衣食住を完全に無視したかのような、体臭と闇《やみ》と最先端の入り交じる街がぼくは好きだった。

秋葉原の実家に戻ったのは、ぼくが三十歳になってからだ。

それまで、ぼくは専門学校を出て技術者として働いていた。ところが連日の徹夜やら上司のパワハラやらですっかりまいってしまい、あるときを境に身体中に炎症が出て治らなくなり、結局退職してしまったのだった。

満身創痍《そうい》のぼくを、最初、両親は温かく迎え入れてくれた。

調子のいいことに、実家に転がりこんで数ヵ月経つと身体の炎症はすっかり治まった。それからだ。自分の体調と格闘していたときはまったく気づかなかったのだけれど、何かがおかしくなってきているとわかった。

ぼくがいないうち、夫婦のあいだに何があったのか、両親はほとんど口をきかなくなっていた。一階のジャンク店はさびれて埃《ほこり》をかぶり、それに呼応するように、父もすっかり小さくなったように見えた。

ついでに、風呂もいつのまにか全自動となり、父のセンサーの出る幕もなかった。

スマートフォンが壊れた際は、父が半田ごてを振るうこともなく、ぼくらが向かう先はメーカーやキャリアのショップだ。つまるところ、何かが食い違ってきていた。冷え切った夫婦を尻目に、ぼくはひきこもりがちになって、部屋でネットゲームばかりをするようになった。

次の仕事のことはなかなか考えられなかった。ぼくが手がけていたのはビジネス向けのアプリが専門で、できることといえば限られていた。仮想通貨の仕組みも、AIの原理もわからない。忙殺されるうちに、ぼくは新たな技術から取り残されてしまっていた。それはもう、完全に。そう思うと、足がすくんでしまって就職活動も考えられなくなってしまうのだった。

そんな折、元同僚から一通のメールが来た。

西田《にしだ》というその同僚とは、いくつものプロジェクトを一緒にこなしてきた。仕事がプログラマで趣味もプログラミングという変わり者だ。気がついたら有休消化に入ってそのままフェードアウトしてしまったぼくを、西田は気にかけてくれていた。

　やあ！　どうしてるかな。

　今回はMSXという古いパソコンでゲームを作ってみたよ。見た目は横スクロールのシューティング、でもそうじゃないんだ。自機は弾を撃てず、できることといえば、自分の周囲に重力を発生させること。その重力で、敵のレーザーを曲げてかいくぐるんだけど、重力を発生させることで、敵の弾もこちらにひき寄せられてしまう仕組みだ。MSXdevというコンテストに応募しようと思っている。エミュレーターでも動作するから、ぜひ遊んで感想を聞かせてくれ。

西田の趣味のプログラミングは古いプラットフォーム、それこそファミコンやメガドライブ、そして聞いたこともないような昔のコンピュータといったレトロな機種で動くものだ。仕事の気晴らしなのだろうと想像はつくが、どうして西田がそうするのかはわからない。

昔の父の半田ごてが連想されもした。

ぼくは西田のアプリを動かしてみて、「ボスキャラを登場させてメリハリをつけたほうがいい」とアドバイスを送った。それから、ネットゲームにも飽きてきていたので、秋葉原の街を歩いてみることにした。

ぼくが実家を出たのは十八歳のときだ。

そのころから、街は再開発が進み、徐々に変わりつつあった。街には食事どころが増え、メイドカフェなんていうものも現れ、カルチャーの発信地として観光化されてきていた。ぼくが好んでいた濃い闇のようなものはなくなりつつあったが、栄えるぶんにはかまわないと感じたことを憶えている。以来、親不孝なぼくは秋葉原に足を向けることはなかった。

今回改めて戻ってきた街は、また少し様変わりしていた。

電気街はいまだに存在するし、最新のゲーム用コンピュータを売る店もある。が、数が少ない。メイドには、残念ながら興味がない。逆に、それこそ西田が好みそうなレトロな機器を売る店なんかが目につく。でもそれも、なんだかノスタルジーに閉じこもっているように感じられた。そして、カルチャーを発信するのは実店舗よりも小さなスマートフォンなのだ。

観光客はいる。そこそこ賑わってもいる。けれど、ぼくはなんだか元気を失ってしまった。

帰宅したぼくを待っていたのは、やることがないなら店番の手伝いでもしろという指令だった。要は、閉じこもってゲームばかりやるぼくを両親も案じていたのだ。そして事実、ぼくにはやることと呼べそうなものはなくなっていた。

週のうち三日、ぼくは店番をやることになった。

いざ店頭に立ってみて驚いたのは、かつてあれだけ人の出入りがあった店が、あちらこちら埃に覆われていることだった。昔は父がはたきを使って展示品をきれいにしていたものだが、いまはそれも滅多にやらなくなってしまったらしい。

客は二、三人いればいいほうで、たいていは一人でカウンターのなかで過ごすことになった。

買い取りや値段のつけかたは父に教わった。コンピュータの完動品などはそこそこ高い値がつけられるが、多くは故障していたり、ディスプレイからして表示されなかったりする。それらは「ジャンク」として状態を記して二束三文で売り払う。古いMOドライブなどは、通電だけ確認してジャンクとして売ってしまう。

動けば儲《もう》けもの、動かなければハズレ、というわけだ。

こんな店にも常連客はいるもので、特にぼくの印象に残ったのは、必ず水曜日の午前に顔を見せるカンさんだった。本当の名前はわからないが、とにかく父は彼をそう呼んだ。何が楽しいのか、カンさんは一時間も二時間も展示品を手にとってはしげしげとそれを眺め、動かないコンピュータのパーツを買って帰ったりする。

カンさんはどうしたわけかハズレの品を好み、よく買って帰った。不思議なのは、翌週にはそれをまた売りに来ることだ。これでは金をどぶに捨てているようなものだと思ったが、とにかくそういうお客さんもいた。

埃の積もったジャンク店にいるうちに、もともとコミュニケーションの得意でなかったぼくは、さらに無口になっていった。「いらっしゃいませ」はいらないとぼくに教えたのは父だ。客にはなるべく圧力をかけず、自由に過ごしてもらうという方針らしい。

おのずと、買い取りの場面を除いてぼくが口にするのは、ほとんど「ありがとうございます」だけになった。

時間の止まった店で貝のようになっているうちに、だんだんと、自分自身もジャンク品の一つのように感じられてきた。それも、通電確認されただけのハズレの品だ。

父が昔と変わってしまったのも、むべなるかなと思えるようになってきた。

そして、この店の商品をいくら吟味《ぎんみ》してパーツを取っても、けっしてスマートフォンを作ることはできないのだ。最先端の街としては、とっくに中国の深圳《シェンチェン》などに抜かれている。店を支えるのは、ただ一つ、郷愁だった。その郷愁が、まるでぼくを押しつぶしてくるように感じられた。

そんなある日、スーツ姿の二人組が店を訪れた。

二人組は陳列された商品には目もくれずに、何事かささやきあったり、ぼくのうしろの壁を指さしたりしている。このときばかりはぼくも気になり、

「どういったものをお求めでしょう？」

と声をかけてみたが、答えはそっけなかった。

「ああ、いや。そんなんじゃないから」

何か嫌な印象を残す返事だった。ぼくは小首を傾《かし》げて推移を見守ったが、やがて

男の一人が首を振り、それを合図のようにして二人して出て行った。

正体がわかったのはその日の晩だ。

謎の二人組が訪れたことを両親に報告したところ、父は黙りこんでしまい、かわりに母がぼくに説明した。いま店がある一階を取り潰《つぶ》して、テナントとして貸し出そうというのだ。もとよりたいした収益のある店ではなく、ぼくを専門学校まで出したところで、ジャンク店はその役目を終えたというのが母の見解だった。

ならば、いっそラーメン店にでも入ってもらってテナント料を取るほうがいいというわけだ。

「タピオカ屋さんでもいいんだけどね」

母はこのプランにすっかり乗り気のようで、うっとりするようにそう語った。

「そうしたら、毎日タピオカが食べられるじゃない」

「流行《はや》りものはよくない。第一、毎日タピオカなんか食べたら太るぞ」

父がそう返したが、母はそっぽを向いて何も答えなかった。

ぼくもぼくで、さすがにあのジャンク店を継ぐ気なんかない。そういえば近くにラーメン店が林立しているなと思いながら、「そう」とだけ誰にともなく応じた。

やあ！　どうしてるかな。

今回はきみのアドバイスに従って、ボスキャラを実装してみたよ。弾が撃てない仕様だから、敵が撃つ弾を重力で誘導してボスキャラに当てる仕組みだ。それから、敵のレーザーを曲げる箇所でもたつくので、そこは全部アセンブリ言語で書き直してみた。面倒な作業だったが、なかなか面白かったよ。だいぶ、動きもスムーズになったと思う。もう少しブラッシュアップしたら、コンテストに応募してみるから、ぜひまた感想を聞かせてくれ。

ところで、なぜ私がこんなレトロな機種のゲームを作っているか、きみは訝《いぶか》しむことだろうね。この点については、私自身よくわかっていない。ただ、古いプラットフォームの開発は、技術がまだ人の手のうちにあった時代を思い起こさせるんだ。ことによると私は、技術を人の手に取り戻したいと願っているのかもしれないな。

でも、技術を人の手に取り戻すとはいったいどういうことだろうね？

西田の問いかけに、返信を打とうとする手が止まった。技術を人の手に取り戻すこと。

どうだろうか。仮想通貨にしてもＡＩにしても、確かに技術は見えにくくはなった。それでも、どこかで頭のいい人がそれを動かしていることには違いない。

いまも、技術は人の手のうちにあると言っていいだろう。

西田はある意味でカンさんに似ている、とぼくは思った。それにしても、レトロな機種で開発をつづけたところで、西田の求める答えは得られるのだろうか。郷愁の先は隘路《あいろ》ではないのか。

このメールに返事を打つことはなかった。突然、父が右手が動かなくなったと訴えて救急車で運ばれていったからだ。

診断は脳梗塞《のうこうそく》だった。


両親の不仲を見てきただけに、ぼくは父の病状以上に、この状況に母がどう応じるのか、そればかり気になってしまった。ぼくは心のどこかで、母が父の死を望むのではないかと思っていたからだ。

もっとも、脳梗塞はすぐに処置されたこともあって、リハビリさえすれば、ほぼ後遺症も残らないだろうと医師は話したそうだ。これにはさすがの母もほっとした様子で、ぼくは何か夫婦の神秘めいたものを感じさせられた。

残された問題は、店の運営だった。

父が倒れたことで、ジャンク店はぼくのワンオペ状態となった。

埃をかぶったような店でも、案外にやることが多いとわかったのはこのときだ。朝はざっと店の前を掃除して、ノンブランド品のアダプタやらケーブルやらの入った箱を店の前に出す。休みは火曜日だが、その日は仕入れだ。目利きも必要で、ぼくにとって仕入れは難しい作業だった。これまで、仕入れは父が一手にひき受けていた仕事だ。だから事実上、父は週七日働いていたことになる。

しかも、コンピュータの需要増加に伴い、アジア全体でジャンク品を扱う店も増えた。だから、仕入れ自体が厳しくなってきている。そして、いい状態の品はたいがい大手に持っていかれてしまう。よく店がつづいていたものだと、このときはじめてぼくは思った。

「ジャンクは秋葉原の起源なんだ!」

と、これは昔父が語っていたことだ。

なんでも、駐留軍が放出した無線機や電子部品をジャンクとして闇市で売っていたのが電気街の発祥だということだ。それもいまは昔、個人経営のジャンク店自体が減ってきていた。

母がタピオカ店への改装を望むのも、むべなるかなと思われた。

ぼく自身、この店に未来はないと考えていた。ところが持ち場ができると変わるもので、不思議なもので、未来がないながらに、店をもっとよくできないかと考えはじめた。

まずやったことは掃除だ。百円均一で買ったはたきを手に、埃をかぶっていた店内をすべてきれいにした。

客との会話も増えた。こんな店にも、コンピュータの自作のためにパーツを求めてやってくる客がいる。そんな客たちが、パーツ同士の適合性を訊《たず》ねてきたりするのだ。

カウンターの内側には、父が長年かけて作り上げたパーツの適合表がある。だからぼくはそれを一瞥《いちべつ》し、適合する可能性が高いなどと答えたりする。

「ジャンク品なので保証はできかねますが」

もちろん、そうつけ加えることも忘れなかった。

そのうちにぼくは「二代目」などと呼ばれはじめたりして、すっかり店に定着しつつあった。カンさんもあいかわらず水曜にやってきては、使いものにもならなそうなパーツを買ったり、それを手放しにやってきたりした。

客がおらず一人の時間ができたときは、AIプログラミングの入門書を読んだ。

父はリハビリの最中だったが、この時期、ぼく自身も精神のリハビリをしていたように思う。身体を壊してドロップアウトしてしまった身に、徐々に自信が戻りはじめていたのだ。

そのあとに来たのが、個人経営の罠《わな》だ。

もう少しつづけられるのではないか、頑張ってやっていけるのではないかとぼくは考えはじめていた。おそらくこれが、父がジャンク店をずっとやめなかった理由だろう。他方で、母がタピオカ店の夢を語る際に、ぼくはそうしたほうがよいと同調した。

次第に、ぼくは自分の内側に分裂を抱えるようになってきていた。


やあ！　どうしてるかな。

例のゲームはだいたいブラッシュアップできたので、コンテストに応募してみることにしたよ。開催はスペインなんだけれど、メール一つで応募することができる。ところがメールを送っても一週間、二週間と音沙汰がない。いましがたサイトを確認して、やっとエントリーされていることが確認できた次第だ。昔インドを旅行した際は、五分と言って一時間待たされることなんかざらで、それを私は「インド時間」などと呼んでいたものだ。でも、どうやら「スペイン時間」もあるようだね。

結果が発表されるのは数ヵ月後。次席にでも入ればラッキーだと思うけれど、こればかりは強敵が多いからわからないな。

追伸——例のパワハラ上司だが系列会社に移った。よければきみも戻ってきてくれ。

この最後の一行がぼくを誘惑した。

下書きを書いては消し、結局、ジャンク店を守らなければならないからいまは動けないと短い返事を書いた。事実、ぼくはこのジャンク店に愛着のようなものを感じはじめていた。

ところが、また男たちが店に来た。

やはり二人組だった。展示品には目もくれず、店内の四隅に目を這《は》わせたり、小声でリフォームの値段なんかを相談しあっている。そのうちに、一人が小声で口にするのをぼくは耳にした。

「いいんじゃないか」

母にとっては残念なことに、今回の話はタピオカ店ではなくラーメン店だった。すでに別の街に店があり、それが好調なので、この場所に二号店を出したいという話らしかった。

このころ父はすでに退院しており、リハビリのために病院に通う暮らしをしていた。

「いい話じゃない」

このごろの家族会議の場で、発言をするのはほとんどが母だった。

「タピオカもラーメンも似たようなもの。あとはお父さんが判子をつくだけ。なんにしても、早く決めてよね。向こうは、すぐにでも契約したがってるから」

「でもなあ……」

父はまだジャンク店に未練があるらしく、返答も弱々しかった。

それを見て取った母が、こちらに矛先を向けた。

「あんたはどうなの？　実際に店をやってみて、未来がないってこともわかったでしょう？」

「ないかもしれない。ただ、やってやれないことはない」

ぼくは父と母の顔色を窺《うかが》いながら答えた。

「いったん落ちこんだ収益も、このごろは戻ってきてるし。常連さんもいて……」

自分でも何を言っているのかわからなくなってきた。

テナントが一階に入ってくれれば、ぼくが職場に復帰することだってできるというのに。

「あんた、まさか継ぐ気じゃないでしょうね」

早口にかぶせる母の目つきはこう語っていた。あんたはわたしの味方だと思ってたのに、だ。

ぼくが答えられずにいると、父がぽつりと言った。

「時代かな」

これまでになく小さい父の姿だった。

それを見て、はっきりとぼくは悟ってしまった。父はもう、魔法使いではないのだった。

結論の出ないままに迎えた水曜日、思わぬことに、カンさんが顔を腫《は》らして店にやってきた。

当のカンさんは何事もなかったかのように商品をひっくり返したり、そうすれば透けて見えるとでもいうようにじっと見つめていたりするのだけれど、ぼくは訊《き》かずにはいられなかった。

「どうされたのですか」

「ああ、これなあ……」

恥じ入るように応えながら、カンさんが商品を元の棚に戻した。

「警備の仕事の最中に酔っ払いに殴られちまってよう。それで、このざまってわけだ」

「それは……」

「たまにあるんだ、そういうことが。でもいいさ、今日のこの時間、ここに来られるんだから」

慰めなどいらないという顔をされ、ぼくは押し黙ってしまった。

それよりもカンさんの台詞《せりふ》に、ラーメン店の話を思い出して胸が痛くなってきた。

それにしても、だ。カンさんの素性はいま垣間見られた。それでも、なぜ使いもしないパーツを買うのか。なぜ、ここに来るのを楽しみにしてくれているのか。不意に、口を衝《つ》いて出た。

「なぜです？」

「え？」

「あ、えっと、いや……」

ぼくが口ごもっていると、やがて何か察したようにカンさんが口角を歪《ゆが》めてみせた。

「俺にはこの店しかないんだよう」

飄々《ひょうひょう》としているように見えたカンさんの口調は、どこか人懐っこいものだった。

「別に、この店でパーツをいくら集めたところで、スマートフォンができたりはしないんだけどな。それでも、ここの商品がどうしても愛らしくてね。どうしても、自分自身を重ねて見ちまってよう」

どきりとさせられた。それはまさに、ぼくが考えていたことであったからだ。

「実はぼくもなんです」

そう明かした次の瞬間、何かが決壊した。無口でいようとするぼくはもういなかった。

身体を壊して実家に転がりこんだことや、その前は技術者だったこと、いま未来の展望が見えないこと、そうしたあれこれを矢継ぎ早に喋《しゃべ》った。もちろん、ぼく自身、ジャンク品に自分を重ねていることも話した。

カンさんは割りこもうともせず、うん、うん、とときおり相槌《あいづち》を打つのみだった。

それからやや言いにくそうに、自分も元技術者だったのが鬱《うつ》病で辞めたのだと語った。つづく話は、技術の動向や好きなプログラミング言語は何かといった内容に及んだ。

ぼくらはとにかく喋った。

惹かれあうように、とめどなくいろいろな話をした。そして思った。

ぼくにないのは未来ではなかった。友人だったのだ。西田には、そのことがわかっていた。

その日の晩のことだ。ぼくは、母に反旗を翻《ひるがえ》した。

「店を継いでみたい」

そう、はっきりと宣言したのだ。今度は、ぼくが魔法使いになる番なのだった。

最初に、ぼくはパーツを集めて小ぶりのコンピュータを自作した。安いなりに、計算能力の高いボードを積んだものだ。それにAI用の開発環境を積み、「AIプログラミング入門キット」と称して店頭の目立つ場所に置いた。

別に売れる必要はなかった。

いわば、寺の本尊のようなものだ。これまでの店とは一線を画する、何か象徴が必要だとぼくは考えたのだった。ところが、これがすぐに売れた。気をよくしたぼくは、新たに一台作ってまた店頭に並べた。少し時間を要したが、二台目も売れた。三台目、四台目とつづくうちに、客からの質問が来るようになった。

買ったはいいが、AIのプログラミングそのものが難しい、というものだ。そこでぼくはAI開発の入門用の冊子を作り、西田に監修してもらい、コピー本にして店頭に飾った。

次に来たのは、電気代が高くつきすぎるという苦情だった。

そこで、ボードに頼るのではなく、外部のサーバーを借りるための手引き書を作った。

「これなら俺にもできそうだな」
と真っ先に冊子を買ってくれたのはカンさんだ。
思わぬことにカンさんは囲碁の五段で、コンピュータを使って勉強してみること
を思いついたらしい。
「驚いたよう」
とカンさんが報告に来たのはその翌週だ。
「コンピュータの着手がどれも俺の常識を外れてよう。だが、検討してみるとい
い手なんだ」
生き生きと語るカンさんに、ジャンク品と自分を重ねていたころの影はなかった
が、それでもカンさんはやっぱり素性の知れない電子部品を買っていくのだった。
火曜日の仕入れも怠らなかった。
郷愁とてけっして馬鹿にしたものではない。ぼくが目指したのは、郷愁と新陳代
謝だった。
AIはAIでいい。でも、これではどこか怪しさが足りない。そう考えたぼくが
次に作った冊子は、「仮想通貨のつくりかた」だった。まさか本当に仮想通貨を作
るやつがいるとは思えないが、こういう冊子がしれっと並んでいるところがいいは
ずなのだ。

そんなある日、記者を名乗る男がふらりと店を訪れ、ぼくから話を聞いていった。狐につままれたような思いだったが、その三日後、

「過去と現在をつなぐ店――秋葉原ジャンク店二代目の挑戦」

と題した記事がウェブに掲載され、突如、この店が注目の的となった。インタビューは面映《おもは》ゆくて読めたものではなかったが、ぼくが不意に口にした、

「過去と現在をつなぎたいんです」

という一言が人心を打ったようで、記事はそこそこ拡散され、一時的ながら客足も増えた。すぐさま、母の手によって記事のプリントアウトが店に貼り出され、ぼくはなるべくそれを見ないようにしながら店の番をすることになった。

仕入れはあいかわらず厳しい。でも、いよいよとなったらそれこそ飲食店にするだけだ。

そのころには父もリハビリを終えていたが、

「AIとか俺にはもうわからん」

とすっかり引退を決めこみ、ベランダの観葉植物の世話ばかりをやるようになった。驚かされたのは、その両親が群馬《ぐんま》へ二泊の旅行へ行くと言い出したことだ。両親の不和の原因は、単純に、父が店の運営で週七日忙殺されることであったらしい。ひそかに父の浮気を疑っていたぼくは、なんだか拍子抜けしてしまった。

次の水曜、カンさんがこんなことを訊いてきた。

「二代目さんよう、あんた、まだ自分のことをジャンク品だと思うかい？」

「ハズレのジャンク品ですよ」

ぼくは笑って答えた。

「でも、それでいいんです。ハズレのジャンク品がなきゃ、世界だって面白くないでしょう」

解説

千街晶之

　昨年まで八年間、日本文藝家協会・編の年間アンソロジー『短篇ベストコレクション　現代の小説』を刊行してきた徳間書店から小学館に版元を移して、『短篇ベストコレクション　現代の小説2021』が無事に上梓される運びとなった。わざわざ「無事に」という言葉を記したのにはもちろん意味がある。昨年──二〇二〇年は、新型コロナウイルス感染症（COVID-19）が世界中で蔓延した年として後世に残るだろう。日本においても、ロックダウン（都市封鎖）こそ行われなかったものの政府・自治体によって緊急事態宣言が発令され、国外への渡航や国内での移動が制限された。この年に開催予定だった東京オリンピック・パラリンピックは翌年に延期となり、多くのイヴェントが中止や延期を余儀なくされた。在宅勤務が推奨され、リモートによる会議や打ち合わせが定着した。不特定多数の人が出入りする店頭などには除菌用アルコールが置かれ、大人数での会食や飲み会は歓迎されなくなり、誰もがマスク姿で外出するのが当たり前となった。このパンデミックで亡くなった多くの人々の中には、コメディアンの志村けん、女優の岡江久美子、外交評論家の岡本行夫、政治家の羽田雄一郎らの有名人もいた。病院や保健所は人手不足に陥り、感染症診療に不慣れな病院までもがコロナ治療に駆り出された。

――このような世情になろうとは、二〇一九年まで誰も予想できなかったことだ。

そのような中で、旅行・飲食・イヴェント・舞台芸術など多くの業界が壊滅的な打撃を受けたが、出版業界にもさまざまな影響が及んでいる。緊急事態宣言が発令された二〇二〇年四月前後には幾つもの雑誌が合併号を出したし、雑誌の休刊も相次ぎ、出版予定が延期になった書籍もあった。緊急事態宣言中の図書館の閉館によって、校正などの作業や、執筆に関する諸々の調査に支障を来すようになったのも負の影響として見逃せない。その反面、外出を控え家にこもる新しい生活スタイルが、読書という行為と相性が良かった面もある。都心にある大型書店は在宅勤務者の増加により客数を減らした一方で、郊外型書店や地域の最寄り書店などには多くの客が足を運び、特需のような現象も見られた。電子出版が前年比で三〇パーセント近く増加したり、出版社のオンライン営業が進んだりもしており、これについては、コロナの流行が鎮まった後もひとつの傾向として続くと予想される。

本書では、そんな二〇二〇年に小説誌（ウェブ雑誌を含む）や、出版社のＰＲ誌などに発表された短篇から十二作を選んで収録している。激動の一年間、作家たちはどのように自己の世界を掘り下げていったのか、この一冊から汲み取ってほしい。

なお、収録作は著者名五十音順で紹介する。

青柳碧人「消せない指紋」（初出「小説宝石」十二月号）

従来の皮膚移植の弱点を克服した「アップリケ細胞」の生成に成功した洞口博士の息子・竜吾は、藤間沙織という女性と男女の仲になった。しかし、沙織が竜吾に近づいた目的は、洞口博士の弟子・片平が変死を遂げた件の真相を探るためだった。片平の死は自殺と見られていたが、沙織はそれを疑っているらしい……。

超能力・幽霊・異世界など、現実にはない設定を謎解きに組み込んだミステリを、近年は「特殊設定ミステリ」と呼ぶ。青柳碧人は、ヒット作『むかしむかしあるところに、死体がありました。』に代表されるように、その特殊設定ミステリの名手である。「消せない指紋」の場合、現実世界におけるそれよりも遥かに発達した皮膚移植技術が実現した近未来を舞台に選び、入念に練られた完全犯罪計画とその露見を描いた完成度の高いミステリに仕上げている。特に最後の一行の切れ味は抜群だ。

芦沢央「ミイラ」（初出「小説新潮」九月号）

詰将棋専門誌に園田光晴という十四歳の少年が投稿した作品は、余詰（複数の詰手順が存在すること）があると一目でわかる不完全作だった。投稿作の検討を担当している私はそのことを園田に指摘するが、相手からは実に奇妙な理屈に基づいた反論が届く。また、編集長は園田の名前にどこかで見覚えがあるというのだが……。

現時点での最新作『汚れた手をそこで拭かない』が直木賞と吉川英治文学新人賞にノミネートされるなど、芦沢央は今最も注目を集めている実力派である。「ミイラ」は、書店では将棋本コーナーを必ずチェックするという芦沢の将棋への興味を反映した短篇。少年が何故、余詰のある作品を投稿してきたかという謎が鮮やかに解かれるプロセスは、洗練された詰将棋さながらである。

宇佐美まこと「家族写真《ファミリー・ポートレイト》」（初出「小説宝石」一月号）

七十一歳を迎えてカメラマンを引退した中川要一のもとを、水野拓馬という男性が訪問した。彼は、自分が要一の二十数年前の出世作「家族写真《ファミリー・ポートレイト》」に写っているうちのひとりだと告げ、実際にはあの写真に写っているのは家族ではなかったと述べる。水野が語った彼の数奇な半生とは……。

ホラーとミステリを中心とする執筆活動を続けている宇佐美まことは、めきめきと頭角を伸ばしつつある短篇の名手である。二〇二〇年にも多くの優れた短篇を各誌に発表しており、本書にどれを収録するか複数の候補が挙がったが、特に高評価が集まったのがこの「家族写真」。一枚の写真に写った人々がそれぞれ背負った人生が、水野と要一のそれぞれが知る情報によって浮かび上がってくる構成が巧みである。

佐川恭一「ジモン」（初出「小説すばる」五月号）

モテない無能社員の私が、職場の後輩から結婚式の余興を頼まれ、同僚たちとの話し合いの際に「寺門ジモンで行こう」と提案したところ、何故か採用された。子供の頃、虚弱児でいじめられっ子だった私にとって、『芸能人サバイバルバトル』に出演していたダチョウ倶楽部のメンバー・寺門ジモンはヒーローだった……。

非モテ男の自虐的な心理を描かせれば随一の作家である佐川恭一の本領発揮作「ジモン」は、冒頭の一行からしてインパクトは強烈。コミカルさと哀愁が入り交じる雰囲気が味わい深い。ところでこの作品は梶井基次郎の名作「檸檬《れもん》」を踏まえているが、「檸檬」との語呂合わせで「ジモン」というタイトルを先に思いついたのか、まず寺門ジモンについて書きたいという思いが先にあったのか、気になるところである。

清水裕貴「ミス・ホンビノスの憂鬱」（初出「小説新潮」五月号）

僕は、水門の傍に係留している船の上でバーを営んでいる。その店に、金曜の夜になると広告会社勤務の橋爪さんがふらりとやってくる。ある日、常連客が「ミス・ホンビノス募集」というチラシを持ってきた。それは、ここ数年で海岸に定着したホンビノス貝の大漁を祝うお祭りで開催されるミスコン企画だった……。

清水裕貴は「手さぐりの呼吸」で「女による女のためのR-18文学賞」大賞を受賞し、作家として活躍しつつ、写真家・グラフィックデザイナーとしても活動中である。「ミス・ホンビノスの憂鬱」は、最近実際に注目されている外来種の貝の話題を織り込んだ作品。ミスコン企画を通して、寂れた町の現況と、知られざる過去を抱え込んだ女性の屈託が浮かび上がってくる。軽快な会話も読んでいて心地いい。

白井智之「隣の部屋の女」（初出「小説宝石」二月号）

夫とともにあるマンションに引っ越してきた梨沙子。妊娠中の彼女は、不審者につきまとわれているところを、隣室の住人である桃香に助けてもらった。それから一週間後、桃香はマンションから忽然と姿を消してしまう。梨沙子は、あの不審者が桃香に危害を加えたのではないかと考えるが……。

横溝正史ミステリ大賞最終候補作に残った『人間の顔は食べづらい』でデビューした白井智之は、奇想天外かつアンモラルな世界設定と、論理性を重視した謎解きという二つの要素を融合させた唯一無二の作風で知られているが、「隣の部屋の女」は、えぐい味わいは残しつつ、より日常的な世界を舞台に選び、切れ味鋭い短篇ミステリに仕上げている。強烈すぎる個性を持つ作家が、その個性を殺すことなく一般性のある境地に挑んだ時のお手本のような作品だ。

立川談四楼「三日間の弟子」（初出「東京かわら版」六月号）

主人公である落語家は、信州伊那谷のある町に住む原という人物の世話で、十年前から独演会をその地で行ってきた。コロナ禍で落語界が大きな打撃を受けた二〇二〇年も、独演会は盛り上がりを見せた。終演後、原は主人公にある告白をする。彼は若い頃、主人公の師匠である七代目に弟子入りを申し込んだことがあるというのだ……。

落語立川流真打の立川談四楼は、『シャレのち曇り』で小説家デビューし、エッセイなども発表しているマルチな才能の持ち主だ。本書の収録作中、コロナ禍の世相を背景にした作品はこの「三日間の弟子」だけである。落語界の厳しい現況の描写も胸をうつが、落語の世界に憧れた若者と、三日間だけの弟子入りを許した師匠の気の利いた計らいを描き、完成度の高い芸人小説に仕上げているのは流石《さすが》である。

帚木蓬生「二人三脚」（初出「小説新潮」十一月号）

小学校に入った私の息子が運動会で徒競走に出場するというので、高齢の父が場所取りを買って出た。当日、父と母の会話から、私は自分が中学三年生だった時のことを思い出す。その頃、運動会では二人三脚によるリレーがあった。足が遅い私は、同じクラスのMに誘われて二人三脚の練習を始めた……。

消息が途絶えたかつての友人のことを、ふとしたきっかけで思い出すことは誰にでもあるだろう。帚木蓬生「二人三脚」は、運動会の思い出を通して、遥か昔の友情と、三世代の家族に受け継がれてゆくものを浮かび上がらせており、極めて味わい深い。医師でもある帚木ならではの医学的知識も盛り込まれ、終盤の急展開にリアリティを付与している点にも注目したい。

原田マハ「あおぞら」（初出「オール讀物」一月号）

ナガラと私は、十五年以上も二人旅を続けてきた旅仲間だった。しかし、ケアホームに入居するようになった母の世話をしなければならなくなったため、私は旅に行けなくなった。そして二カ月ほど前、LINEのメッセージのやりとりがきっかけで、私たちは気まずい関係に陥ってしまう……。

気のおけない仲間との二人旅という楽しみ。だが、歳を重ねると、それぞれに仕事や家庭といった事情がある以上、意思疎通が上手くいかなくなることもある。「あおぞら」は、『フーテンのマハ』のような旅行記も発表している原田マハらしい旅への熱い思いと、女性同士の友情の機微を細やかに描いて、爽やかな後味を残す作品である。コロナ禍が本格化する前に執筆された作品だが、図らずも、旅への憧れを読者の胸に掻き立てる内容となった。

伴名練「白萩家食卓眺望」（初出「SFマガジン」四月号）

白萩家には、江戸時代から百数十年のあいだ書き継がれてきた不思議な料理帖が伝わっていた。時は昭和初期、白萩家の娘のたづ子は、何かを口にするとさまざまな景色が見える「共感覚」の持ち主である。そんな彼女が、家に伝わる料理帖に目を通し、そこに記された料理を自ら作り、味を試しはじめた……。

『なめらかな世界と、その敵』でブレイクした伴名練は、SFやホラーを中心に活躍している気鋭の作家である。「白萩家食卓眺望」は、NHKの朝の連続ドラマを想わせるような展開に、代々の女性に共感覚が受け継がれている家系という奇抜な設定を織り込み、短い分量ながら年代記の重量感と、ひとりの女性の生涯の数奇さをしみじみ感じさせる美しい短篇となっている。

平岡陽明「ラスト・ラン」（初出「オール讀物」十一月号）

個人タクシーの運転手の片桐は、今日でドライバー人生に幕を下ろし、後輩の隆行に免許を譲る予定だった。ところが、一時停止違反で警察から切符をきられたと隆行から連絡が入った。個人タクシーの資格は十年間ドライバーを務めた者に与えられるが、最後の三年間は無事故無違反でなければならない。これで隆行は片桐から免許を譲られる機会を失った……。

「ラスト・ラン」は、バブル経済とその崩壊を身をもって体験した世代のヴェテラン運転手と、就職氷河期世代の後輩の交流を、一般読者があまり知らないであろう個人タクシー業界の内情を背景にして描いた作品である。運転手としての最後の一日を描きつつ、多くの客を乗せてきた彼の人生をそこに凝縮させた手腕が巧みだ。現代という時代の厳しさを背景に人生讃歌を謳い上げる平岡陽明らしい作品と言える。

宮内悠介「ジャンク」（初出「小説現代」三月号）

秋葉原のジャンク店（電子機器のリサイクルショップ）を営む夫婦の息子であるぼくは、苛酷な労働環境でからだを壊し、三十歳になって実家に戻ったが、秋葉原の街が変貌したのと同様に、両親のジャンク店もすっかり寂れていた。閉業しようと考えている母と、店に未練がある父のあいだで、ぼくはどうするべきかを考える……。

純文学の賞である芥川賞と、大衆文学の賞である直木賞。その両方にノミネートされたことのある作家はなかなかいないけれども、その珍しいひとりが宮内悠介である。SFを中心に、エッジの利いた作風を披露する書き手というイメージが強いだけに、「ジャンク」の人情味の強い味わいはやや意外だったが、著者がフォローする領域の広さを改めて感じさせる優れた作品と言える。

以上十二作、ジャンルも作風もさまざまだが、それだけに現在の日本の短篇小説がどのような方向に発展を遂げているかを窺《うかが》えるアンソロジーになっていると言えるのではないか。収録作が多いぶん分厚く読み応えのある本になっている筈なので、ステイホームを余儀なくされている人たちのお供として、本書を是非手に取っていただければと思う。

本書のプロフィール

本書は２０２０年に文芸誌等で発表された短篇の中から、日本文藝家協会の編纂委員がセレクトした、小学館文庫オリジナル版です。

小学館文庫

現代《げんだい》の小説《しょうせつ》2021
短篇《たんぺん》ベストコレクション

編者　日本文藝家協会《にほんぶんげいかきょうかい》

二〇二一年十一月十日　初版第一刷発行

発行人　飯田昌宏
発行所　株式会社 小学館
〒一〇一-八〇〇一
東京都千代田区一ツ橋二-三-一
電話　編集〇三-三二三〇-九三五五
販売〇三-五二八一-三五五五
印刷所──────凸版印刷株式会社

この文庫の詳しい内容はインターネットで24時間ご覧になれます。
小学館公式ホームページ　https://www.shogakukan.co.jp

Printed in Japan
ISBN978-4-09-407086-6